Alina Schüttler

Das Schicksal der Banshee

© Alina Schüttler

Alina Schüttler erblickte kurz nach ihrer Zwillingsschwester 1998 in Marburg das Licht der Welt.
Sie begann schon in der Grundschule zu schreiben. Anfangs waren es noch Pferdegeschichten, bis sie schließlich ihre Liebe zum Fantasy-Genre entdeckte. Doch die Pferde blieben immer Teil ihres Lebens. Auch heute noch schleichen sie sich in ihre Erzählungen, manchmal in einer magischen Verwandlung. Davon können sich die Leser in ihrem Debütroman »Das Schicksal der Banshee« überzeugen.

Weiteres zur Autorin unter:
https://www.instagram.com/alina.schuettler
https://www.facebook.com/alina.schuettler

Alina Schüttler

Das Schicksal der Banshee

Auflage 2018

Umschlaggestaltung und Umschlagrechte:
© T.C., Tomfloor Verlag
Umschlagbild: Shutterstock.com
©Digital Storm, ©Captblack76, ©Various photo,
©michelaubryphoto

Druck in EU

ISBN 9783964640093

Tomfloor Verlag
Thomas Funk
Alex-Gugler-Straße 5
83666 Waakirchen
https://tomfloor-verlag.com

*Für meine Lieblingsschwester,
ich hab zwar nur die eine,
aber die ist mir am liebsten.*

1. Kapitel

Als ich die Tür hinter mir schloss und mich meinen neuen Klassenkameraden gegenübersah, zitterte ich vor Angst. Mir wurden die Knie weich und ich war unfähig, mich zu bewegen. Die Augen der Schüler waren auf mich gerichtet und sie sahen mich neugierig und auch ein wenig abschätzend an.

»Hallo, ich heiße Felicity Collins«, stellte ich mich dem Lehrer vor, der sich zu mir umgedreht hatte, als ich durch die Tür getreten war.

Mr Wilson nickte freundlich und wandte sich dann an die Klasse. Mit wenigen Worten stellte er mich vor und hieß mich in der Klasse willkommen.

»Setz dich doch da hinten auf den freien Platz.«

Mr Wilson deutete auf einen Tisch in der letzten Reihe.

Mit schnellen Schritten ging ich durch den Raum, die Augen auf den Boden gerichtet. Ich zog den Stuhl zurück und lächelte das Mädchen, neben dem ich sitzen sollte, kurz an. Sie nahm ihre Bücher, die auf dem Tisch ausgebreitet waren und legte sie auf ihre Seite. Ihre Augen sahen mich abfällig an und ihr Blick war kalt. Hastig wandte ich mich von ihr ab und setzte mich. Ich spürte, dass die anderen mich noch immer beobachteten, doch ich versuchte, sie zu ignorieren, und konzentrierte mich auf den Unterricht.

»Wie war dein erster Schultag?«, fragte mich meine Mutter, als ich am Nachmittag wieder nach Hause kam.

Ich zuckte mit den Schultern. Was sollte ich groß dazu sagen? Es war eben Schule.

»Hast du schon Freunde gefunden?«

Ich schüttelte den Kopf.

Die Hoffnung in ihrem Blick verwandelte sich in Enttäuschung, obwohl sie versuchte ihre Gefühle zu verbergen.

»Mach dir nichts draus, Felicity, es wird schon nicht so werden wie in der alten Schule.«

Ihr Versuch, mich aufzumuntern, gelang nicht ganz, doch ich lächelte sie an. Sie sollte nicht merken, wie groß meine Angst vor der neuen Schule war. Allerdings war ich mir sicher, dass mein Lächeln eher einer Grimasse glich.

Ich ging hoch in mein Zimmer und machte mich daran, die Umzugskartons auszupacken.

Wir waren erst am Wochenende in Glasgow angekommen. Vorher hatten wir in Dublin gewohnt, wo ich auch geboren worden war und die ersten siebzehn Jahre meines Lebens verbracht hatte.

Da wir nach unserer Ankunft in unserem neuen Haus zuerst andere Dinge hatten erledigen müssen, war ich bis jetzt nur dazu gekommen, das Allernötigste auszupacken. Die meisten meiner Sachen hatte ich allerdings schon vor unserem Umzug weggeworfen und so war nicht viel in den Kartons. Den alten Kram hatte ich sowieso nicht mehr gebraucht, Glasgow sollte ein Neuanfang werden.

Nach zwei Stunden machte ich eine Pause und stellte mich ans Fenster.

Von hier konnte ich die Straße überblicken, die Reihenhäuser mit ihren Minivorgärten und die Kirche ein Stück weiter die Straße hinunter. Dass es hinter der Kirche und dem Friedhof auch eine von einer hohen Mauer umgebene Parkanlage gab, konnte ich von meinem Fenster aus nicht sehen. Ich wusste nur, dass es sie gab, weil ich durch das kleine Tor von der Straße aus schon einen kurzen Blick darauf geworfen hatte. Ganz plötzlich hatte ich Lust, sie mir näher anzusehen. Ich nahm eine Jacke aus einem der Kartons, zog sie über und ging nach unten.

»Mum, ich gehe raus«, rief ich ins Wohnzimmer, wo meine Mutter saß.

»Viel Spaß, komm nicht zu spät nach Hause«, kam ihre Antwort.

Ich ging nach draußen und blieb einen Moment vor der Haustür stehen. Zitternd schloss ich den Reißverschluss meiner Jacke. Es war noch kälter, als ich erwartet hatte, und ich war froh, dass ich mich für die wärmere Jacke entschieden hatte. Ich sah mich um und stellte fest, dass außer mir niemand unterwegs war.

Den Eingang zum Park fand ich sofort wieder, ich musste nur der Straße folgen und hinter der Kirche in die nächste Seitengasse abbiegen. Das Tor war nicht abgeschlossen. Ohne zu zögern, ging ich hinein. Scheinbar kümmerte sich niemand um die Anlage, denn das Gras reichte mir bis zu den Knien und während ich versuchte, auf dem Weg zu bleiben, oder besser gesagt, auf dem, was von ihm übrig war, musste ich mich an ausladenden Büschen vorbeizwängen und über Wurzeln und abgebrochene Äste steigen.

Doch mir gefiel die grobe Wildheit des Parks. Alles wirkte so natürlich, als wäre hier schon viele Jahre niemand mehr gewesen. Wahrscheinlich war es auch so. Allerdings fragte ich mich, warum. Die Anlage lag mitten in einer Wohngegend und sicher war ich nicht der einzige Mensch im Umkreis, der sich freute, wenn er mal ins Grüne gehen konnte.

Der schmale Pfad führte immer tiefer in den verlassenen Park hinein. Sogar die Tiere schienen ihn zu meiden und nicht einmal der Lärm der Stadt war hier zu hören, obwohl die Grünanlage sich nicht weit von den belebten Straßen der Innenstadt befand. Es schien, als würden die dichten Hecken und riesigen Bäume kein Geräusch zu mir durchlassen. Oder war es der Nebel, der plötzlich aufgekommen war, der alle Geräusche dämpfte? Er hing zwischen den Bäumen und umhüllte mich. Dennoch spürte ich eine unglaubliche Zufriedenheit tief in mir. Etwas an diesem Ort machte mich glücklich. Es war, als hätte ich etwas gefunden, das ich schon immer begehrt hatte, ohne es zu wissen.

Ich ließ mich auf den Boden sinken und lehnte mich gegen einen der Bäume. Eine Weile saß ich einfach nur da, doch dann ... ein kalter Schauer lief mir den Rücken hinunter und die Haare in meinem Nacken stellten sich auf. Mit einem Satz war ich auf den Füßen und sah mich nervös um. Mir war, als würde mich jemand beobachten.

Ich spähte durch den Nebel und mein Glücksgefühl wich einer nervösen Unruhe. Nur wenige Meter von mir entfernt stand eine schwarze Gestalt. Sofort wurde mir bewusst, dass etwas an ihr nicht normal war. Sie war vollkommen schwarz. Kein Gesicht und keine Kleidung waren zu erkennen. Nur die Umrisse waren die eines Menschen. Es war, als hätte jemand eine Person aus schwarzem Nebel geformt.

»Hallo?«, rief ich zögerlich, doch ich bekam keine Antwort. Die Gestalt bewegte sich auch nicht. Sie sah mich einfach nur an. Zumindest hatte ich das Gefühl, dass sie das tat, Augen hatte sie ja keine.

Angst kroch in meine Glieder und je länger ich mein Gegenüber ansah, umso schneller schlug mein Herz. Mein Atem ging stoßweise, mein Herz begann zu rasen und die Angst schlug in Panik um. Sie staute sich in mir auf und entwich schließlich in einem spitzen Schrei. Ich wirbelte herum und rannte los.

Der Park kam mir mit einem Mal nicht mehr romantisch, sondern nur noch bedrohlich vor. Das lange Gras schien sich bei jedem Schritt um meine Knöchel zu schlingen, als wollte es mich an der Flucht hindern, und ich hatte das Gefühl, die Äste der Büsche und Bäume würden nach mir greifen.

Hektisch schlug ich die Zweige von meinem Gesicht weg, als ich etwas Hartes an meinem rechten Fuß spürte und nach vorn auf die harte Erde geschleudert wurde. Der Aufprall presste mir die Luft aus den Lungen. Keuchend versuchte ich, wieder zu Atem zu kommen.

Es dauerte einen Moment, aber dann entdeckte ich hinter mir eine dicke Wurzel. Vermutlich war sie es, die mich zu Fall gebracht hatte, aber zum Glück schien ich mich nicht verletzt zu haben.

Umständlich rappelte ich mich auf und warf einen Blick über meine Schulter. Die schwarze Gestalt war verschwunden. An der Stelle, an der sie gestanden hatte, war nichts als hohes Gras, welches nicht einmal plattgedrückt war. Hatte ich mir das alles nur eingebildet?

Das Blut rauschte in meinen Ohren, und auch wenn die Panik langsam verschwand, wollte ich nicht länger in diesem Park bleiben. Ich hetzte den Pfad weiter. Doch diesmal achtete ich besser auf den unebenen Boden und fühlte mich sehr erleichtert, als ich endlich wieder auf die Straße trat.

Minuten später erreichte ich mein neues Zuhause und klingelte an der Tür. Meine Mutter öffnete mir und sah mich erschrocken an.

»Was ist denn mit dir passiert?«

Einen Moment lang wusste ich nicht, was sie meinte, bis ich bemerkte, dass sie auf meine Beine starrte. Ich sah ebenfalls an mir herunter und erschrak. Meine Hose war verdreckt und am rechten Knie aufgerissen. Darunter entdeckte ich sogar Blut.

Mum pflückte einen Zweig von meiner Jacke. Er musste ebenso wie die Blätter bei meiner Flucht dort hängengeblieben sein.

»Ich bin hingefallen«, murmelte ich, während ich in den Flur trat und meine Mutter die Tür schloss. Langsam zog ich Jacke und Schuhe aus. Mum nahm mir beides ab.

»Zieh dir frische Sachen an und wasch die Wunde aus«, rief sie mir nach, als ich die Treppe hinauflief.

»Wie ist denn die neue Schule? Bitte sag uns

Bescheid, wenn es wieder so wird wie in der alten.«
Ich fühlte den besorgten Blick meines Vaters, als wir wenig später beim Abendessen in der Küche saßen. Ich wusste, wie sehr sich meine Eltern wünschten, dass es in der neuen Schule besser lief. Das Verhältnis zwischen meinen alten Mitschülern und mir war von Anfang an nicht gut gewesen. Doch dann hatte mich die ganze Klasse ausgegrenzt und schließlich gemobbt. Lange Zeit hatte ich niemandem etwas davon erzählt, da ich gehofft hatte, es würde vorübergehen. Außerdem hatte ich meine Eltern nicht damit belasten wollen. Es war klar, dass sie nun Angst hatten, es würde mir hier ebenso ergehen.

»Ich werde euch alles erzählen. Macht euch bitte nicht so viele Sorgen«, versuchte ich sie zu beruhigen, konnte aber an ihren ängstlichen Gesichtern erkennen, dass sie mir nicht glaubten.

Am nächsten Morgen saß ich im Geschichtsunterricht und sah aus dem Fenster. Ich konnte die schwarze Gestalt nicht vergessen und fragte mich noch immer, ob ich sie wirklich gesehen oder sie mir nur eingebildet hatte.

Ich hörte Mr Wilson nur mit einem Ohr zu, doch was er als Nächstes sagte, sorgte dafür, dass ich mit meiner Aufmerksamkeit sofort wieder beim Unterricht war.

»Bisher haben wir hauptsächlich über Geschichte gesprochen, die die ganze Welt betrifft. In den nächsten Wochen jedoch werdet ihr euch in Partnerarbeit intensiv mit der Geschichte von Schottland und dessen Sagen beschäftigen.« Er fuhr sich durch die grauen Haare, während die Schüler anfingen zu tuscheln.

»Ich werde die Partner zuteilen.« Sofort gehörte Mr Wilson wieder die Aufmerksamkeit der Klasse.

Ich betrachtete meine Mitschüler und hörte zu, wie der Lehrer begann, die Themen und Partner zuzuteilen.

»Bonnie, du arbeitest mit Felicity zusammen.«

Als ich meinen Namen hörte, sah ich mich im Raum um, um herauszufinden, wer Bonnie war.

Ein blondes Mädchen hob die Hand. »Kann Bonnie nicht noch mit uns arbeiten?«

Ihre kalte Stimme versetzte mir einen Stich. Ich sah hinunter auf meine Hände, die mit einer Strähne meiner schwarzen Locken spielten.

»Nein, ich teile die Gruppen zu und werde nichts daran ändern.« Mr Wilson benutzte einen Tonfall, der deutlich machte, dass der Lehrer nicht mit sich reden lassen würde.

»Ist schon okay, Fiona.« Ein rothaariges Mädchen sah zu mir. Ich lächelte sie an, doch sie wandte den Blick sofort wieder von mir ab und flüsterte der Blonden etwas zu.

»Bonnie, Felicity, ihr werdet euch mit den schottischen Sagengestalten beschäftigen«, bestimmte Mr Wilson.

Wir nickten.

Als schließlich alle ihre Partner und Themen kannten, stand Bonnie auf und kam auf mich zu.

Sie lächelte, doch ihr hübsches Lächeln erreichte nicht ihre Augen. Diese betrachteten mich vielmehr abschätzend und ein wenig misstrauisch.

Ich spürte auch die Blicke ihrer Freundinnen auf mir ruhen, und als ich zu ihnen hinüberschaute, konnte ich sehen, wie sie mich voller Abscheu musterten. Schnell sah ich wieder zu Bonnie.

»Die Stunde ist fast vorbei, wollen wir uns vielleicht heute Nachmittag in der Bibliothek treffen und dort mit unserem Referat anfangen?«, wollte sie wissen.

Ich nickte schnell.

Sie erklärte mir, wie ich von der Schule zur Bibliothek kam, und ich notierte es mir. Als es klingelte, verschwand meine Arbeitspartnerin allerdings sofort zu ihren Freundinnen. Sie verließen den Raum gemeinsam und langsam packte auch ich meine Sachen zusammen, bevor ich meinen Mitschülern auf den Flur folgte.

Auf dem Weg von der Schule zur Bibliothek hatte ich meine Mutter angerufen, um ihr zu sagen, dass es später werden würde. Nun war ich pünktlich an unserem vereinbarten Treffpunkt und wartete auf Bonnie, die schon wenig später erschien.

»Hey.« Sie begrüßte mich knapp, aber mit einem leichten Lächeln auf den Lippen, das diesmal viel ehrlicher wirkte. Sofort legte sich die Nervosität, die sich in meiner Brust ausgebreitet hatte, ein wenig.

Wir betraten das große alte Gebäude und suchten in den Regalen nach Büchern über schottische Sagen. Wir arbeiteten schweigend, doch ich sah immer wieder zu meiner Arbeitspartnerin hinüber. Dieses Mädchen war die erste gewesen, die es nicht abgelehnt hatte, mit mir zu arbeiten, und ich war ihr dankbar dafür.

Einige Stunden verbrachten wir in der Bibliothek an unserem Referat, bis es schließlich dunkel wurde und wir uns auf den Heimweg machten.

»Wann wollen wir weitermachen?«, erkundigte ich mich.

»Hast du morgen Zeit?« Bonnie schenkte mir wieder ihr nettes Lächeln und mein Herz machte einen regelrechten Hüpfer.

»Natürlich. Treffen wir uns wieder zur selben Zeit?«

Meine Arbeitspartnerin nickte und wir verabschiedeten uns voneinander.

Im Bus sah ich aus dem Fenster und dachte über das nach, was an diesem Tag passiert war. Noch nie zuvor hatte ich mit jemandem in meinem Alter Zeit verbracht. Nach dem, was in meiner alten Schule passiert war, hatte ich Angst gehabt, dass ich auch in Glasgow wieder zur Außenseiterin werden könnte. Aber vielleicht hatte ich mich da ja getäuscht und es würde wirklich der erhoffte Neuanfang für mich werden.

Einige Straßen von unserem Haus entfernt stieg ich aus dem Bus. Inzwischen war es vollkommen dunkel und die Straßenlaternen spendeten nur wenig Licht. Eilig ging ich die Straße entlang und kam schließlich am Park vorbei. Friedlich lag er in der Dunkelheit und verrückterweise wünschte ich mir, durch das Tor zu treten und ihn erneut zu erkunden. Ich wusste nicht, warum er mich so anzog, besonders nach dem, was am Tag zuvor geschehen war, aber es war so.

Mit einem Kopfschütteln ging ich weiter. Es war ganz sicher keine gute Idee, im Dunkeln durch das Gestrüpp zu stolpern. Ich kam an der Kirche vorbei. Licht fiel durch die bunten Fenster nach draußen und ich hörte, dass jemand auf der Orgel spielte. Für einen Moment schloss ich die Augen und ließ die Stille der Stadt auf mich wirken. Alles um mich herum war so friedlich. Es erschien mir lächerlich, dass ich am Vortag voller Panik aus dem Park nach Hause geflüchtet war, wo doch alles hier so wunderschön war.

2. Kapitel

»Wieso bist du jetzt eigentlich auf unserer Schule?«, wollte Bonnie am nächsten Tag wissen, als wir wieder in der Bibliothek saßen.

»Ich hatte ein paar Schwierigkeiten in meiner alten«, erwiderte ich ausweichend.

Es war mir schon schwer genug gefallen, mit meinen Eltern und den Lehrern auf meiner alten Schule über meine Probleme zu sprechen. Da war es definitiv nicht einfacher, es jemandem zu erklären, den ich gerade erst einen Tag kannte.

»Du bist auch nicht aus Schottland, oder?« Ohne auf eine Antwort zu warten, ging Bonnie zu einem Regal in der Nähe, um ein Buch wegzuräumen.

»Ich komme aus Dublin«, antwortete ich.

Die Mobbing-Sache war nicht der einzige Grund für unseren Umzug gewesen. Eigentlich waren wir nur hierhergezogen, weil mein Vater in Glasgow einen Job angeboten bekommen hatte. Das erzählte ich auch Bonnie.

Sie setzte sich wieder neben mich und schwieg einige Minuten, bevor sie fragte: »Vermisst du deine Freunde gar nicht?«

»Ich hatte keine.« Verlegen sah ich auf den Block, der vor mir lag.

Bonnie schien nicht zu wissen, was sie dazu sagen sollte und blätterte stattdessen in unseren Notizen.

Auch ich hing meinen Gedanken nach und dachte kurz an die Zeit in Dublin. Doch mein bisheriges Leben war nun hoffentlich vorbei. Ich spürte zwar immer noch die Abneigung meiner Mitschüler, aber wenigstens Bonnie arbeitete mit mir und ich hoffte, dass sich daraus vielleicht sogar eine Freundschaft entwickeln würde.

»Weißt du, dass ich lieber mit dir, als mit meinen Freundinnen arbeite? Bei ihnen dauert es ewig, bis man überhaupt etwas aufs Papier bekommt.«

Ich sah sie überrascht an. »Warum denn das?«

»Sie geben sich einfach keine Mühe, was die Schule angeht. Ich glaube, sie wollten mich nur in ihrer Gruppe haben, damit ich die ganze Arbeit mache.«

Ihre Antwort kam mit einem leichten Schmunzeln, aber ich konnte die Enttäuschung über das Verhalten ihrer Freunde in ihren Augen sehen.

Dieses Mal war ich diejenige, die nicht wusste, was sie sagen sollte, aber zum Glück ersparte Bonnie mir eine Antwort und hielt mir eines der Bücher hin.

»Schau mal hier, das müssen wir unbedingt mit in unser Referat aufnehmen.« Sie deutete auf die rechte Seite. »Bei manchen Wesen bin ich echt froh, dass es nur Mythen sind und es sie nicht wirklich gibt.«

Ich betrachtete die Zeichnung einer alten Frau in einem grünen Kleid, die mich wütend anstarrte. Bonnie hatte recht. Als ich mir die Beschreibung der Banshee durchlas, wurde mir klar, dass das ein Wesen war, dem ich niemals begegnen wollte. Aber wer wollte das schon, wenn das Erscheinen dieser unheimlichen Frau den eigenen Tod ankündigte.

Bonnie notierte sich die wichtigsten Daten, die ich

ihr diktierte, während mein Blick immer wieder zu der Zeichnung der unheimlichen Banshee huschte. Sie war äußerst hässlich, hatte nur ein einziges Nasenloch und Zähne, die zwischen ihren Lippen hervorragten. Doch das Schlimmste waren ihre Augen, die spöttisch und kalt aus der Zeichnung herausblickten. Diese Todesfee verursachte ein ungutes Gefühl in mir, aber trotzdem faszinierte sie mich auch.

»Im schottischen Volksglauben heißt es, dass die Banshee nicht wie in Irland unter einem Fenster steht und klagt, sondern in der freien Natur die Totenhemden wäscht.« Ich beobachtete wie Bonnie meine Worte mitschrieb und legte das Buch zur Seite, sobald sie geendet hatte, um mich dem nächsten zu widmen.

Eine Weile arbeiteten wir konzentriert und unser Referat nahm immer mehr Gestalt an.

Die Bibliothekarin ging an uns vorbei und blieb einen Moment neben unserem Tisch stehen. Sie betrachtete unsere Arbeit und runzelte die Stirn, sagte jedoch nichts dazu.

»Ich muss langsam mal nach Hause. Treffen wir uns morgen wieder?«, fragte Bonnie. »Ich denke wir brauchen nicht mehr lange, bis wir das Referat fertig haben.« Sie stand auf und sah mich an.

»Ja, in Ordnung.« Ich wollte mir meine Enttäuschung darüber, dass unsere Zusammenarbeit so schnell beendet sein würde, nicht anmerken lassen. War unser Referat erst einmal fertig, dann hatte Bonnie keinen Grund mehr, Zeit mit mir zu verbringen.

Wir stellten die Bücher zurück in die Regale und packten unsere Sachen zusammen. Dann verließen wir die Bibliothek und machten uns getrennt voneinander auf den Heimweg.

Meine Eltern waren an diesem Abend nicht zu Hause und nachdem ich eine Kleinigkeit gegessen hatte, ging ich in mein Zimmer. Ich schaltete das Radio ein und räumte meinen letzten Umzugskarton aus, bevor ich ins Bett ging.

Für mich war es noch immer ein fremdes Zimmer und ich fragte mich, wie lange dieses Gefühl noch anhalten würde. Würde es sich überhaupt jemals ändern? Das Licht der Straßenlaterne fiel durch die Gardinen und ich betrachtete die Schatten, die es an die Wände warf, während ich langsam ins Reich der Träume sank.

Im Traum verließ ich das Haus und ging die Straße entlang. Es regnete und ich zog mir die Kapuze über den Kopf. Der Wind wirbelte um mich herum, zerrte an meiner Kleidung und schien mir etwas zuzuflüstern.

Mein Weg führte mich wieder an der Kirche vorbei. Die Melodie des Orgelspiels, die zu mir nach draußen drang, war traurig und ich blieb einen Moment stehen um ihr zu lauschen, bevor ich um das Gebäude herumging. Ich betrat den Friedhof, ohne zu wissen, warum ich es tat. Es war, als würde ich einer inneren Eingebung folgen.

Etwa in der Mitte des Friedhofs hatte sich eine kleine Gruppe versammelt.

Ich hielt mich im Schatten der Kirche und beobachtete die schwarz gekleideten Personen, die mich nicht zu bemerken schienen. Einige von ihnen hatten Schirme in den Händen, um sich vor dem Regen zu schützen, aber den meisten schien die Nässe von oben egal zu sein. Sie blickten auf eines der Gräber und lauschten dem Pfarrer, der neben einem hellen Sarg stand und seine Predigt hielt.

Ich konnte nicht hören, was er sagte, denn neben mir plätscherte das Wasser aus der Regenrinne zu Boden und rann über die Steine des Weges. Es war, als würde der Regen, der in der Luft hing, alles um mich herum ein wenig verdunkeln und doch war ich mir sicher, dass es eigentlich helllichter Tag sein müsste. Ein kalter Schauer lief mir über den Rücken und ich drehte mich um.

Hinter mir war eine schwarze Gestalt. Sie war der ähnlich, die ich vor einigen Tagen im Park gesehen hatte und doch war es nicht dieselbe. Diese hier war ein ganzes Stück kleiner.

Verängstigt stolperte ich ein paar Schritte zurück. Ich wollte unbedingt einige Meter Abstand zwischen uns bringen.

Für einen Moment stand die Gestalt einfach wieder nur da und tat nichts. Doch dann setzte sie sich in Bewegung. Einige schreckliche Sekunden lang dachte ich, dass sie auf mich zukommen würde, aber sie ging an mir vorbei und zwischen den Gräbern entlang. In der Nähe der trauernden Gesellschaft blieb sie stehen und schien nun ebenfalls den Worten des Pfarrers zu lauschen.

Ich ließ sie nicht aus den Augen und keuchte erschrocken, als sie sich mit einem Mal in Luft auflöste. Hatte die im Park das auch gemacht? War sie deshalb auf einmal nicht mehr hinter mir gewesen?

Der Sarg war inzwischen in der Erde. Eine Frau,

sank vor dem offenen Grab auf die Knie und weinte. Der Mann, der hinter sie trat und ihr tröstend die Hände auf die Schulter legte, hielt den Kopf gesenkt, aber seine Schultern bebten. Ich vermutete, dass es ihr Ehemann war und er ebenfalls weinte.

Die anderen respektierten offenbar ihren Wunsch, allein mit ihrer Trauer zu bleiben, und zerstreuten sich.

Der Pfarrer und ein paar der Trauergäste machten sich auf den Weg zurück zur Kirche und unterhielten sich dabei leise. Ich drückte mich hastig an die Wand, um im Schatten zu verschwinden und nicht von ihnen bemerkt zu werden, doch nun versperrte ein großer Steinengel meine Sicht. Als ich einige Minuten später aus dem Schatten trat, war niemand mehr an dem Grab und ich konnte hören, wie einige Autos vom Parkplatz vor der Kirche losfuhren.

Von einer seltsamen Neugier gepackt, ging ich zwischen den Ruhestätten hindurch. Eine fast vollkommene Stille umgab mich. Nur der Wind schien etwas in mein Ohr zu wispern und der Regen prasselte auf die Grabsteine.

An dem neu aufgeschütteten Erdhügel vor dem offenen Grab blieb ich stehen. Blumenkränze lagen am Rand und ein schlichtes Holzkreuz steckte dort, wo später einmal der Grabstein stehen würde.

Regentropfen liefen über mein Gesicht und ich hatte das Gefühl, als würde der Himmel weinen. Ich wischte das Wasser mit dem Handrücken weg und versuchte, meine schwarzen Locken zurück in die Kapuze zu stopfen, um sie vor der Nässe zu schützen. Während ich das tat, fiel mein Blick auf die Inschrift des Holzkreuzes. Ich erstarrte und es war, als würde mir jemand einen glühenden Dolch in die Brust rammen, als die Worte meinen Verstand erreichten.

Bonnie Brown
geboren am 8.3.2001
gestorben am 6.9.2018

Keuchend machte ich einen Schritt zurück. Das war das Datum von morgen.

Plötzlich schien das letzte bisschen Licht von dem Friedhof zu verschwinden. Nur noch Dunkelheit umgab mich und diese schien an mir zu reißen. Es war, als würde mich eine dieser gruseligen schwarzen Gestalten von hinten umarmen und die Luft aus meinen Lungen pressen.

Schweißgebadet erwachte ich. Vor meinem inneren Auge sah ich noch immer dieses furchtbare Kreuz. Ein schrecklicher Schmerz pochte in meinem Schädel und ich presste mir die Hände an die Schläfen, in der Hoffnung, dass er nachlassen würde.

Jemand schrie und ich brauchte einige Augenblicke, um zu begreifen, dass ich es war. Entsetzt schlug ich mir die Hände vor den Mund, sprang aus dem Bett und rannte in den Flur. Die Dielen im Zimmer meiner Eltern knackten. Sicher hatte ich sie mit meinem Schrei geweckt, aber ich achtete nicht auf sie.

Mit wenigen Schritten war ich im Bad, schlug die Tür hinter mir zu und drehte den Wasserhahn auf. Kaltes Wasser strömte über meine Hände und angstgeweitete graue Augen in einem blassen Gesicht starrten mir aus dem Spiegel entgegen.

»Es war nur ein Traum«, flüsterte ich meinem Spiegelbild zu. »Nur ein schlimmer Albtraum.«

Aber irgendetwas gab mir das Gefühl, dass das nicht stimmte. Es war so erschreckend echt gewesen. Wäre ich nicht aufgewacht, wäre mir niemals in den Sinn gekommen, dass das nicht die Realität gewesen war.

»Nur ein Traum, nur ein Traum ...«, murmelte ich immer wieder. So versuchte ich, es mir einzureden, versuchte, es zu glauben und zu verdrängen, dass es doch wahr sein könnte.

»Felicity?« Mum klopfte an die Tür, bevor sie ins Bad kam. »Ist alles in Ordnung?«

»Ja, ich hatte nur einen Albtraum.« Ich versuchte, so gelassen zu klingen, wie ich es gern gewesen wäre.

»Ach Liebes, das tut mir leid!« Sanft strich sie mir eine Haarsträhne aus meiner schweißnassen Stirn. »Zieh dir ein frisches Nachthemd an, sonst erkältest du dich noch, so nass geschwitzt wie du bist, und dann versuch, noch etwas zu schlafen.« Sie gab mir einen Kuss auf die Stirn.

Ich nickte und ging an ihr vorbei zur Tür, während sie den Wasserhahn zudrehte, den ich vergessen hatte.

Mein Vater lehnte am Türrahmen des Schlafzimmers und lächelte mich müde an.

»Entschuldigt, dass ich euch geweckt habe«, murmelte ich zerknirscht. Ich wusste, dass sein neuer Job anstrengend war und jetzt hielt ich ihn auch noch vom Schlafen ab.

»Mach dir keine Gedanken, Kleines. Auch nicht

über deine Träume, ja?«

»Ich versuch es«, behauptete ich, obwohl ich genau wusste, dass es nicht einfach werden würde, die Bilder aus meinem Kopf zu kriegen. »Gute Nacht, Dad.«

»Nacht, Felicity.«

Zurück in meinem Zimmer zog ich mich schnell um und kroch wieder unter die Bettdecke. Aber an Schlaf war nicht mehr zu denken, ich war hellwach. Außerdem tauchte immer das Holzkreuz vor meinen Augen auf, wenn ich sie schloss.

Also konnte ich gar nicht anders, als über meinen unheimlichen Traum nachzugrübeln. Konnte das tatsächlich so etwas wie eine Vision gewesen sein? Würde all das wirklich passieren? Würde Bonnie wirklich sterben?

Oder war es doch nur ein bedeutungsloser Albtraum? Hatte mir mein Unterbewusstsein vielleicht nur einen Streich gespielt, weil das erste Mal eine Mitschülerin freundlich zu mir gewesen war?

Als mein Wecker klingelte, zwang ich mich, aufzustehen. Ich fühlte mich schrecklich, während ich ins Bad schlurfte, und ein Blick in den Spiegel zeigte mir, dass ich auch so aussah. Meine schwarzen Locken standen wirr in alle Richtungen ab. Unter den Augen hatte ich dunkle Ringe, die das helle Grau meiner Augen noch hervorhoben.

Während ich das so fremd wirkende Gesicht anstarrte, hörte ich die Uhr an der Wand. Tack, tack, tack. Ich zählte die Tacks mit. Tack, tack, tack. Die Sekunden verstrichen und schließlich die Minuten, während ich mich nicht von meinem Spiegelbild lösen konnte. Schließlich schloss ich kurz die Augen und der Bann war gebrochen.

Trotzdem musste ich mich wieder zwingen, nach der Bürste zu greifen. Wie in Trance fuhr ich ein paar Mal damit durch meine Haare, die mir fast bis zur Taille gingen, und flocht sie dann zu einem Zopf. Irgendwie schaffte ich es auch, mir die Zähne zu putzen und mich zu waschen, ehe ich das Bad wieder verließ. Mit wackeligen Beinen schleppte ich mich nach unten in die Küche, doch schon beim Gedanken an Essen wurde mir schlecht.

Deshalb trank ich nur ein Glas Wasser. Die Dose mit meinem Schulbrot, die mir Mum auf die Anrichte gestellt hatte, ließ ich dort stehen, als ich zurück in mein Zimmer ging, um meine Schulsachen zu holen.

Der Versuchung, mich wieder ins Bett fallen zu lassen, konnte ich kaum widerstehen. Schnell stopfte ich Bücher und Hefte in meine Tasche, um mich abzulenken. Über meinem Schreibtisch hing ein Kalender, und mein Blick fiel auf das Datum. Heute war der 6. September. Heute war der Tag, an dem Bonnie in meinem Traum gestorben war.

Mit einem Kopfschütteln versuchte ich, diesen Gedanken zu vertreiben. Ich nahm schnell meine Tasche und verließ mein Zimmer. Eigentlich war es noch zu früh, um zur Haltestelle zu laufen, aber ich hielt es zu Hause nicht länger aus. So schlüpfte ich in Schuhe und Jacke und trat hinaus in den leichten Nieselregen.

Langsam verschwand die Müdigkeit, aber die Bilder der Beerdigung vergaß ich nicht. Sie umgaben mich wie ein dunkler Nebel und schienen mich auf

Schritt und Tritt zu verfolgen.

»Das war nur ein Traum«, flüsterte ich mir erneut selbst zu.

Wie gern hätte ich mir geglaubt, aber irgendetwas tief in meinem Inneren gab mir das Gefühl, dass dieser Albtraum alles andere als das Produkt einer überbordenden Fantasie gewesen war.

Ich kam an der Kirche vorbei. Heute schien sie bedrohlich in den grauen Himmel zu ragen. Der Friedhof lag direkt dahinter und am liebsten wäre ich wieder nach Hause gerannt, um dem Ort meiner Vision nicht so nah sein zu müssen.

Doch das tat ich nicht. Ich musste Bonnie sehen, wissen dass es ihr gut ging, und so lief ich schnell weiter zur Haltestelle und war erleichtert, als der Bus endlich kam. Ich sank auf einen freien Platz am Fenster und legte meine Stirn erschöpft an die kalte Fensterscheibe. Der Regen rann auf der anderen Seite an ihr herab und ich nahm kaum wahr, wie die Häuser der Stadt an mir vorbeizogen.

Als ich die Schule betrat, drang von überall her das fröhliche Stimmengewirr der anderen Schüler zu mir. Ich hatte das Gefühl, als würde mich ihre Heiterkeit erdrücken und ging so schnell wie möglich durch die Flure zum Klassenzimmer. Kraftlos ließ ich mich auf meinen Platz sinken und packte meine Sachen aus, während nach und nach auch meine Klassenkameraden den Raum betraten.

Es war mir auch kaum möglich, dem Unterricht zu folgen. Zum einen war ich viel zu müde, um mich auf das zu konzentrieren, was der Lehrer sagte, und zum anderen schweiften meine Gedanken immer wieder ab.

Bonnie saß in der Reihe vor mir und ich konnte sie kaum ansehen. Zuerst war ich erleichtert gewesen, sie gesund und munter zu sehen, doch nun schämte ich mich für meinen Traum und fühlte mich schuldig. Auch graute es mir vor dem Nachmittag, denn auch heute würden wir wieder in der Bibliothek an unserem Referat arbeiten.

Der Unterricht zog an mir vorbei, als wäre ich in Trance. Nach Schulschluss machte ich mich zusammen mit Bonnie auf den Weg zur Bibliothek. Die ganze Zeit konnte ich ihre Blicke auf mir spüren.

»Ist alles in Ordnung?«, wollte sie nach einigen Minuten von mir wissen.

»Ja. Warum fragst du?«

»Du siehst so blass aus und irgendwie wirkst du schon den ganzen Tag, als hättest du einen Geist gesehen.«

Ich wandte den Kopf und war überrascht, als ich ehrliche Sorge in ihren Augen entdeckte. »Hab nur schlecht geschlafen.« Ich hielt die Tür für sie auf und trat dann selbst über die Schwelle.

Schweigend gingen wir zwischen den Regalen entlang. Wie schon an den beiden Tagen zuvor setzten wir uns an einen freien Tisch und machten uns an die Arbeit. Während Bonnie unsere Notizen noch einmal durchging, verließ ich unseren Platz, um ein Buch aus einem der Regale zu holen. Ich hatte es schnell gefunden, kam jedoch nicht dran. Es stand so hoch im Regal, dass es außerhalb meiner Reichweite war. Ich zuckte zusammen, als auf einmal eine Hand nach dem Buch griff.

Rasch drehte ich mich um und sah ich in das Gesicht eines jungen Mannes, der mich freundlich anlächelte. Er strich sich mit der freien Hand seine braunen Haare aus der Stirn, während er mir das Buch mit der anderen hinhielt.

»Danke.« Ich nahm es ihm ab.

»Kein Problem.« Er lächelte kurz und verschwand dann den Gang entlang.

Einige Sekunden lang sah ich ihm verblüfft nach. Wie zuvorkommend er zu mir gewesen war!

Es fiel mir schwer, mich auf das Referat zu konzentrieren, als ich mich zu Bonnie setzte. Immer wenn ich das Mädchen ansah, das so freundlich zu mir war, musste ich an den Albtraum denken. Der Gedanke, dass das vielleicht doch mehr gewesen war, schnürte mir die Eingeweide zusammen. Am liebsten wäre ich nach Hause geflüchtet und hätte mich unter meiner Bettdecke versteckt, so wie ich es als kleines Kind getan hatte, immer wenn ich Angst gehabt hatte.

Vielleicht hätte ich mich besser gefühlt, wenn ich es Bonnie hätte erzählen können. Doch wenn ich das tat, würde ich sie nur erschrecken. Vermutlich würde sie mich als Freak abstempeln und nie wieder etwas mit mir zu tun haben wollen. Also schwieg ich und versuchte weiter, mich selbst davon zu überzeugen, dass es nur ein sinnloser Albtraum gewesen war.

Auch Bonnie war stiller als sonst. Nur ab und an verloren wir ein Wort über unser Thema. Schließlich beendeten wir unser Referat. Wir packten unsere Notizen zusammen und räumten die Bücher zurück in die Regale, bevor wir die Bibliothek wieder verließen.

»Mach's gut, wir sehen uns morgen in der Schule«, sagte Bonnie lächelnd.

»Bis morgen.« Die Worte kamen mir nur schwer über die Lippen, denn ich hatte das Gefühl, als wären sie eine schreckliche Lüge.

Einem Gefühl folgend, schloss ich Bonnie in meine Arme und sie erwiderte meine Umarmung, wenn auch etwas überrascht. Dieser Abschied fühlte sich so endgültig an, dass mir fast die Tränen kamen. Mein Herz fing an zu rasen. Ich sah sie genau an, um mir ihr Gesicht einzuprägen und es nie mehr zu vergessen. Mit einem letzten Winken verabschiedete sich Bonnie von mir und verschwand in der Dunkelheit, während ich zurückblieb und ihr nachstarrte. Erst als der Regen stärker wurde, wandte ich mich ab und machte mich auf den Weg zur Bushaltestelle.

Die ganze Fahrt über ließ mich das Gefühl nicht los, dass Bonnie in Gefahr war. Mein Traum war noch immer so allgegenwärtig, dass ich hätte schreien können. Die Angst um sie schnürte mir die Brust zu und machte mir das Atmen schwer.

Als der Bus an der Haltestelle bei unserem Haus hielt, stieg ich aus. Ich zögerte einen Moment, als mir bewusst wurde, dass mein Weg mich wieder an der Kirche vorbeiführen würde.

Dort angelangt konnte ich die Tränen nicht mehr zurückhalten. Das warme salzige Nass vermischte sich mit dem Regen und dieser wusch die Tränen gleich wieder fort. Vermutlich würden später nur noch meine geröteten Augen davon zeugen, dass ich überhaupt geweint hatte.

An der Haustür angekommen konnte ich wieder

klarer denken. Mit zitternden Fingern holte ich meinen Schlüssel aus der Tasche. Das Zittern war so schlimm, dass ich eine gefühlte Ewigkeit brauchte, um den Schlüssel ins Türschloss zu bekommen und umzudrehen. Mit einem leisen Klicken sprang die Tür endlich auf und ich betrat den wohlig warmen Flur. Schnell streifte ich mir Jacke und Schuhe ab, und lief die Treppe hinauf.

»Bist du das, Felicity?«, kam die Stimme meiner Mutter aus dem Wohnzimmer.

»Ja«, rief ich zurück, ging jedoch nicht wieder nach unten. Mir war nicht danach, mich mit ihr zu unterhalten. Ich wollte nur noch ins Bett.

Einige Minuten später klopfte es leise an der Tür und meine Mutter kam ins Zimmer. Ihre schwarzen Haare fielen ihr bis auf die Schultern und umrahmten ihr Gesicht, das mir mit den vollen Lippen und den blauen Augen so gar nicht ähnelte.

»Ist alles in Ordnung, Schatz?«

»Ich fühle mich nicht gut.« Diese Worte beschrieben nicht im Ansatz, wie schrecklich ich mich wirklich fühlte.

»Soll ich dir einen Tee kochen?«

Ich konnte die Sorge in ihrer Stimme hören.

»Nein, ich will nur noch schlafen.«

»Du solltest aber vorher etwas essen, Schatz. Dein Schulbrot hast du heute Morgen auch stehenlassen.« Sie ließ sich auf die Kante meines Bettes sinken.

»Mum, ich fühle mich schrecklich, wenn ich jetzt was esse, dann muss ich mich übergeben. Bitte mach dir nicht so viele Sorgen um mich.« Ich setzte mich auf und gab ihr einen Kuss auf die Wange in der

Hoffnung, sie so beruhigen zu können.

Doch die Unruhe in ihren Augen blieb, auch wenn sie verständnisvoll nickte und mein Zimmer verließ, ohne mich weiter mit Essensermahnungen zu quälen. Ich war ausgelaugt von der letzten Nacht und todmüde. Erschöpft schloss ich die Augen. Während ich so dalag, kamen mir wieder Zweifel. Eigentlich war es doch vollkommen bescheuert, dass ich mir so viele Gedanken machte. Ich hatte so viele Träume in meinem Leben gehabt. Nur weil ich schon einmal davon geträumt hatte, konnte ich ja noch lange nicht fliegen. Es waren immer Träume gewesen und nicht die Realität. Warum sollte es also diesmal anders sein?

Nein. Schluss mit den schrecklichen Gedanken! Bonnie würde nicht sterben.

3. Kapitel

Ein neuer Tag begann. So, wie es immer sein würde, auch noch in vielen tausend Jahren.

Doch sobald ich die Augen aufschlug, beschlich mich das Gefühl, dass sich etwas verändert hatte. Noch dazu hatte ich schreckliche Kopfschmerzen. Wie am Vortag musste mich dazu überwinden, aufzustehen.

Auch wenn ich nicht viel Zeit hatte, huschte ich schnell unter die Dusche. Das warme Wasser prasselte angenehm auf meine Haut. Für einen Moment schloss ich die Augen und hoffte wieder, dass sich mein Albtraum nicht bewahrheitet hatte. Der sechste September war vorbei, doch mein schlechtes Gefühl hatte sich nicht verflüchtigt, obwohl ich mich am Abend noch so bemüht hatte, meine Angst zu vertreiben. Was, wenn er doch wahr geworden und Bonnie gestorben war?

»Nein. Nur ein Traum«, flüsterte ich in die Stille hinein und stieg aus der Dusche. Ich sah in den Spiegel und bemerkte wieder die Augenringe in meinem erschöpften Gesicht. Ich sah aus, als hätte ich auch in dieser Nacht nicht geschlafen. Meine Hände zitterten leicht und mein Herz schlug schneller bei dem Gedanken, dass ich Bonnie vielleicht nie wiedersehen würde. Ich mochte sie. Sie war die Erste gewesen, mit der ich mich hatte normal unterhalten können.

Tränen stiegen mir in die Augen, aber ich unterdrückte sie. Ich schüttelte den Kopf, um die düsteren Gedanken zu vertreiben. Sicher würde sie mich freundlich anlächeln, wenn wir uns nachher in der Schule trafen. Nur weil ich dieses bescheuerte Gefühl hatte, hieß es noch lange nicht, dass es stimmte.

Schnell trocknete ich mich ab und band meine noch nassen Haare zu einem Zopf zusammen, bevor ich das Bad wieder verließ. Ich ging in die Küche, wo meine Eltern am gedeckten Frühstückstisch saßen.

»Guten Morgen, Lissy, wie hast du geschlafen?«, wollte mein Vater wissen, den Blick auf die Tageszeitung gerichtet. Ich ließ mich auf den Stuhl neben ihm sinken.

»Nicht so gut.«

»Du siehst auch nicht gut aus. Wirst du etwa krank?«, erkundigte sich meine Mutter und legte mir ihre Hand auf die Stirn. »Kein Fieber, aber vielleicht solltest du dich heute lieber ausruhen?« Sie schüttete mir ein Glas Wasser ein und sah mich fragend an.

Nun blickte auch mein Vater auf. »Deine Mutter hat recht, willst du vielleicht zu Hause bleiben?«

Ich schüttelte schnell den Kopf und nahm einen Schluck von meinem Wasser.

»Wo warst du eigentlich gestern Abend, Dad?«, versuchte ich abzulenken.

Ich wusste zwar, dass er in seiner neuen Firma viel zu tun hatte, trotzdem wäre er um diese Zeit normalerweise schon da gewesen.

Meine Mutter arbeitete noch nicht wieder. Sie würde ihre neue Stelle erst in zwei Monaten antreten.

»Ich hatte noch ein Meeting. Das hat etwas länger

gedauert«, antwortete mein Vater.

Erst jetzt fiel mir auf, dass auch er müde aussah. Mein Blick streifte die Uhr und erschrocken sprang ich auf. Ich war spät dran.

»Ich muss los. Hab euch lieb.« Ich gab erst meiner Mutter und dann meinem Vater einen Kuss auf die Wange, ehe ich meine Tasche nahm und in den Flur lief. Ich schlüpfte in die Schuhe und streifte mir meine Jacke über.

Obwohl ich so spät losgekommen war, hatte ich den Bus noch rechtzeitig erreicht und war wie immer die Erste im Klassenraum.

Während ich wartete, ließ ich die Tür keine Sekunde aus den Augen. Angst schnürte mir die Kehle zu und ich rutschte nervös auf meinem Platz hin und her. Immer wenn jemand hereinkam, hoffte ich, dass es Bonnie war. Doch bis zum Klingeln blieb ihr Platz leer und als Mr Wilson schließlich kam, gab ich die Hoffnung auf, dass sie noch kommen würde.

»Ich habe leider schlechte Nachrichten für euch.«

Erschrocken fuhr mein Blick nach vorn zu meinem Lehrer, der sich gerade auf den Stuhl hinter seinem Schreibtisch sinken ließ. Mein Magen zog sich zusammen und eine Stimme in meinem Kopf flüsterte mir zu, dass mein schrecklicher Traum wahr geworden war.

Mr Wilson legte seine Tasche auf den Tisch und holte eine Mappe heraus.

Inzwischen war ich so nervös, dass ich meine Hände zu Fäusten geballt hatte und die Fingernägel sich in mein Fleisch bohrten.

»Die Klassenfahrt in drei Wochen muss leider

abgesagt werden.«

Niemand bekam mit, wie ich vor lauter Erleichterung ausatmete, denn meine Mitschüler sprachen laut durcheinander. Ich hatte mir sinnlos Sorgen gemacht. Bonnie verspätete sich bestimmt nur. Oder war sie vielleicht krank?

»Warum denn das?«, hörte ich einen Jungen sagen, an dessen Namen ich mich nicht erinnern konnte.

Ich blickte von meinen Handflächen hoch, auf denen meine Nägel kleine rote Halbmonde hinterlassen hatten, und sah Mr Wilson an, der gerade erklärte: »Die Jugendherberge, in die wir eigentlich fahren wollten, ist vor wenigen Tagen abgebrannt und bis jetzt ist es mir nicht gelungen, eine geeignete Alternative zu finden.«

Die Schüler beschwerten sich natürlich lautstark, wurden jedoch von unserem Lehrer unterbrochen. »Ich versuche, die Klassenfahrt auf das Frühjahr zu verschieben. Hier habe ich Briefe für eure Eltern, um sie darüber zu informieren. James, teilst du sie bitte aus?«

Der Junge in der ersten Reihe stand auf und nahm dem Lehrer die Umschläge ab.

Es klopfte an der Tür und die Stimmen verstummten, als der Direktor den Raum betrat.

»Ah, was für eine Ehre, dass Sie uns besuchen kommen.« Mr Wilson begrüßte ihn mit einem Lächeln, aber der Mann blieb ernst und ging zum Pult. Er sagte etwas zu unserem Lehrer, das ich nicht hören konnte, doch innerhalb von Sekundenbruchteilen fiel Mr Wilson das Lächeln aus dem Gesicht und er starrte seinen Vorgesetzten schockiert an.

»Ich habe euch etwas Wichtiges mitzuteilen«, wandte sich der Direktor schließlich an uns Schüler. Er wirkte angespannt und sah uns der Reihe nach an.

»Ich möchte, dass ihr mir jetzt genau zuhört und mir währenddessen keine Fragen stellt.« Einen Moment schwieg er und schien sich zu sammeln, bevor er fortfuhr: »Es geht um eure Mitschülerin Bonnie Brown. Ich habe gerade einen Anruf von ihren Eltern erhalten. Es tut mir sehr leid, aber ich muss euch mitteilen, dass Bonnie gestern Abend gestorben ist.«

In der Klasse war es totenstill, aber ich fühlte mich, als würde mir jemand das Herz aus der Brust reißen. Alles, was der Direktor danach sagte, bekam ich nicht mehr mit. Es war, als hätte jemand eine dicke Decke über meinen Kopf geworfen. Die Stimmen klangen gedämpft und ich konnte den Sinn der Worte nicht begreifen.

Ich blickte in die Gesichter meiner Mitschüler und konnte in den meisten von ihnen das pure Entsetzen lesen, als sie realisierten, dass wirklich wahr war, was der Direktor eben gesagt hatte. Langsam stieg das Stimmengewirr an, aber nur die Worte unseres Direktors drangen in mein Bewusstsein. »Ihr seid für den restlichen Tag alle vom Unterricht befreit.«

Ich registrierte, wie meine Klassenkameraden sich erhoben und nach und nach den Raum verließen. Wie in Trance stand auch ich auf. Vor meinem inneren Auge spielte sich mein Albtraum noch einmal in Zeitraffer ab. Ich dachte an den Vortag. Dachte an Bonnie, daran, dass sie der erste Mensch auf dieser Welt gewesen war, der für mich so etwas wie eine Freundin gewesen war. Ich erinnerte mich, wie wir uns vor der Bibliothek umarmt und einander zum Abschied gewinkt hatten.

Es war nicht fair, dass sie hatte sterben müssen. Sie hatte das nicht verdient. Aber mich machte nicht nur ihr Tod fertig. Ich musste wieder an den Traum denken, in dem ich auf ihrer Beerdigung gewesen war.

Wie konnte das sein? Konnte ich in die Zukunft sehen? Aber das war nicht möglich! Ich wusste, dass so etwas nicht möglich sein konnte, nicht möglich sein durfte.

Wie von selbst trugen mich meine Beine zur Bushaltestelle und ich stieg in den nächsten Bus. Immer wieder und wieder kreisten meine Gedanken um meine Zeit mit Bonnie. Ich konnte ihre Stimme hören, ihr Gesicht sehen und dachte an ihre Worte. Sie war die Erste gewesen, die mir, abgesehen von meiner Familie, keine Abneigung entgegengebracht hatte. Doch nun war sie nicht mehr da und ich konnte ihr nicht mehr sagen, wie gern ich ihre Freundin geworden wäre.

Ich brachte es nicht übers Herz, an der Kirche und dem Friedhof vorbeizugehen, also entschied ich mich zuerst einen Abstecher in den verwilderten Park zu machen. Nur kurz dachte ich an die seltsame Schattengestalt, doch diesmal fürchtete ich mich nicht, ihr zu begegnen. Ich war in Gedanken nur bei Bonnie. Tränen stiegen mir in die Augen und ich sah meine Umgebung nur noch verschwommen. Äste schlugen mir ins Gesicht, aber selbst der Schmerz, den sie verursachten, war nichts gegen das, was in mir tobte. Es war, als hätte sich in meiner Brust ein schwarzes Loch gebildet, das alle guten Gefühle und jedes bisschen Wärme verschlang. Kalte Schauer liefen mir über den Rücken und zitternd zog ich meine Jacke fester um mich.

Hätte ich Bonnie von meinem Traum erzählen sollen? Hätte ich ihren Tod vielleicht verhindern können? Ich fühlte mich schrecklich schuldig.

Neben einem verwitterten, moosüberwucherten Brunnen sank ich auf den Boden und ließ meinen Tränen freien Lauf.

Ich wollte einfach nicht nach Hause gehen, dort würde ich keine Ruhe finden. Mum würde mir sofort ansehen, dass etwas nicht stimmte, aber ich konnte im Moment mit niemandem darüber reden. Es war einfach zu schmerzhaft und zu verrückt. Wieso hatte ich Bonnies Beerdigung gesehen und warum sogar das genaue Datum? Ich war mir sicher, dass mir das niemand glauben würde. Vermutlich würde man mich für gestört halten und mich in die Psychiatrie einweisen. Ich konnte das alles ja selbst nicht begreifen. Was stimmte nur nicht mit mir?

Ich wusste nicht, wie lange ich dort auf dem Boden gesessen hatte, aber irgendwann trocknete ich mir die Tränen mit meinem Ärmel ab und stand langsam auf.

Ein Blick auf die Uhr zeigte mir, dass mehr als eine Stunde verstrichen war. Es war mir nicht so lange vorgekommen, nur wie ein paar Minuten.

Ich machte mich auf den Weg nach Hause und hob den Blick für keinen Moment vom Boden. Die Kirche und den Friedhof wollte ich nicht sehen, wollte nicht wissen, was um mich herum geschah.

Meine Mutter war in der Küche und kam in den Flur, als sie die Tür hörte. Sie war offenbar gerade erst vom Einkaufen gekommen, denn sie hatte eine Packung Käse in der Hand und ein Karton mit Lebensmitteln stand noch im Flur.

»Lissy! Warum kommst du denn jetzt schon? Ist etwas passiert?« Ihre Stimme klang überrascht und besorgt. Sie nahm mir meine Jacke ab und hängte sie an die Garderobe, ließ mich aber keine Sekunde aus den Augen.

»Was ist denn los? Du bist ja ganz blass.« Ihre Hände legten sich auf meine Schultern, in der einen Hand hielt sie immer noch den Käse.

Mir stiegen erneut die Tränen in die Augen, als ich an meine Freundin dachte, und meine Mutter nahm mich in den Arm. Ich schmiegte mein Gesicht ganz dicht an ihre weiche Wolljacke.

»Bonnie ist gestern Abend gestorben«, schluchzte ich.

»Oh Süße, wie schrecklich!« Mum strich mir über den Rücken. »Das tut mir so leid.«

Ich kuschelte mich noch enger an sie und war froh, dass sie für mich da war.

»Willst du darüber reden?«

Ich schüttelte den Kopf und löste mich von ihr.

»Es wird wieder alles gut. Du bist nicht allein, Lissy.« Mit diesem geflüsterten Versprechen gab sie mir einen Kuss auf die Wange. »Komm, iss erst mal etwas. Nicht, dass du mir noch umfällst.« Sie schob mich in die Küche, drückte mich sachte auf einen der Stühle und holte Brot und Marmelade aus dem Kühlschrank. Als ich mich nicht rührte, schmierte sie mir eine Scheibe und reichte sie mir, bevor sie sich wieder den Einkaufstaschen widmete.

»Felicity, du musst etwas essen.« Ihre Stimme wurde strenger und ich biss ein Stück von dem Brot ab. Sofort wurde mir schlecht. Während ich meiner Mutter zuliebe weiter aß, verfestigte sich mein Entschluss.

Ich würde ihr nichts von meinem Albtraum erzählen und auch niemandem sonst. Das war mein dunkles Geheimnis und ich war nicht bereit, es jemandem anzuvertrauen. Denn wenn ich das tat, würde es dazu führen, dass die Menschen mich noch mehr ablehnten, als sie es ohnehin schon taten. Ich wollte nicht riskieren, dass sich am Ende womöglich auch noch meine Eltern von mir abwandten.

4. Kapitel

In den nächsten Tagen blieb ich zu Hause. Ich hatte nicht die Kraft, mein Bett zu verlassen, und meine Eltern versicherten mir, dass ich nicht in die Schule gehen musste, bis es mir besser ging. Die ganze Zeit über dachte ich an den Albtraum. Egal was ich versuchte, es gelang mir nicht, mich von ihm abzulenken.

Fünf Tage nach Bonnies Tod war ihre Beerdigung. Nur widerstrebend ging ich hin, aber ich war es ihr schuldig. Ich hätte es mir nie verziehen, wenn ich es nicht getan hätte, auch wenn sich jede Faser meines Körpers dagegen sträubte, den Friedhof zu betreten.

Meine Eltern hatten mir angeboten, mitzukommen, aber ich hatte abgelehnt, und so betrat ich allein die Kirche. Der Pfarrer hatte bereits mit seiner Predigt begonnen. Von allen unbemerkt, setzte ich mich in die letzte Reihe. Ich konnte den Worten des Geistlichen nicht folgen, dafür sprach er zu leise, aber wahrscheinlich hätte ich ohnehin nicht viel von seiner Trauerrede mitbekommen. Das Gefühl, Bonnie auf ihrem letzten Weg zu begleiten, war einfach zu schrecklich und ich war kurz davor, erneut in Tränen auszubrechen. Doch etwas lenkte mich ab.

Ich war mir sicher, im Augenwinkel eine Bewegung bemerkt zu haben, aber als ich hinsah, war dort nichts. Schnell wandte ich den Blick wieder dem Altar zu. Direkt daneben stand Bonnies Sarg, der aus einem hellen Holz gefertigt war, und davor ein Foto von ihr. Sie lächelte fröhlich in die Kamera und ich konnte nicht hinsehen, ohne dass die Schuldgefühle drohten, mir den Magen umzudrehen.

Wenig später standen alle auf und ich trat in die Schatten zwischen zwei Säulen, während die anderen sich auf den Weg nach draußen machten. Ich schloss mich als Letzte der kleinen Gruppe an, die zwischen den Gräbern hindurchging.

Vier Männer in schwarzen Anzügen trugen Bonnies Sarg bis zu ihrem Grab und stellten ihn daneben ab.

Nachdem der Pfarrer noch ein paar Worte gesagt hatte, traten ein Mann und eine Frau an seine Seite. Das mussten Bonnies Eltern sein. Ich konnte ihre vom Weinen geröteten Augen sehen. Beide sagten einige Worte, aber ich war nicht fähig, mich darauf zu konzentrieren und ihnen zuzuhören. Das schwarze Kleid der Frau wehte um ihre Beine und zusammen mit ihrer blassen Haut hatte sie etwas von einem Geist. Sie hatte dieselben roten Haare wie Bonnie.

Der Mann an ihrer Seite hatte dunkle Haare, doch als er einen Blick in die Menge warf, erkannte ich in seinen Zügen das Mädchen, mit dem ich so gern zusammengearbeitet hatte.

Ich drehte mich zu der Mauer um, an der ich in meinem Traum gestanden hatte, und entdeckte zu meinem Entsetzen erneut eine der Schattengestalten. Sie blieb für einen Moment stehen und kam dann auf uns zu.

Ich versuchte, mir meine Angst nicht anmerken zu lassen, ließ die Gestalt jedoch nicht aus den Augen. Wie in meinem Traum ging sie zwischen den Gräbern entlang und blieb schließlich nur wenige Meter neben mir stehen. Sie schien den Worten des Pfarrers zu lauschen, der inzwischen wieder sprach, doch noch immer hörte ich ihm nicht zu. Was war das nur für ein Wesen?

Mir war klar, dass die anderen Menschen den merkwürdigen Schatten nicht sehen konnten, denn niemand von ihnen reagierte. Diesmal überraschte es mich auch nicht, als sich die Gestalt in nichts auflöste. Ich wandte meinen Blick wieder dem Sarg zu. Die Männer bezogen eben wieder Stellung neben ihm und senkten ihn langsam ins Grab hinab.

»Und so nehmen wir Abschied von Bonnie, einer geliebten Tochter, Enkelin und Freundin. Sie wird für immer in unseren Herzen bleiben«, schloss der Pfarrer seine Rede und gab das Wort an Bonnies Familie.

Ich begegnete Fionas Blick. Auch Bonnies Freundin standen die Tränen in den Augen, aber da war noch ein anderer Ausdruck auf ihrem Gesicht. Zorn.

Unsicher schlug ich die Augen nieder, denn irgendwie hatte ich das Gefühl, dass ihre Wut mir galt. Doch wieso? Sie konnte unmöglich von meinem Traum wissen.

Die versammelte Gesellschaft, allen voran Bonnies Eltern, warf Erde und Blumen in das geöffnete Grab. Aus meinem Traum wusste ich, dass die Männer es erst schließen würden, wenn die Trauernden fort waren. Sie sollten in Ruhe Abschied nehmen können, ohne dabei gestört zu werden.

Und so verabschiedeten sich der Pfarrer und die Männer in den schwarzen Anzügen kurz darauf von Bonnies Eltern und gingen in Richtung Kirche. Die ersten Trauergäste folgten ihnen und nur wenige blieben noch am Grab.

Die Eltern standen direkt davor und schauten hinunter auf den hellen Sarg. Neben dem Loch lagen Kränze und einzelne Blumensträuße. Ihre bunte Fröhlichkeit bildete einen starken Kontrast zu der dunklen braunen Erde.

»Du! Du bist schuld an Bonnies Tod!«

Ich drehte mich um und sah Fiona vor mir stehen. Ihr Blick war hasserfüllt. Erschrocken zuckte ich vor ihr zurück.

»Du hast sie als Letztes gesehen. Nur wegen dir musste sie sterben, weil du mit ihr bis abends in dieser bescheuerten Bibliothek warst!«

Ich wich noch einen Schritt vor ihr zurück.

»Fiona, das war nicht ihre Schuld.« Eine von ihren Freundinnen legte der Blonden die Hand auf die Schulter und zog sie sanft zurück. Doch Fionas Ausdruck war noch immer wütend und ich wusste, dass es doch meine Schuld war. Ich hätte Bonnie warnen müssen. Es wäre meine Pflicht gewesen. Vielleicht hätte ich sie retten können. Doch ich hatte nichts getan, hatte gedacht, dass es einfach nur ein bedeutungsloser Traum gewesen war.

Tränen schossen in meine Augen und ich wirbelte herum. Ich wollte nur noch weg von hier. Weg von Fionas anklagenden Blicken, weg von diesem Ort des Grauens. So schnell mich meine Beine trugen, rannte ich davon und quetschte mich durch die Hecke, die den Friedhof begrenzte. Voller Wut auf mich selbst schrie ich auf, als ich an einem Ast hängenblieb und fühlte, wie der Ärmel meiner Jacke aufriss. Doch ich sah nicht nach, sondern rannte einfach weiter. Mir war egal wohin. Jeder Meter, der mich weiter von diesem Friedhof wegbrachte, erschien mir wertvoll. Ich wollte nie wieder stehenbleiben. Am liebsten wäre ich bis ans Ende der Welt gerannt.

Doch irgendwann zwang mich ein heftiges Seitenstechen stehen zu bleiben. Schnaufend lehnte ich mich an eine Hauswand und bemühte mich, gleichmäßig zu atmen, während die Leute an mir vorbei über die Straße hasteten. Alles wäre völlig normal gewesen, wenn nicht … Entsetzt taumelte ich von der Mauer weg. Direkt neben mir war die schreckliche Schattengestalt aufgetaucht. Doch sie war nicht allein. Überall waren diese unheimlichen dunklen Schatten jetzt. Sie standen mitten in Glasgow an dieser Straßenkreuzung, zwischen den Menschen. Doch ich war die Einzige, die sie sah.

Ich nahm mir nicht die Zeit, sie zu zählen, sondern rannte einfach weiter.

Warum waren diese Gestalten auf einmal überall? Und warum konnte nur ich sie sehen?

Ich fürchtete mich vor ihnen, obwohl sie nichts taten. Doch ihre bloße Existenz sorgte dafür, dass mir ein kalter Schauer den Rücken hinablief.

Ich wollte nicht in ihrer Nähe sein, wollte, dass sie wieder verschwanden. Ich wollte verdammt noch mal, dass alles wieder so wurde, wie es vor unserem Umzug nach Glasgow gewesen war!

Ich schrie auf, als direkt vor mir einer dieser

schwarzen Schatten auftauchte. Ich war unfähig zu bremsen und rannte einfach durch ihn hindurch. Es war ein unbeschreiblich schreckliches Gefühl. Mir war mit einem Mal eiskalt und mein Magen drehte sich um. Es war mein Glück, dass ich den ganzen Tag noch nichts gegessen hatte, sonst hätte ich mich wahrscheinlich augenblicklich übergeben. Ich stürzte zu Boden. Panisch wandte ich den Kopf, in der Erwartung, der unheimliche Schatten würde mich angreifen. Doch wieder tat er nichts. Er löste sich einfach nur auf.

Mit einem Satz war ich auf den Füßen und rannte weiter. Obwohl der Schatten nicht mehr zu sehen war, hatte ich noch immer das Gefühl, er wäre noch da und würde mich sogar berühren. Jetzt floh ich nicht mehr nur, ich versuchte auch, dieses schreckliche Gefühl abzuschütteln.

Wie von selbst trugen mich meine Füße in Richtung meines Zuhauses und in den verwilderten Park. Erschöpft ließ ich mich auf das weiche, moosüberwucherte Gras fallen und schloss die Augen. Eigentlich machte es keinen Sinn, dass ich mich gerade hierher geflüchtet hatte, denn hier war ich zum ersten Mal einer Schattengestalt begegnet. Doch alles war besser, als wieder in meinem Zimmer eingesperrt zu sein, und ich spürte tatsächlich, wie langsam die Panik von mir abfiel.

Ich hörte den Wind in den Blättern rascheln, während ich grübelte, was mit mir los war. Das war doch nicht normal, Schattengestalten und in einem Albtraum die Zukunft zu sehen – wurde ich etwa verrückt?

Doch warum hatte all das erst nach dem Umzug angefangen? Hatte es etwas damit zu tun?

Egal wie sehr ich versuchte, eine Erklärung zu finden, es gelang mir nicht. Stattdessen kamen wieder die Schuldgefühle hoch, die mich wegen Bonnie plagten. Es war wie ein endloses Karussell, das sich in meinem Kopf drehte. Die Angst, verrückt zu werden, die Trauer und die Selbstvorwürfe, Bonnie nicht gerettet zu haben, machten mich fertig.

Vielleicht hätte ich nach Hause gehen und mit meinen Eltern reden sollen, aber ich fand keine Kraft dazu. Die bleierne Müdigkeit, die sich über meinen Körper gelegt hatte, hielt mich davon ab. Also blieb ich liegen, bis die Sonne langsam unterging und die letzten Lichtstrahlen des Tages zwischen dem Blätterdach der Bäume verblassten.

Im Traum ging ich mit langsamen Schritten durch den Park. Obwohl er vollkommen anders aussah, erkannte ich ihn sofort. Er war gepflegt, die Büsche und Bäume waren gestutzt und das Gras kurz. Bunte Blumen wuchsen überall und viele kleine Schmetterlinge flogen durch die Luft.

Erst als ich genauer hinsah, erkannte ich, dass es Feen und keine Schmetterlinge waren. Da ich träumte, überraschte mich das jedoch nicht und ich beobachtete sie nur neugierig, bevor ich weiter zum Brunnen lief, in dem leise das Wasser plätscherte.

Das Sonnenlicht brach sich in den kleinen Geysiren, die aus der Wasseroberfläche heraussprudelten. Die beiden Ritter in ihren glänzenden Rüstungen, die danebenstanden, schienen mich nicht zu bemerken und auch ich sprach sie nicht an, sondern ging weiter. Die Büsche und Bäume lichteten sich und dahinter lag eine sanfte Hügellandschaft, über der ein blauer Himmel strahlte.

Die Sonne schien warm auf mich herab und ein glückliches Lächeln schlich sich auf mein Gesicht. Ein weiteres Mal blieb ich kurz stehen, als ich einen reiterlosen Rappen am Horizont entlang galoppieren sah. Die Mähne des Pferdes wehte im Wind und es strahlte eine Anmut aus, wie ich sie noch nie gesehen hatte. Ich verfolgte das Tier mit meinen Augen, bis es in der Ferne verschwand, und setzte meinen Weg fort.

Irgendwann tauchte ein prachtvolles Schloss zu meiner Rechten auf. Ich wandte mich ihm zu, doch auf meinem Weg dorthin wurde der Himmel über mir schwarz und ein kalter Regen setzte ein. Ein Zittern durchfuhr meinen Körper, als die eisigen Tropfen auf mich herabprasselten, und ich fragte mich, wie der Regenschauer aus dem Nichts hatte kommen können. Die Erde schien zu beben und es war mir kaum noch möglich, einen Fuß vor den anderen zu setzen.

Ich konnte nur wenig von meiner Umgebung erkennen. Die dicken Regentropfen schienen kaum noch Licht zu meinen Augen durchzulassen und ich tastete mich mehr oder weniger blind voran. Nur schemenhaft nahm ich wahr, was vor mir geschah.

Als plötzlich der Boden aufriss, fühlte ich es mehr, als dass ich es sah. Mein Fuß trat ins Leere und ich stürzte in eine Schlucht, die sich urplötzlich aufgetan hatte. Ich befand mich im freien Fall, stürzte in die Tiefe und alles um mich herum wurde schwarz.

Ich schreckte aus dem Schlaf auf, weil etwas Eiskaltes und Nasses meinen Rücken traf. Regen.

Verwirrt wischte ich mir Moos aus dem Gesicht, das an meiner Wange klebte und rappelte mich vom Boden auf. Dabei spürte ich das unangenehme Ziehen eines beginnenden Muskelkaters in meinen Beinen. Mein ganzer Körper schmerzte vom Liegen auf der harten Erde und ich streckte mich vorsichtig, bevor ich aufstand. Obwohl der Regen unangenehm war, hatte ich gleichzeitig das Gefühl, als würde das Wasser die Energie in meinen Körper zurückbringen. Doch leider war das gute Gefühl im nächsten Moment wieder vorbei. Die Erinnerung an Bonnie meldete sich zurück.

Sofort waren auch die Tränen wieder da. Am liebsten hätte ich mich zurück ins Moos gelegt und wieder geweint, aber ich durfte nicht länger hierbleiben. Auch wenn ich noch nicht bereit war, nach Hause zu gehen, konnte ich auch nicht ewig im Regen bleiben.

Ich zog meine Jacke enger um mich. Erst jetzt merkte ich, dass ich zitterte. Ich trug viel zu dünne Kleidung, die den Regen nicht abhielt. Inzwischen war ich komplett durchnässt und musste dringend ins Trockene. Also humpelte ich langsam den Weg zurück zur Straße.

Dabei kam mir der sonderbare Traum über den Park in den Sinn. War das etwa wieder eine Vision von dem gewesen, was in der Zukunft passieren würde? Ich verzog das Gesicht. Nein, es gab auf keinen Fall Feen. Und Ritter, die irgendwo herumstanden, waren auch eher ungewöhnlich. Aber bildete ich mir nicht auch ein, Schattengestalten zu sehen? Die einzige logische Erklärung war, dass ich begann, den Verstand zu verlieren.

Das Tor des Parks kam in Sicht und mit gesenktem Kopf ging ich darauf zu. Ich strich mir einige Strähnen meiner nassen Haare aus der Stirn und zog meine Jacke noch ein wenig fester um mich, auch wenn es nichts änderte. Mir war eiskalt und auf einmal wünschte ich mir nur noch, zu Hause in meinem Bett zu liegen. Was hatte ich mir nur dabei gedacht wegzulaufen? Und warum war ich nicht sofort nach Hause gegangen? Ich kannte die Antwort genau. Ich wollte meine Eltern nicht mit dem belasten, was mit mir passierte, wollte nicht, dass sie sich noch mehr Sorgen um mich machten.

Auf einmal wurde mir klar, dass sie sich die wahrscheinlich bereits machten, weil ich noch nicht nach Hause gekommen war. Sofort hatte ich ein schlechtes Gewissen.

»Kann ich dir vielleicht helfen?«

Ich schrie erschrocken auf und machte einen Satz zurück. Mein linker Fuß blieb an irgendetwas hängen und ich stürzte rückwärts auf den harten Boden. Für einen Moment blieb mir die Luft weg. Dann sah ich, wie sich jemand über mich beugte, meine Hand ergriff und mich wieder auf die Füße zog.

»Danke«, stotterte ich überrascht und starrte den hilfsbereiten Mann an, der mich eben noch zu Tode erschreckt hatte.

Auch seine dunklen Haare waren nass vom Regen und fielen ihm in die Stirn. Sein Gesicht war kantig und bartlos und er schien nur ein paar Jahre älter zu sein als ich. Sein langer grüner Mantel ließ ihn fast mit der Umgebung verschmelzen.

»Keine Angst, ich will dir nichts tun.« Seine Stimme klang sanft. »So wie du aussiehst, dachte ich nur, du bist vielleicht überfallen worden und brauchst Hilfe.«

Ich folgte seinem Blick und entdeckte den langen Riss an meinem Ärmel und die dunklen Moosflecken. Was er sagte, klang nur zu logisch. Ich musste so schrecklich aussehen, wie ich mich fühlte.

»Nein, ich hab nur einen Spaziergang gemacht und bin an einem Ast hängengeblieben und dann fing es an zu regnen«, behauptete ich. Zumindest sagte ich damit teilweise die Wahrheit. Doch dann fiel mir etwas anderes ein. Ich war in diesem Park noch nie jemandem begegnet. »Und was tust du hier?«

»Genau wie du wollte ich auch einen Spaziergang machen.« Er lächelte, und obwohl es ihn noch sympathischer machte, hatte ich das Gefühl, dass er mir ebenfalls nicht die Wahrheit sagte. Plötzlich fiel mir ein, dass ich ihn schon einmal gesehen hatte. In der Bibliothek. Er hatte mir mit dem Buch geholfen. Was für ein seltsamer Zufall.

»Soll ich dich vielleicht nach Hause bringen?«

Überrascht von seinem Angebot schüttelte ich den Kopf. »Ich habe es nicht weit.«

»Verrätst du mir dann wenigstens deinen Namen?«

Noch immer standen wir uns gegenüber. Ich hätte jederzeit an ihm vorbeigehen können und doch hatte ich das Gefühl, er würde mir den Weg versperren.

»Felicity, und du?« Mit einem Blick auf die Straße stellte ich fest, dass keine Menschenseele unterwegs war. Falls er vorhatte, mir etwas zu tun, hätte er ein leichtes Spiel. Aber offensichtlich war das nicht seine Absicht, denn er plauderte ja nur mit mir.

»Ich bin Jack. Freut mich dich kennenzulernen.« Sein Lächeln erreichte nun auch seine braunen Augen und unwillkürlich schlich sich auch auf meine Lippen ein leichtes Lächeln. Jedoch fragte ich mich noch immer, was er hier im Park wollte. Weder das Wetter, noch der verwilderte Park luden zu einem entspannten Spaziergang ein.

Offenbar schien er dasselbe zu denken. »Es geht mich ja eigentlich nichts an, aber irgendwie siehst du nicht so aus, als wärst du nur zum Vergnügen hier unterwegs. Eher so, als hättest du Kummer«

Es überraschte mich nicht, dass er das an meinem verheulten Gesicht ablesen konnte, dass er es aber aussprach schon.

»Du hast recht. Es geht dich nichts an«, gab ich zurück.

»Na ja, musst du wissen. Ich wollte damit auch nur sagen, falls du drüber reden willst, ich kann gut zuhören.«

Sein Lächeln war verschwunden und er wirkte plötzlich sehr ernst.

Doch genau dieser Ausdruck gab mir das Gefühl, dass ich ihm vertrauen konnte, auch wenn ich nicht wusste weshalb. Er war ein völlig Fremder, aber am liebsten hätte ich wirklich über die Geschehnisse der letzten Tage mit ihm geredet. Aber wieso? Wenn ich es schon nicht meinen Eltern erzählen konnte, dann erst recht keinem Fremden, oder?

»Falls ich dir doch mal irgendwie helfen kann,

musst du es nur sagen. Ich arbeite in der Bibliothek. Erinnerst du dich? Da sind wir uns schon einmal begegnet.«

Ich nickte und nun trat er endlich zur Seite. Während ich durch das Tor auf den Bürgersteig trat, spürte ich, dass er mir nachsah. Als ich mich jedoch noch einmal umwandte, war Jack nicht mehr da.

»Felicity! Wo warst du, Liebes? Wir haben uns schreckliche Sorgen gemacht!«

Meine Mutter schloss mich in ihre Arme und mir schossen sofort die Tränen in die Augen. Stockend erzählte ich von dem Vorfall mit Bonnies Freundin auf ihrer Beerdigung und wie ich weggelaufen war.

Mum hielt mich dabei die ganze Zeit in ihren Armen, auch mein Vater kam in den Flur und hörte zu. Beide redeten beruhigend auf mich ein. Es tat so gut, dass sie für mich da waren, und ich hielt mich für unglaublich dumm, weil ich nicht früher nach Hause gekommen war. Stundenlang war ich draußen im Regen gewesen und nicht hier, bei meiner Familie.

Ich nahm kaum wahr, wie Mum mich ins Bad brachte und mir aus meiner nassen Kleidung half, bevor sie mich unter die warme Dusche schob.

Das heiße Wasser auf meiner Haut tat gut und ich versuchte, es zu genießen und nicht nachzudenken. Doch das Wasser erinnerte mich an den Regen draußen und an den Traum. Inzwischen machte ich mir Sorgen, dass es vielleicht trotz der Feen und Ritter wieder eine Vision gewesen sein könnte. Immerhin war es möglich, dass mein Unterbewusstsein diese Fantasiewesen nur aus einer Geschichte, die ich mal gelesen hatte, hinzugefügt hatte, die Sache mit der Stadt aber real war. Ich war mir ziemlich sicher, dass sie von einer der Spalten verschluckt worden war, in die auch ich gefallen war.

Mein gesunder Menschenverstand und meine Schulbildung sagten mir zwar, dass es in Schottland keine Erdbeben gab, die stark genug waren, um eine ganze Stadt mitsamt Umgebung zu vernichten, aber vielleicht war es ja ein anderer Ort irgendwo auf der Welt gewesen?

Nachdem ich das Bad verlassen hatte, brachte mir Mum etwas zu essen und eine Tasse Tee. Beides ließ ich auf dem Tablett stehen. Ich war viel zu erschöpft, um etwas zu mir zu nehmen, und nur froh, endlich in meinem Bett zu liegen.

5. Kapitel

Ich ging auch in den nächsten Tagen nicht zur Schule und zu meiner großen Erleichterung erlaubten mir meine Eltern dies auch weiterhin und entschuldigten mich. Es ging mir noch immer nicht gut und ich war mir sicher, dass ich mich noch nicht wieder auf den Unterricht konzentrieren konnte. Zu sehr setzte mir zu, was mit Bonnie passiert war.

Ich versuchte, mich mit Lesen abzulenken, doch das half nicht wirklich. Entschlossen legte ich mein Buch zur Seite und stand vom Bett auf. Ich musste herausfinden, was mit mir nicht stimmte. Zwar hatte ich keine merkwürdigen Albträume mehr gehabt, aber die Schattengestalten sah ich jetzt auch von meinem Fenster aus und das musste endlich aufhören.

Im Flur schlüpfte ich in Jacke und Schuhe und blieb im Türrahmen zum Wohnzimmer stehen, wo Mum bügelte.

»Ist es okay, wenn ich in die Bibliothek gehe?«, fragte ich.

»Sicher, Süße.« Ich konnte die Freude in ihren Augen sehen. Sie schien glücklich darüber zu sein, dass ich das Haus endlich wieder verließ.

»Aber komm nicht zu spät nach Hause«, bat sie und ich versprach es ihr.

Als ich das große Gebäude betrat, kamen die Erinnerungen an die Stunden hoch, die ich hier mit Bonnie verbracht hatte. Doch ich verdrängte sie und konzentrierte mich darauf, einen freien Platz zu finden.

Ich setzte mich an einen der Computer und startete ihn. Am liebsten wäre ich zu Hause ins Internet gegangen, aber durch irgendein technisches Problem funktionierte es nicht richtig. Außerdem gab es hier auch noch Bücher, in denen ich nachschlagen konnte, wenn mir das Internet nicht weiterhelfen konnte.

Schnell öffnete ich mehrere Tabs und tippte in die Suchmaschine das ein, was mir am passendsten erschien, Visionen in Albträumen und Schattengestalten. Ich kam nicht dazu, mir die Ergebnisse durchzulesen, denn aus dem Augenwinkel bemerkte ich, wie jemand neben mich trat. Als ich aufsah, erkannte ich Jack.

»Was machst du denn hier?«, fragte ich verblüfft.

»Ich arbeite hier. Schon vergessen?« Sein Blick richtete sich auf den Bildschirm des Computers.

Ich war mir ziemlich sicher, dass er mich jetzt endgültig für verrückt halten musste, aber er runzelte nur die Stirn und sagte nichts dazu.

»Du warst doch immer mit dem Mädchen hier, das vor Kurzem ermordet wurde, oder? Das tut mir wirklich leid.«

»Ja.« In der Hoffnung, dass diese knappe Antwort reichen würde, wandte ich meinen Blick wieder auf den Bildschirm.

Dass Bonnie durch einen Unbekannten ermordet worden war, hatte ich in der Zeitung gelesen. Und Jack offenbar auch.

»Sie war bestimmt eine gute Freundin von dir.«

»Nein, ich habe keine Freunde.« Warum erzählte ich ihm das überhaupt? »Keine Ahnung warum«, sagte ich mehr zu mir als zu Jack. Eigentlich sprach ich dabei so leise, dass er meine Worte unmöglich gehört haben konnte, aber er ging trotzdem auf sie ein.

»Weil du anders bist.« Auch seine Stimme war nur ein Flüstern, sodass ich mir nicht sicher war, ob die Worte überhaupt an mich gerichtet waren.

Wieder sah ich überrascht zu ihm auf. »Wie meinst du das?«

»Schwierig zu erklären. Du würdest mich sicher für verrückt halten«, wich er meiner Frage aus.

»Ich werde dich nicht für verrückt halten! Jetzt sag schon«, drängte ich ihn.

Für einen Moment schien er zu überlegen, dann zog er plötzlich einen Stuhl heran und setzte sich. »Du bist eine Banshee. Du siehst zwar aus wie ein Mensch, aber du bist eine Todesfee.« Er sah mich unverwandt an. Wahrscheinlich, weil er meine Reaktion auf seine Worte sehen wollte.

»Eine ... bitte was?« Mit großen Augen starrte ich ihn an. Er hatte recht, jetzt hielt ich ihn doch für verrückt.

»Ich dachte, du wüsstest, was das ist.« Seine Stimme klang etwas resigniert. »Du hast doch das Buch gelesen?«

»Ich weiß was eine Banshee ist. Eine Sagengestalt. Aber sie ist nichts weiter als ein Mythos. Etwas, das es nicht im realen Leben gibt.«

Jack lachte leise. »Oh doch. Sie sind real. Immer

wieder, vielleicht einmal in einem Jahrhundert, tauchen sie wirklich auf. Manche von ihnen wissen gar nicht, dass sie die Gaben der Banshee in sich tragen. Doch bei dir sind sie so stark, dass es jeder unbewusst spürt. Stimmt es etwa nicht, dass die Menschen nichts mit dir zu tun haben wollen? Dass sie dir ausweichen, weil sie merken, dass du anders bist? Sie haben Angst vor dir, ohne sich erklären zu können, warum das so ist.«

Seine Worte verschlugen mir die Sprache. Ich sollte eine Sagengestalt sein? War das möglich? Würde das all die Dinge erklären, die in der letzten Zeit mit mir passiert waren? Hatte ich diesen Albtraum gehabt und konnte ich die Schattengestalten sehen, weil ich eine Banshee war?

Ich musste an das Bild in dem Buch denken. Damals hatte ich selbst gedacht, dass ich solch einem Monster nie begegnen wollte. Wie ironisch, dass ich jetzt selbst eines von ihnen sein sollte. Ich sollte ein … ein gruseliges Wesen sein, das durch sein Erscheinen den Tod eines Menschen ankündigte? Echt jetzt? Ein Monster, das nach Meinung der Schotten, die Totenhemden wäscht?

Fast hätte ich gegrinst. Ich konnte ganz sicher sagen, dass ich noch nie auch nur einen Pullover gewaschen hatte, ganz zu schweigen von einem Totenhemd.

Die Bibliothekarin ging an uns vorbei und warf uns einen strengen Blick zu. Wahrscheinlich war sie der Meinung, dass wir uns zu laut unterhielten, oder sie wollte, dass Jack wieder an die Arbeit zurückkehrte.

Der stand auch sofort auf und sah mich entschuldigend an. »Können wir vielleicht ein andermal weiterreden? Ich muss noch Bücher einsortieren und du willst sicher erst einmal über das nachdenken, was ich dir erzählt habe. Es ist wirklich die Wahrheit.«

»Es hört sich nur so unglaublich an.« Meine Stimme war nicht mehr als ein Hauch.

Doch Jack verstand. »Das ist mir bewusst. Ich bin jeden Nachmittag hier, komm einfach her, wenn du mit mir sprechen willst.« Mit diesen Worten verschwand er und ließ mich mit meinen Fragen allein.

Was für Gaben hatte eine Banshee? Nur die, die ich schon kannte, oder auch andere? Aber Wehklagen und Hemdenwaschen waren jetzt nicht unbedingt die beeindruckendsten Gaben, die ich mir vorstellen konnte. Und woher wusste er überhaupt, dass ich eine Todesfee war? Ich fuhr den Computer herunter, blieb jedoch weiter vor ihm sitzen und starrte den schwarzen Bildschirm an.

Ich glaubte ihm, auch wenn ich nicht genau wusste wieso. Es war einfach ein Gefühl, das mir sagte, dass er die Wahrheit gesagt hatte. Dennoch wusste ich nicht, was ich mit diesem Wissen anfangen sollte.

Würde sich jetzt etwas in meinem Leben ändern oder würde alles beim Alten bleiben? Mit einem Mal fragte ich mich, was ich meinen Eltern erzählen sollte. Oder wussten sie vielleicht, dass ihre Tochter eigentlich ein Fabelwesen war? Aber wie konnte das sein? Waren sie denn auch keine Menschen? Und wenn es so war, weshalb hatten sie nie etwas gesagt. Sie erzählten mir doch sonst alles.

Völlig verwirrt und mit der Situation überfordert,

stand ich auf und verließ die Bibliothek. Doch war mir das zu verdenken? Immerhin hatte ich gerade erfahren, dass ich kein Mensch, sondern eine böse Sagengestalt sein sollte.

Auf dem Weg von der Bushaltestelle nach Hause, beschäftigte mich das, was mir Jack erzählt hatte, noch immer. Inzwischen aber war ich nicht mehr ganz so verwirrt. Es war eher, als wäre mir ein riesiger Stein vom Herzen gefallen. Endlich hatte ich eine Erklärung dafür, warum ich so anders war und weshalb all diese seltsamen Dinge passiert waren. Es war verrückt, aber ich hatte plötzlich keine Angst mehr, sondern war nur gespannt, was nun passieren würde.

Als ich an der Kirche vorbeikam, zog es mich zu Bonnies Grab. Ich sank davor auf die Knie und betrachtete den dunkelgrauen Grabstein, der inzwischen dort aufgestellt worden war.

Mir kam der Gedanke, dass ich vielleicht auf eine andere Art an Bonnies Tod schuld war. Immerhin erschien eine Banshee den Menschen, die bald sterben würden, und in den Tagen vor ihrem Tod hatte ich viel Zeit mit ihr verbracht. Aber nach dieser Theorie dürften meine Eltern schon lange nicht mehr leben, denn mit ihnen verbrachte ich schon die meiste Zeit meines Lebens.

Nachdenklich betrachtete ich die Kränze, die auf dem Grab lagen. Inzwischen waren die Blumen verwelkt und ich strich mit einer Hand über die verblühten Blätter, bevor ich mich wieder erhob. Nachdem ich wieder auf die Straße getreten war, beschloss ich, einen Abstecher in den Park zu machen. Ich ließ mich am Stamm eines Baumes zu

Boden sinken und schloss für einen Moment die Augen. Der Wind raschelte wieder in den Blättern und alles um mich herum wirkte so friedlich.

Meine Gedanken wanderten wieder zu dem, was Jack mir erzählt hatte. Ich ärgerte mich, dass ich ihn nicht viel mehr gefragt hatte. Zum Beispiel, ob Banshees wirklich böse Wesen waren. Ich würde doch nicht einmal einer Fliege etwas zuleide tun. Oder war etwas Dunkles in mir verborgen, das ich noch nicht entdeckt hatte? Diese Vorstellung beunruhigte mich, doch plötzlich musste ich kichern. Wenigstens sah ich nicht so aus wie die hässliche Todesfee auf dem Bild. Doch meine vielen Fragen blieben. Ich hoffte, dass Jack sie mir vielleicht schon bald beantworten konnte.

Als es langsam dämmerte, machte ich mich auf den Heimweg. Ich schloss die Haustür auf und trat in den Flur.

»Wie war es in der Bibliothek?« Mum stand in der Küchentür und lächelte mich an.

Schnell schlüpfte ich aus Jacke und Schuhen und ging zu ihr in die Küche. Mit einem Lächeln ließ ich mich auf einen der Stühle am Küchentisch sinken, an dem auch mein Vater saß. Er hatte heute offenbar früher Feierabend gemacht. Erst jetzt wurde mir bewusst, wie viel Zeit er in den vergangenen Tagen und Wochen auf der Arbeit verbracht hatte.

»Hast du dir ein schönes Buch ausgeliehen?« Dad trank einen Schluck Wasser, bevor er die Flasche nahm und auch mir ein Glas einschenkte.

»Ich war nur am Computer.« Ich nahm ihm das

Glas ab und betrachtete meine Eltern, die so fröhlich wie immer schienen. In diesem Moment hatte ich das Gefühl, dass alles fast so war wie früher. Nur mit dem Unterschied, dass ich jetzt ein Geheimnis mit mir herumtrug, von dem ich nicht wusste, ob ich es ihnen anvertrauen sollte. Oder vielleicht wussten sie es längst und verheimlichten mir ihrerseits etwas?

Ich entschloss mich, die Entscheidung darüber zu verschieben, bis ich noch einmal mit Jack gesprochen hatte. Gerade tat es einfach nur gut, dass ich wieder mit ihnen zusammen in der Küche saß und über banale Dinge reden konnte.

Seit dem Umzug war mein Leben auf den Kopf gestellt worden und bis jetzt hatte das alles eher negativ auf mich gewirkt. Doch nun hatte ich das Gefühl, dass mir die Tatsache, dass ich eine Banshee war, vielleicht auch positive Dinge bringen konnten. Allerdings wusste ich nicht genau, was gut daran sein sollte, ein Monster zu sein. Doch nur, weil diese magischen Wesen immer so charakterisiert worden waren, hieß das ja nicht, dass ich mich so verhalten musste.

Wer sagte denn, dass eine Banshee nicht auch gut sein durfte?

6. Kapitel

Am nächsten Tag fuhr ich wieder in die Bibliothek.

Ich ging durch die Gänge zwischen den Regalen und suchte nach Jack, konnte ihn jedoch nicht finden. Ob er heute vielleicht gar nicht arbeitete?

Mit einem enttäuschten Seufzer ließ ich mich in einen der Sessel sinken. Irgendwie hatte ich mich gefreut, ihn wiederzusehen, und das nicht nur, weil ich gehofft hatte, endlich Antworten auf meine Fragen zu bekommen. Jetzt sah es aber so aus, als würde ich mich weiter gedulden müssen, und ich hatte keine Lust noch länger zu warten. Dann würde ich eben wieder selbst recherchieren.

Entschlossen stand ich auf und ging zu den Bücherregalen hinüber. Ziemlich schnell hatte ich alle Bücher zusammen, in denen etwas über schottische Sagengestalten stand, und brachte sie zu einem der Tische. Die meisten hatten Bonnie und ich für unser Referat verwendet. Aber zu diesem Zeitpunkt hatte ich noch nicht gewusst, dass der Inhalt irgendwann für mich persönlich interessant werden könnte. Wir waren eher auf die guten Wesen und Mythen eingegangen und vom Rest hatte ich mir nicht viel gemerkt.

»Na, willst du dich ein bisschen über dich informieren?«

Ich fuhr zusammen und drehte mich um. Jack stand

hinter mir und sah mich mit einem schiefen Lächeln an. Bevor ich etwas sagen konnte, setzte er sich auf den Stuhl zu meiner Rechten und betrachtete meine Bücher.

»Du warst ja nicht da, um mir meine Fragen zu beantworten«, konterte ich. »Aber jetzt ...« Ich schlug das Buch zu, in dem ich gerade den passenden Abschnitt hatte lesen wollen und sah ihn erwartungsvoll an.

»... bin ich da und kann dir erklären, was du wissen willst«, vollendete Jack meinen Satz. »Wie du sicher schon weißt, wird in den Sagen erzählt, dass das Erscheinen einer Banshee den Tod eines Menschen ankündigt. Was natürlich Unsinn ist, denn wenn das den Tatsachen entsprechen würde, wären alle Menschen, mit denen du jemals zu tun gehabt hast, inzwischen gestorben.« Jack lächelte. »In den Geschichten sind sie zudem Geister, was du eindeutig auch nicht bist.«

Das konnte ich zu hundert Prozent bestätigen.

»Eine Banshee kann vielmehr den Tod eines Menschen vorhersehen. Das ist ihre wahre Gabe. Wenn du jemandem in die Augen siehst und dich voll und ganz auf diesen Menschen konzentrierst, kannst du erkennen, an welchem Tag er sterben wird. Normalerweise spüren so etwas nur Menschen, die für übernatürliche Dinge sehr empfänglich sind. Doch wie ich schon sagte, bei dir ist die Gabe sehr stark ausgeprägt und deshalb weichen die Leute deinen Blicken aus und wollen nichts mit dir zu tun haben. Jedenfalls wurde es so in den Aufzeichnungen überliefert, die ich kenne.«

Nun schien die Erklärung, warum ich Bonnies Tod vorhergesehen hatte, so nah zu sein, und doch war sie noch nicht ganz greifbar. Mir brummte der Schädel, ich hatte das Gefühl, als würde jede von Jacks Erklärungen nur noch mehr Fragen aufwerfen, als sie wirklich beantworteten.

»Geht das auch in Träumen? Und was ist mit meinen Eltern? Denen sehe ich seit siebzehn Jahren täglich in die Augen und habe das noch nicht erlebt.«

Er lachte leise. »Langsam, stell mir doch nicht so viele Fragen auf einmal. Also, das mit deinen Eltern müsste daran liegen, dass dein wahres Ich bis jetzt tief in deinem Unterbewusstsein verborgen lag. Diese Gabe kommt erst im siebzehnten Lebensjahr zum Vorschein. Frag mich nicht wieso. Ich meine, nicht alles ist in den Überlieferungen so genau erklärt.«

»Jack, gehst du bitte zurück an die Arbeit? Die macht sich nicht von allein.« Die Bibliothekarin war an unseren Tisch getreten und sah ihn streng an.

Jack stand sofort auf. »In einer Stunde habe ich Feierabend, wollen wir dann weiterreden?«

Ich nickte dankbar und erwiderte sein Lächeln.

Er verabschiedete sich und verschwand zusammen mit der Bibliothekarin. Auch ich stand auf und machte mich langsam daran, die Bücher wieder in die Regale zu stellen. Dann setzte ich mich an einen der Computer, um die Zeit zu überbrücken.

Jack hielt Wort und stand eine Stunde später wieder vor mir.

Ich fuhr den Computer herunter, bevor ich meine Jacke überzog und mit ihm nach draußen ging.

Es war ein trockener, warmer Tag und so setzten wir uns auf eine niedrige Mauer, direkt vor der Bibliothek, um weiterzureden.

»Also, was willst du noch wissen?« Jack lächelte wieder sein schiefes Lächeln, das ich inzwischen richtig süß fand.

»Geht das mit dem Vorhersehen des Todes auch in Träumen?«, wiederholte ich die Frage, die ich ihm schon in der Bibliothek gestellt hatte.

»Todesfeen können auch Visionen haben, die die Zukunft betreffen, falls du das meinst. Wie kommst du darauf?« Sein Blick war jetzt wachsam.

»Ich hatte vor etwas mehr als einer Woche einen Traum, in dem ich Bonnies Grab gesehen habe«, bestätigte ich seine Vermutung. »Bonnie war das Mädchen, mit dem ich in der Bibliothek war und das … umgebracht wurde.«

»Auf dem Holzkreuz stand das Todesdatum und genau an diesem Tag ist es auch passiert«, flüsterte ich und mir wurde bewusst, dass ich gerade das erste Mal jemandem von meinem Albtraum erzählte.

»Deine Gabe hat sich also schon gezeigt«, stellte Jack in einem sehr sachlichen Ton fest, doch sofort schien ihm aufzufallen, wie taktlos das gewesen war. »Das muss wirklich furchtbar für dich gewesen sein.«

Ich nickte, sagte jedoch nichts dazu.

»Hast du sonst noch jemandem von diesem Traum erzählt? Deinen Eltern vielleicht?«

Ich schüttelte den Kopf. »Ich hatte Angst, sie würden mich für übergeschnappt halten. Sie wissen doch nichts von dieser Banshee-Sache, oder?«

»Nein.« Jack wirkte sichtlich erleichtert. »Deine Eltern haben keine Ahnung, dass du kein Mensch bist, und das sollte auch so bleiben. Dass es euch gibt, wissen nur sehr wenige.«

»Und woher weißt du das?«

»Das ist eine etwas längere Geschichte. Ich gehöre zu einer Gruppe von Kriegern. Wir haben die Aufgabe, Menschen, die besondere Gaben in sich tragen oder mit großer Wahrscheinlichkeit tragen könnten, vor ihren Feinden zu beschützen.«

»Was denn für Feinde?« Die Frage schoss förmlich aus mir heraus.

»Eine Gesellschaft, die sich der Schwarze Orden nennt. Ihre Mitglieder machen Jagd auf Menschen mit übernatürlichen Gaben und töten sie. Es heißt, dass Menschen vor einigen Jahrhunderten mit ihren besonderen Fähigkeiten den Schwarzen Orden unterdrückt haben«, versuchte Jack zu erklären, »es ist eine alte Rivalität und nun bist auch du in Gefahr.«

»Dann bist du hier, um mich zu beschützen?« Ich konnte kaum glauben, was er mir da erzählte.

Er nickte. »Aber da gibt es noch etwas, was ich dir sagen muss. Der Schwarze Orden greift anfangs nie direkt an. Er tötet zuerst die Menschen, die dir etwas bedeuten. Es tut mir schrecklich leid, aber ich muss dir sagen, dass sie es waren, die Bonnie umgebracht haben.«

Ich starrte Jack an. Mein Herz setzte für einige Schläge aus und alles in mir verkrampfte sich. Die Panik wütete wie ein wildes Tier in mir und ich hatte alle Mühe, sie zu unterdrücken. Ich war also doch schuld an Bonnies Tod.

»Sie haben Bonnie ... aber warum denn? Sie hat doch niemandem etwas getan«.

»Sie wollen dadurch ihr Opfer schwächen, es angreifbarer machen, wenn es um die Menschen trauert, die es geliebt hat.«

»Aber wenn du das wusstest, wieso hast du Bonnie dann nicht beschützt?« Am liebsten hätte ich ihn angebrüllt. Er hatte sie einfach so sterben lassen.

»Das habe ich versucht. Nachdem ich euch in der Bibliothek zusammen gesehen habe, habe ich sofort einen meiner Männer abgestellt, der auf sie achten sollte. Aber er war noch zu unerfahren. Der Orden hat ihn in einen Hinterhalt gelockt und ebenfalls getötet. Wir wissen nicht warum, aber der Orden gewinnt immer mehr an Macht, und wir müssen so viele mögliche Gabenträger beschützen. Es ist schwer, gute Leute für unsere Ausbildung zu finden und diesmal ist es schiefgegangen und ... hat zwei Leben gekostet.«

Ich schluckte, denn mir wurde klar, was das alles bedeutete. Meinetwegen war nicht nur Bonnie gestorben. Auch Mum und Dad waren jetzt in großer Gefahr. Wieder machte sich diese panische Unruhe in mir breit. Außer ihnen hatte ich doch niemanden. Sie bedeuteten mir alles, und wenn ich sie verlor, wäre ich vollkommen allein.

Mein Herz begann zu rasen und ich spürte, wie sich alles in mir zusammenzog. Die Angst ließ mich erstarren und mein Gehirn lief auf Hochtouren.

Jemand würde versuchen, mich umzubringen, ich musste mit der Schuld an Bonnies Tod leben, und vor allem, musste ich meine Eltern retten.

»Ganz ruhig, Felicity. Du bist nicht allein«, hörte ich Jacks ruhige Stimme, die wie aus weiter Ferne zu kommen schien. Er stand auf, kniete sich vor mich und nahm meine Hände.

Ich wollte ihn nicht ansehen, also blickte ich auf unsere Hände. Ich würde nie mehr jemandem in die Augen sehen können, nach dem, was ich nun wusste.

»Atme erst einmal tief durch. Es gibt für alles eine Lösung.« Seine Stimme klang sanft und beruhigend.

Langsam wich die Panik aus meinem Körper und mein Atem ging ruhiger. »Bitte sag mir, wie kann ich meine Eltern beschützen?«

»Ich passe auf euch auf, und wenn ich nicht hier bin, werden meine Männer ein Auge auf euch haben. Es sind gute Kämpfer, also mach dir keine Sorgen.«

»Aber fällt das nicht auf?« Eine Träne rann über meine Wange, doch ich strich sie energisch mit dem Handrücken weg.

»Siehst du den jungen Mann dort hinten?«

Mein Blick folgte Jacks und ich sah vor dem Eingang der Bibliothek einen jungen Mann stehen, der in einem Buch blätterte. Hätte Jack mich nicht auf ihn aufmerksam gemacht, wäre er mir gar nicht aufgefallen.

»Das ist einer meiner Männer.«

Dass Jack die Tarnung des Kriegers hatte auffliegen lassen, nur damit ich mich sicherer fühlte, gab mir Vertrauen.

»Ihr kriegt wirklich meine besten Leute und werdet in Sicherheit sein. Niemand wird dir oder deinen Eltern auch nur ein Haar krümmen. Aber ich hätte noch einen Vorschlag. Was hältst du davon, wenn du auch lernst, zu kämpfen? Du wärst unabhängiger von den Kriegern und könntest dich selbst und deine Familie beschützen. Ich könnte es dich lehren. Natürlich nur wenn du willst.«

Er hielt noch immer meine Hände und ich wusste nicht, was ich jetzt tun sollte. Ich hatte keine Ahnung, ob ich es schaffen würde, meine Angst zu besiegen. Und auch nicht, ob ich gegen eine gefährliche uralte Geheimgesellschaft kämpfen konnte. Ich wusste nur, dass ich nicht zulassen durfte, dass der Schwarze Orden meinetwegen noch mehr Menschen ermordete.

»Das klingt gut«, murmelte ich und seltsamerweise fühlte ich, wie sich bei meinen Worten die Panik in mir endgültig legte und einem Gefühl der Sicherheit wich. Nein, ich würde nicht zulassen, dass meinen Eltern etwas passierte, und zusammen mit Jack würde mir das auch gelingen. Ich musste mich auf das, was die Zukunft bringen würde, vorbereiten. Je früher, desto besser.

»Wann können wir mit dem Training anfangen?« Meine Stimme klang jetzt nicht mehr unsicher.

Jack ließ meine Hände los, erhob sich und setzte sich wieder neben mich. »Hast du morgen Zeit? Da ist Samstag und ich bin nur am Vormittag in der Bibliothek. Wenn du willst, können wir uns gegen zwölf Uhr in dem alten Park treffen. Da trainieren wir immer.«

»Gern. Warst du deshalb dort? Ich meine, als wir uns dort begegnet sind?«

Er nickte. »Ich trainiere dort immer mit den anderen Kriegern, die in der Gegend postiert sind und ...«

Ein leises Vibrieren unterbrach ihn und er zog ein Handy aus seiner Hosentasche. Ich bemerkte, wie er erst auf das Display sah und dann einen kurzen Blick mit dem jungen Mann wechselte, der nun zu uns herübersah.

»Es tut mir leid, aber ich muss jetzt gehen.« Jack stand auf. »Es wird immer jemand auf dich aufpassen, Felicity.«

Automatisch wanderte mein Blick zum Eingang der Bibliothek, während auch ich mich erhob. Doch der junge Mann, der eben noch dort gestanden hatte, war verschwunden.

»Auch wenn du niemanden siehst«, ergänzte Jack zu meiner Beruhigung und ich nickte.

Wir verabschiedeten uns und ich machte mich auf den Heimweg.

Als ich im Bus saß, stellte ich fest, dass sich eine merkwürdige Ruhe in mir ausgebreitet hatte. Endlich kannte ich die Antworten auf alle meine Fragen.

Außerdem war ich nicht mehr allein. Ich hatte Jack, einen Krieger an meiner Seite, mit dem ich mich gemeinsam den Gefahren stellen würde, die in der Zukunft auf mich lauerten. Und vielleicht hatte ich auch einen neuen Freund gefunden.

7. Kapitel

»Willst du den ganzen Tag verschlafen?«

Müde blinzelte ich und sah erst in das Gesicht von Mum und dann auf meinen Wecker. Mit einem Satz schoss ich aus dem Bett. Die Uhr zeigte bereits Viertel vor zwölf und außerdem war Samstag.

»Was ist denn mit dir los?«, wollte meine Mutter erstaunt von mir wissen.

»Ich bin um zwölf verabredet.« Hektisch zerrte ich ein paar Klamotten aus dem Schrank.

»Mit wem denn?« Sie folgte mir in Richtung Bad.

»Erzähl ich dir später.«

»Felicity, mit wem triffst du dich?«

»Mit jemandem, den ich in der Bibliothek kennengelernt habe.« Ich verschwand schnell im Bad und schloss die Tür hinter mir, war mir jedoch sicher, dass meine Mutter noch immer auf der anderen Seite stand. Einige Sekunden später bewahrheitete sich meine Vermutung.

»Du hast jemanden kennengelernt? Wie heißt er denn?«, kam es gedämpft durch die Tür.

Schnell drehte ich den Wasserhahn an. »Ich hör nichts, Mum!« Doch mir war klar, dass das »Verhör« noch nicht beendet war.

Nachdem ich mich gewaschen und mir die Haare gekämmt hatte, hastete ich nach unten. Prompt kam meine Mutter aus dem Wohnzimmer.

»Ich erzähl es dir nachher. Ich muss jetzt wirklich los«, wich ich erneut aus, als ich ihrem fragenden Gesichtsausdruck begegnete, und zog mir schnell Schuhe und Jacke an.

»Pass auf dich auf«, sagte sie leise und ging zurück ins Wohnzimmer.

Ich sah ihr irritiert nach. Was genau hatte sie denn damit gemeint? Sie konnte doch unmöglich wissen, dass wir alle in Lebensgefahr waren. Doch ich hatte keine Zeit, darüber nachzudenken.

Auf dem Weg zum Park sah ich mich immer wieder verstohlen um in der Hoffnung, vielleicht einen meiner Beschützer zu entdecken. Abgesehen von mir war jedoch kein Mensch auf der Straße. Ich hörte nur die Glocken der nahegelegenen Kirche, und ein Blick auf meine Armbanduhr zeigte mir, dass es Punkt zwölf war. Ich ärgerte mich noch immer über mich selbst, weil ich mir keinen Wecker gestellt hatte.

Als ich am Parktor ankam, blieb ich davor stehen. Ich wusste nicht genau, wo Jack auf mich warten würde, war mir jedoch sicher, dass das Tor bestimmt ein besserer Treffpunkt war, als sich gegenseitig in dem verwilderten Park zu suchen. Ich sah die Straße hinunter und entdeckte Jack, der auf mich zugeeilt kam.

»Tut mir leid, dass ich zu spät bin. Ich habe ein bisschen länger gebraucht.« Er lächelte mich freundlich an.

»Ist nicht schlimm. Ich war auch nicht pünktlich.«

»Okay, dann lass uns nicht noch mehr Zeit verlieren und mit dem Training beginnen.«

Jack betrat den Park und ich folgte ihm.

Wir gingen den schmalen Pfad bis zum Brunnen entlang.

»Lauf erst einmal ein paar Runden, um dich aufzuwärmen, nicht dass du dir noch etwas zerrst«, meinte er, während er seine Tasche auf dem Rand des Brunnens abstellte und sie öffnete.

Ich tat, was er mir geraten hatte, und lief ein paar Runden um ihn und die alten Steine herum. Der Boden war uneben und ich musste aufpassen, dass ich nicht über eine Wurzel stolperte. Als Jack mich schließlich wieder zu sich rief, schnaufte ich leicht. Er holte zwei Schwerter aus seiner Tasche und hielt mir eins davon hin.

»Damit soll ich kämpfen?« Schockiert starrte ich ihn an. Er hatte nicht gesagt, dass ich im Schwertkampf trainiert werden würde.

Belustigt sah er mich an. »Was dachtest du denn, womit du kämpfen würdest? Mit Gummihühnern?«

Für einen Moment schwieg ich. Eigentlich hätte ich mir denken können, dass ich mich auch mit Waffen verteidigen musste. Der Schwarze Orden war schließlich kein Kindergarten. Andererseits trug man Schwerter auch nicht täglich in einer Tasche mit sich herum, wenn man durch Glasgow spazierte. Mein Blick fiel auf die Tasche. Außer wenn man ein Krieger war, so wie Jack.

»Aber das fällt doch auf, wenn ich ein Schwert dabeihabe«, sprach ich meine Bedenken laut aus.

»Fürs Erste brauchst du keine Waffe bei dir zu tragen. Schon vergessen? Wir passen auf dich und deine Familie auf. Bis du gut genug bist, wird noch eine ganze Zeit vergehen. Ich werde dich auch noch im Nahkampf unterrichten. Allerdings halte ich es immer für sinnvoll mit dem Schwert anzufangen. Damit hast du auch gegen Gegner, die dir körperlich überlegen sind eine gute Chance. Außerdem ist die Grundtechnik einfach zu erlernen.« Er hielt mir noch immer das Schwert hin.

Zögerlich nahm ich es entgegen und betrachtete es misstrauisch.

»Mach dir keine Gedanken, es ist vollkommen stumpf.« Jack schmunzelte belustigt.

Ich wog die Waffe in der Hand. Sie war zwar schwer, aber nicht so sehr, dass ich Schwierigkeiten dabei gehabt hätte, sie in der Hand zu halten.

»Du musst die rechte Hand direkt hinter die Parierstange legen und die linke hinten an die Kugel, das ist das Gegengewicht zur Klinge«, erklärte mein Trainer und schob meine Hände in die richtige Position. Dann zeigte er mir, wie ich einen möglichst festen Stand hatte.

»Zuerst wirst du die Grundschläge lernen. Ich werde sie dir nach und nach zeigen.«

Ich beobachtete, wie Jack sein Schwert hob, sagte jedoch nichts.

»Der erste Schlag ist der Ochs.« In Zeitlupe ließ er sein Schwert von links oben nach rechts unten durch die Luft sausen, bevor er die Spitze schräg nach hinten drehte und das Schwert wieder nach oben bewegte. »Das ist von beiden Seiten zu machen, entweder von rechts oben oder von links oben, probier es mal aus.«

Ich imitierte den Schlag, den er mir gezeigt hatte.

»Ein Naturtalent«, bemerkte Jack lachend.

»Was meinst du?«

»Normalerweise dauert es länger, bis ein neuer Schüler die Techniken so exakt durchführt, und sei es nur in Zeitlupe.« Mein Kampflehrer nickte sichtlich zufrieden und senkte sein Schwert. »Der zweite Schlag ist der Eber. Er ist das Gegenstück zum Ochs und geht von schräg unten nach schräg oben.«

Er zeigte mir auch diesen Schlag, und ohne dass er mich dazu auffordern musste, machte ich es ihm sofort nach.

»Sehr gut«, lobte er mich erneut.

Ein Lächeln schlich sich auf meine Lippen.

»Kommen wir zum nächsten Schlag. Ich will sie dir erst alle erklären, bevor wir sie richtig üben.« Er stellte sich wieder in Position und demonstrierte, was er erläuterte. »Der dritte Schlag ist der Zwerg. Das ist ein niedriger Schlag, der parallel zum Boden verläuft und den Gegner zwischen Hüfte und Rippen treffen soll.«

Auch der Zwerg gelang mir ohne Probleme.

»Super, Felicity! Auch deine Beinarbeit während des Schlags. Kommen wir zum letzten Schlag. Dem Dach. Dabei wird das Schwert über den Kopf gehoben und gerade nach unten geführt. Damit kannst du deinem Gegner den Schädel spalten.«

Ich machte ihm diese Bewegung nach und ließ dann das Schwert sinken. Wenn man mit der Waffe durch die Luft schlagen musste, fühlte sie sich doch um einiges schwerer an, als es zuerst den Eindruck gemacht hatte.

»Ich denke, dass ich dir die Paraden auch noch zeigen werde, dann kennst du alles, was du brauchst, und wir können mit dem eigentlichen Training beginnen.«

Während er mich unterrichtete, bemerkte ich, wie er immer wieder auf seine Uhr sah.

»Hast du noch was anderes vor?«, erkundigte ich mich.

Er nickte. »Ich treffe mich später noch mit ein paar der anderen Krieger zu einer Besprechung. Da darf ich nicht zu spät kommen. Aber bis dahin haben wir noch ein bisschen Zeit, also ...« Jack hob erneut sein Schwert. »... so parierst du das Dach.« Er hob die Waffe auf Schulterhöhe, wobei die Spitze schräg nach oben und vorn zeigte. »Die Parade wird von unten nach oben ausgeführt.«

Während ich die Parade ausführte, beobachtete er mich und korrigierte meine Handhaltung. »Den Ochs parierst du fast wie das Dach, da dieser Schlag jedoch schräg kommt, musst du auch dein Schwert mehr zur Seite halten.«

Noch bevor er es mir zeigte, machte ich das, was er gesagt hatte.

»Ja, genau so. Sehr gut!« Ein Grinsen breitete sich auf seinem Gesicht aus. »Für den Zwerg brauchst du eine niedrige Parade. Geh ein wenig runter und halte die Kugel auf Kniehöhe, die Spitze zeigt wieder schräg nach oben.«

Sofort führte ich die Zwergparade aus und erntete wieder ein anerkennendes Nicken meines Lehrers.

»Und wie kontere ich bei einem Eber?« Ich platzte vor Tatendrang. Auch wenn Jack sowieso schon äußerst zügig von einer Übung zur nächsten ging, ich wollte unbedingt noch mehr lernen. Wenn er schon so wenig Zeit für unser Training hatte, dann musste ich sie so gut wie möglich nutzen.

»Dafür, dass du das Schwert zuerst nicht anrühren wolltest, hast du es jetzt aber ganz schön eilig.« Jack schien unser Training ebenso zu gefallen wie mir. »Um dich gegen den Schlag zu verteidigen, hältst du dein Schwert nach unten. Die Eberparade ist der der Ochsparade sehr ähnlich, nur, dass die Spitze zum Boden und nicht in den Himmel zeigt.«

Es war leicht gewesen, die Angriffe und Paraden nachzuvollziehen, als er sie mir erklärt hatte. Doch als wir sie in schneller Abfolge übten, musste ich mich wahnsinnig konzentrieren. Ich machte einige Fehler, über die ich mich ärgerte. Doch Jack wiederholte die Übungssequenzen geduldig wieder und wieder, bis ich sie beherrschte, und steigerte dann das Tempo.

Anfangs hielt ich gut mit, aber dann wurden meine Arme immer schwerer und ich ließ erleichtert die Waffe sinken, als er meinte, es wäre Zeit, Schluss zu machen.

»An deiner Ausdauer sollten wir noch arbeiten, aber ich denke, dass die Technik beim nächsten Mal kein Problem mehr sein wird. Die scheinst du intuitiv zu beherrschen.« Jack nahm mir das Schwert aus der Hand. »Ich muss jetzt gehen, aber ich denke, du hast ohnehin genug für heute, was?«

Grinsend räumte er die Schwerter zurück in die Tasche und warf sie sich über die Schulter.

»Morgen habe ich bestimmt Muskelkater«, brummte ich und streckte mich.

Die Muskeln in meinen Armen brannten jetzt

schon und meine Knie zitterten von der Anstrengung. Ich hätte keine fünf Minuten mehr durchgehalten, wenn Jack unser Training nicht beendet hätte.

Gemeinsam gingen wir den Pfad entlang und traten durch das Tor zurück auf die Straße. Jack verabschiedete sich schnell von mir und eilte dann in die Richtung davon, aus der er vorhin gekommen war. Ich machte mich wegen meiner schmerzenden Muskeln sehr viel langsamer auf den Heimweg. Erst jetzt fiel mir auf, dass ich kein weiteres Treffen mit ihm ausgemacht hatte. Doch das würde kein Problem sein. Ich beschloss, in der nächsten Woche einfach wieder in die Bibliothek zu gehen und die Verabredung nachzuholen.

Als ich die Haustür aufschloss, kam meine Mutter in den Flur.

»Na, wie war deine Verabredung?«

»Ganz okay.« Ich ging an ihr vorbei und zog mir die Jacke aus.

»Mit wem hast du dich denn jetzt eigentlich getroffen?«

Ich antwortete ihr nicht sofort, sondern beugte mich hinunter und zog mir erst die Schuhe aus.

»Wie heißt er denn?«

Ich verdrehte die Augen. Warum war sie nur so neugierig? Aber wahrscheinlich lag es daran, dass ich sonst nie jemanden traf, erst recht keinen Jungen. »Jack.«

»Oh! Als ich in der Schule war, war ich auch mal mit einem Jack zusammen.« Ein verträumtes Lächeln erschien auf ihrem Gesicht.

»Was heißt denn hier auch? Ich will nichts von ihm, wir sind nur Freunde!«

»Was nicht ist, kann ja noch werden.«

»Mum!«

Ich hörte sie noch immer lachen, als ich die Treppe hinauflief und im Bad verschwand. Die Tür schloss ich sicherheitshalber hinter mir ab, falls sie doch noch vorhatte, mich weiter auszufragen. Ich schlüpfte aus meinen Klamotten und stieg in die Dusche.

Während das heiße Wasser meine verkrampften Muskeln etwas entspannte, wanderten meine Gedanken tatsächlich zu Jack. Ich mochte ihn, aber doch nicht so, wie meine Mutter dachte. Er war ein Krieger, der auf mich aufpassen sollte und mir beibrachte, mich zu verteidigen. Mehr nicht. Und darin war ich eigentlich gar nicht so schlecht gewesen. Doch obwohl der Tag so gut gelaufen war, kamen mir plötzlich Zweifel. Ein Kloß bildete sich in meinem Hals.

Was, wenn ich nicht schnell genug lernte zu kämpfen? Was, wenn der Schwarze Orden meine Eltern tötete, bevor ich bereit war, sie zu verteidigen?

Schon drei Tage später trafen wir uns für die nächste Trainingseinheit. Ich hatte Jack in der Bibliothek besucht und mich mit ihm verabredet, wie ich es mir vorgenommen hatte.

Wie beim letzten Mal war ich auch dieses Mal vor ihm am Parktor. Dunkle Wolken zogen über den Himmel und ich war mir sicher, dass es an diesem Tag noch regnen würde. Doch als Jack auf mich zukam, kehrte auch die Sonne zurück. Sie durchbrach mit ihren Strahlen die Wolkendecke, und als sie seinen braunen Haarschopf aufleuchten ließ, begann mein Herz schneller zu schlagen, ohne dass ich wusste warum. Ich begrüßte ihn und wir machten uns auf den Weg durch den Park, bis wir den Brunnen erreichten.

Heute hatte ich mir eine Jogginghose und ein bequemes Top angezogen und war vorbereitet, als er mich aufforderte, erst wieder ein paar Runden zu laufen. Ohne etwas zu erwidern, tat ich, was er mir sagte.

Schließlich rief er mich wieder zu sich und holte die Schwerter aus seiner Tasche.

»Warte, du musst das Schwert so halten. Nicht so, wie du es gerade machst.« Er stellte sich hinter mich, nahm meine Hände und legte sie an die richtigen Stellen am Griff.

Als ich ihn dicht hinter mir spürte, begann mein Herz erneut zu rasen, aber ich versuchte, es zu ignorieren, und konzentrierte mich lieber auf seine Anweisungen. Zuerst wiederholten wir das, was ich am vergangenen Samstag gelernt hatte und ich bekam richtig Spaß daran, denn jeder Angriff und jede Parade klappte.

Plötzlich erklangen hinter mir die Worte: »Das ist also die Neue?«, und ich ließ erschrocken mein Schwert fallen. Ich fuhr herum. Dort stand ein Mann.

Er war etwas älter als mein Trainer und sah mich mit unverhohlener Neugierde an. Seine blonden Haare waren kurzgeschoren und gaben ihm das Aussehen eines Soldaten.

Ich war mir sofort sicher, dass auch er ein Krieger sein musste. Aber was wollte er hier?

Jack war inzwischen neben den Fremden getreten. Ich konnte sehen, wie er sich zu ihm beugte, doch obwohl ich nur etwas mehr als einen Meter von den beiden Männern entfernt stand, konnte ich nicht verstehen, was er zu ihm sagte.

Schnell hob ich mein Schwert vom Boden auf und wog es in der Hand, während ich die Männer beobachtete. Dabei achtete ich sorgfältig darauf, ihnen nicht in die Augen zu sehen.

»Freut mich, dich kennenzulernen, Felicity.«

Der Fremde kam auf mich zu. Er streckte mir die Hand entgegen und ich wollte sie ergreifen, ohne zu merken, dass ich noch immer das Schwert hielt.

Für eine Sekunde zuckte ein kleines Lächeln über das Gesicht des Mannes, doch dann wurde er wieder ernst.

Hastig nahm ich das Schwert in die linke Hand und schüttelte mit der rechten die seine.

»Felicity, das ist Lucius«, klärte mich Jack endlich auf und kam an meine Seite.

»Ich bin Jacks Vorgesetzter.« Lucius ließ meine Hand los, musterte mich aber weiterhin neugierig.

»Lucius kümmert sich darum, dass alle, die mystische Gaben in sich tragen, Krieger zum Schutz oder Training an die Seite gestellt bekommen«, setzte Jack seine Erklärung fort. Er nahm mir das Schwert aus der Hand, um es wieder in die Tasche zu stecken.

»Und früher oder später besuche ich alle unsere Schützlinge«, fügte Lucius hinzu, »um mich nach ihrem Trainingsstand zu erkundigen.«

Jetzt sah er Jack an.

»Wie du schon vermutet hattest, Lucius, sie ist ein Naturtalent. Sie braucht noch Ausdauer, aber die Schwertkampftechnik beherrscht sie bereits intuitiv.«

Wieso hatte Jacks Chef vermutet, dass ich so schnell lernen würde, mit einem Schwert umzugehen?

»Es ist lange her, dass jemand die Gaben der Banshee in sich trug«, wandte sich Lucius wieder mir zu. Als hätte er meine Gedanken gelesen, erklärte er: »In unseren Aufzeichnungen wurde vermerkt, dass die letzte bekannte Banshee ein natürliches Talent zum Kämpfen hatte. Da du dieselben Gaben hast, waren wir uns ziemlich sicher, dass es bei dir ebenso sein würde.« Lucius legte seine Hand auf meine Schulter.

»Was denn für Aufzeichnungen?« Erst jetzt wurde mir bewusst, dass Jack mir diese Frage noch nie beantwortet hatte. Hatte er es nicht gewollt oder war sie nur unter all meinen anderen Fragen untergegangen?

»Seit bekannt ist, dass Menschen mit besonderen Gaben existieren, werden wichtige Dinge über sie von uns aufgezeichnet. Die Aufzeichnungen lassen sich bis ins Mittelalter zurückverfolgen. Schon immer hatten es Menschen wie du schwer. Du kannst dir sicher denken, dass jemand, der außergewöhnliche Fähigkeiten besitzt, nicht sonderlich beliebt bei der Kirche und der Bevölkerung war«, beantwortete Lucius mir meine Frage. »Eine der Auswirkung war unter anderem die Hexenverfolgung.«

»Und Sie? Gehören Sie einer Art ... Loge an?«

Erneut huschte ein kleines Lächeln über Lucius' Gesicht.

»So könnte man das nennen.«

»Gibt es noch andere Menschen wie mich?«

»Du bist im Moment die Einzige, bei der sich die Gaben so deutlich zeigen. Wir haben zwar jede Menge Kinder, bei denen sich in den nächsten Jahren Gaben entwickeln könnten, aber das lässt sich nie so genau sagen. Dennoch müssen wir sie beschützen, noch ehe der Schwarze Orden auf sie aufmerksam wird.«

»Wie können Sie eigentlich wissen, wer solche Gaben in sich trägt?«

»Das ist ziemlich kompliziert. Wir haben dank des Computerzeitalters komplexe Datenbanken und verfolgen die Linien von Genträgern. Meist treten diese Fähigkeiten immer in denselben Familien mit einem zeitlichen Abstand von mehreren Generationen auf.«

Einen Moment schwieg ich und versuchte, all das zu verstehen, was Lucius mir gerade erklärt hatte. Ich fragte mich, warum von all dem nichts in der Öffentlichkeit bekannt war. Jedoch kam ich nicht dazu, diese Frage zu stellen, denn bevor ich den Mund öffnen konnte, schoss mir ein anderer Gedanke durch den Kopf.

»Was ist mit meinen Eltern?«, wollte ich wissen und sah von einen Krieger zum anderen. »Kann ich ihnen sagen, was mit mir los ist?«

»Auf gar keinen Fall! Es muss geheim bleiben, dass du eine Banshee bist. Die Tatsache, dass es Menschen wie dich überhaupt gibt, würde das Weltbild der

Menschheit vollkommen auf den Kopf stellen. Auch deine Eltern würden das nicht verstehen. Darum musst du das für dich behalten. Das habe ich dir doch schon erklärt.« Jack Stimme war eindringlich und fast sofort nickte ich.

Er hatte recht. Das hatte er getan, und auch in dem anderen Punkt musste ich ihm zustimmen. Dinge wie diese durften nicht an die Öffentlichkeit geraten. Die Menschen waren nicht bereit für das Außergewöhnliche.

»Gut, dann hätten wir das geklärt.« Lucius nickte zufrieden. »Ich muss jetzt gehen. Arbeite an deiner Kampftechnik, Felicity, und werde noch besser. Du musst schnell lernen, dich zu verteidigen. Wenn du hilflos bist, bist du ein leichtes Opfer für den Schwarzen Orden und ich will dich nicht tot sehen. Es tut mir sehr leid, dass du jetzt kein normales Leben mehr führen kannst, aber du musst einfach das Beste daraus machen.«

Wieder nickte ich und Lucius verabschiedete sich von uns.

Nachdem er zwischen den Bäumen verschwunden war, schwiegen Jack und ich eine Weile. Nur das Rascheln der Blätter war zu hören.

»Obwohl ihr auf mich aufpasst, bin ich auch jetzt in Gefahr, nicht wahr?«, erkundigte ich mich irgendwann leise.

»Das wissen wir nicht. Wir wollen nur vorbereitet sein, solltest du eines Tages angegriffen werden. All das ist nur eine Vorsichtsmaßnahme«, versuchte Jack mich zu beruhigen.

Ich hätte ihm wirklich sehr gern geglaubt, doch es

gelang mir nicht, das ungute Gefühl, das sich in meinem Bauch ausbreitete, zu ignorieren. Ich hatte das Gefühl, dass schon bald etwas Schreckliches passieren würde.

8. Kapitel

Bereits am darauffolgenden Tag ging ich wieder in den Park.

Ich hielt es zu Hause kaum noch aus. Seit ich wusste, dass ich meinen Eltern nicht die Wahrheit sagen durfte, fiel es mir immer schwerer, mich ihnen gegenüber normal zu verhalten. Ich hatte ständig das Gefühl, sie zu hintergehen, und befürchtete, dass sie vielleicht doch irgendwann herausfinden würden, dass etwas mit mir nicht stimmte. Ich wollte nicht, dass sie in Angst leben mussten, nur weil der Schwarze Orden hinter mir und ihnen her sein könnte. Ich musste sie beschützen.

Dennoch war es das erste Mal, dass ich ihnen nach der Sache in meiner alten Schule etwas bewusst verheimlichte, und das belastete mich. Ich hatte damals versprochen, ihnen immer alles zu erzählen. Doch in diesem Fall konnte ich mein Versprechen nicht halten.

Obwohl ich erst in knapp einer Stunde zum Training mit Jack verabredet war, war ich jetzt schon in den Park gegangen. Ich brauchte einfach Zeit allein, um nachzudenken.

Das Tor stand wie immer einen Spalt breit offen und ich schlüpfte hindurch. Heute ging ich einen anderen Pfad entlang als sonst, um ein bisschen mehr von dem Park kennenzulernen.

Doch nach einer Weile endete der vermeintliche Weg vor einer riesigen Buchsbaumhecke.

Ich wollte schon umdrehen, als ich ein Stück weiter rechts ein kleines Loch entdeckte. Neugierig trat ich näher und steckte meinen Kopf hindurch. Zu meiner Freude lag dahinter eine große Lichtung mit wucherndem Gras, die von Büschen gesäumt wurde, zwischen denen ein weiterer kleiner Pfad hindurchführte. Ich lächelte. Meine Entdeckungstour war also noch nicht beendet.

Aufgeregt zwängte ich mich durch das Loch in der Hecke. Doch kaum hatte ich die andere Seite erreicht, ließ mich ein lautes Rascheln und Ästeknacken erstarren. Aus den Augenwinkeln nahm ich den Umriss eines Schattens zu meiner Linken wahr.

Die unbekannten Schattenwesen hatte ich schon einige Tage nicht mehr gesehen. Doch das hier war keines von ihnen. Allerdings wusste ich nicht, ob ich darüber erleichtert sein oder mich noch mehr fürchten sollte, denn der Schatten dort vor dem Gebüsch war der eines riesigen Tieres.

Ich nahm all meinen Mut zusammen und wandte den Kopf in seine Richtung. Gerade noch konnte ich verhindern, zu schreien, indem ich mir die Hand vor den Mund schlug. Dort stand ein riesiges schwarzes Pferd. Eigentlich war es nicht mal ein Pferd, denn es hatte gewaltige Flügel und starrte mich aus rotglühenden Augen an. Nein, das konnte nicht sein. Das war unmöglich! Da stand ein Pegasus!

Natürlich hatte ich schon von diesen Fabelwesen gehört und gelesen, doch selbst nach allem, was ich in der letzten Zeit erfahren hatte, hätte ich nie gedacht, dass sie wirklich existieren könnten.

Aber jetzt stand einer hier im Park, nur ein paar Meter von mir entfernt.

»Hallo, du«, flüsterte ich. Das Wesen wirkte bis auf seine glühenden Augen eigentlich ganz friedlich. Trotzdem hatte ich ziemlichen Respekt vor ihm.

»Hallo.«

Als ich die fremde Stimme in meinem Kopf hörte, machte ich einen erschrockenen Satz zurück. Ich landete in der dichten Buchsbaumhecke, wurde aber von ihren federnden Ästen zurückgedrückt.

Während ich mich bemühte, nicht das Gleichgewicht zu verlieren, ließ ich den Pegasus nicht aus den Augen. War er es gewesen, der gesprochen hatte?

»Wie heißt du?« Ich kam mir ziemlich blöd dabei vor, ein Fabelwesen nach seinem Namen zu fragen. Trotzdem wollte ich wissen, ob die Stimme wieder in meinem Kopf sein würde oder ob ich sie mir nur eingebildet hatte.

»Madenion. Aber du kannst mich ruhig Mad nennen.«

Verwirrt schüttelte ich den Kopf. Ich redete doch nicht allen Ernstes mit einem Pegasus! »Ähm. Was machst du hier?«, erkundigte ich mich vorsichtig.

»Was machst du hier?«, kam prompt seine Gegenfrage. »Das ist mein Park.«

»Dein Park?« Das Wesen kam näher, doch plötzlich fürchtete ich mich nicht mehr ganz so. Dazu war es viel zu schön.

Sein schwarzes Fell glänzte in der Sonne und es breitete anmutig seine kräftigen Flügel aus, die eine Spannweite von über sechs Metern haben mussten.

»Ja, mein Park. Ich lebe schon immer hier, also ist das meiner«, erklärte Mad so geduldig, als würde er mit einem Kleinkind reden. Er schüttelte anmutig seine Mähne und mir fiel auf, dass er mich dabei neugierig musterte.

»Und warum habe ich dich dann noch nie hier gesehen? Ich bin oft hier im Park.« Nun war mein Misstrauen wieder da und ich fragte mich, ob er womöglich einer der Feinde war, die Jack erwähnt hatte. Vorsorglich bewegte ich mich langsam zu dem Loch zurück, durch das ich gekrabbelt war. Vielleicht konnte ich ja noch fliehen, falls er mich angriff?

»Denkst du wirklich ein Pegasus wie ich würde sich jedem zeigen? Da könnte ich genauso gut durch die Straßen laufen und ein Schild hochhalten mit der Aufschrift: Ja ihr seht richtig, ich bin Mad, ein Pegasus«, antwortete das geflügelte Pferd sarkastisch in meinem Kopf.

»Wie willst du denn ein Schild hochhalten?« Ich musste grinsen.

Der Pegasus war direkt vor mir stehengeblieben und ich war gefesselt von seinen Augen. Obwohl sie immer noch rot glühten, war ihr Ausdruck plötzlich erstaunlich sanft, so wie bei einem richtigen Pferd.

»Das tut nichts zur Sache.« Mad klang hörbar verletzt. »Außerdem ist das ziemlich diskriminierend, wenn du behauptest, dass ich mit meinen Hufen kein Schild hochhalten könnte. Ich habe es zwar noch nie versucht, aber vielleicht könnte ich es ja.«

Seine Reaktion überraschte mich und ich bekam ein schlechtes Gewissen. »Entschuldige bitte.« Ich schenkte ihm ein Lächeln und gab meine

Fluchtmöglichkeit auf, ohne darüber nachzudenken, indem ich einen Schritt von der Hecke weg und auf ihn zu machte. Als es mir auffiel, beschloss ich für mich, dass ich keinen Fehler gemacht hatte.

Falls dieser seltsame Pegasus mir etwas Böses gewollt hätte, hätte er mich angreifen können, bevor ich ihn entdeckt hatte. Nein, er war ganz bestimmt nicht mein Feind und mit diesem geheimnisvollen Schwarzen Orden im Bunde. Doch was er als Nächstes sagte, erschreckte mich doch.

»Ach, so schlimm ist es nun auch nicht, kleine Banshee. – Hey, du musst mich nicht so schockiert ansehen. Natürlich weiß ich, was du bist. Immerhin trainierst du hier fast täglich mit diesem Krieger und ich habe euch belauscht!« Mad wirkte belustigt und stolz zugleich.

»Oh nein!«, stöhnte ich. Jack! Den hatte ich ja völlig vergessen. Ein Blick auf meine Armbanduhr bestätigte, dass ich auf jeden Fall zu spät kommen würde. »Tut mir leid, Mad. War nett dich zu treffen, aber ich bin auch heute mit dem Krieger verabredet und hab total die Zeit vergessen. Ich muss gehen. Vielleicht sieht man sich mal wieder?«

Ich war überrascht, dass ich mir das tatsächlich wünschte. Irgendwie wäre es spannend, mehr über das außergewöhnliche Wesen zu erfahren.

»Das will ich doch hoffen, kleine Banshee. Wenn du im Park bist, kannst du einfach nach mir rufen, ich komme dann. Aber verrate dem Krieger nicht, dass du mich getroffen hast. Er soll nicht wissen, dass ich gerade hier bin. Eigentlich dürfte ich das nämlich nicht.«

»Und warum darfst du nicht hier sein?«

Der Pegasus antwortete mir nicht sofort. Er hatte seinen hübschen Kopf gehoben und beobachtete mit gespitzten Ohren die Hecke hinter mir. »Weil ich eigentlich eine andere Aufgabe habe und Ärger bekomme, wenn ich mich hier herumtreibe.« Er ließ den Kopf hängen. Erneut tat er mir leid.

»Du solltest übrigens wirklich gehen, dein Trainer ist gerade am Brunnen eingetroffen.« Mad breitete seine Flügel aus, während ich noch einmal seine Stimme in meinem Kopf hörte. »Wie heißt du eigentlich, kleine Banshee?«

»Felicity.« Mit einem Lächeln auf den Lippen winkte ich ihm zum Abschied.

Er antwortete mit einem Winken seines rechten Flügels. »Bis bald, Felicity.«

Ich beobachtete, wie er mit ein paar kräftigen Flügelschlägen in die Luft aufstieg, es rauschte kurz, dann war er plötzlich von Schatten umhüllt und nicht mehr zu sehen.

Mit offenem Mund starrte ich auf die Stelle, an der er eben noch geschwebt war. Wie hatte er das gemacht?

Ich brauchte ein paar Sekunden, um mich zu fangen, doch dann kroch ich eilig zurück auf die andere Seite der Hecke. Während ich zu unserem Treffpunkt am Brunnen joggte, bemühte ich mich, meine Gedanken zu sortieren. Ich hoffte, dass Jack mir meine Verwirrung über all das, was eben passiert war, nicht anmerken würde.

»Hallo, Felicity.«

Ich sah auf und winkte meinem Trainer zu, der

bereits am Brunnen lehnte, die Schwerter neben sich, und mich mit gerunzelter Stirn betrachtete.

Es lag eindeutig nicht am Laufen, dass mein Herz bei seinem Anblick schneller klopfte. »Tut mir leid, dass ich etwas zu spät bin. Ich war noch spazieren.« Zumindest war das nicht ganz geschwindelt.

»Hältst du das für klug? Allein hier im Park herumzumarschieren und den Krieger abzuhängen, der dich bewacht hat.«

Erschrocken blickte ich in sein ärgerliches Gesicht. Daran hatte ich überhaupt nicht mehr gedacht. Natürlich war es gefährlich, sich ohne Schutz hier draußen zu bewegen. Gleichzeitig war ich aber auch froh, dass mein »Bewacher« meine Spur verloren hatte. So blieb Mads Geheimnis gewahrt und außerdem war ja nichts weiter passiert. Trotzdem entschuldigte ich mich bei Jack.

»Schon gut, aber tu das bitte nie wieder«, brummte er. »Bereit fürs Training?«

»Aber selbstverständlich«, antwortete ich mit einem erleichterten Grinsen und stellte fest, dass ich mich auf die Trainingseinheit freute, auch wenn es bestimmt wieder anstrengend sein würde.

Wie immer ließ Jack mich vorab ein paar Runden um den Brunnen drehen und lief dieses Mal sogar mit. Das Joggen schien ihn nicht im Mindesten anzustrengen, während ich schon nach ein paar Minuten ins Schnaufen kam. Ich war froh, als er endlich stehen blieb, und lehnte mich erschöpft gegen einen Baum.

Jack holte eines der Übungsschwerter aus seiner großen Tasche.

»Heute werden wir mal einen richtigen Kampf simulieren.« Er warf mir die Waffe zu.

Ich fing sie auf und sah zu, wie sich Jack das zweite Schwert nahm und ein paar Meter von mir entfernt in Stellung ging. Er grinste mich schief an und erneut machte mein Herz einen Sprung. Was war nur los mit mir?

Bevor ich mich versah, kam Jack mit einem großen Schritt auf mich zu und ließ sein Schwert auf mich herabsausen. Schnell hob ich das meine und blockte seinen Schlag ab. Mit einer Drehung war ich an seiner Seite und griff nun selbst an, jedoch war es für ihn kein Problem meinen Schlag zu parieren. Er schlug mein Schwert mit solch einer Kraft zur Seite, dass ich das Gleichgewicht verlor und ins Taumeln geriet. Ich schaffte es gerade noch, mich auf den Füßen zu halten. Doch das nützte mir nicht. Kaltes Metall presste sich an meinen Hals und ich spürte Jacks warmen Atem an meinem Ohr, während er mir die Klinge seines Schwerts an die Kehle hielt.

»Verloren«, flüsterte er und mir lief ein Schauer den Rücken hinunter. Er war so dicht hinter mir, dass wir uns fast berührten. Mein Herz begann wieder zu rasen.

Hastig tauchte ich nach unten ab und drehte mich zu ihm um. »Revanche?« Ich hob mein Schwert und sah auffordernd zu ihm hoch.

Er nickte und nahm mir gegenüber erneut Aufstellung.

Dieses Mal griff ich an, aber es schien, als hätte er genau gewusst, welchen Schlag ich ausführen wollte, denn er blockte ihn ohne Mühe ab.

»Du musst schneller werden.« Er unterbrach unseren Kampf für einen Moment und erklärte: »Du musst dich viel schneller bewegen. So, wie du angreifst, kann ein erfahrener Kämpfer genau sehen, wie du deinen Schlag ausführen wirst. Es wird ein Leichtes für ihn sein, ihn zu parieren, genau wie für mich eben. Du musst versuchen, dich schnell und viel zu bewegen. Zum einen gibst du dann ein schwierigeres Ziel ab und zum anderen kann dein Gegner dann nicht einschätzen, was du als Nächstes vorhast.«

Nach diesen Worten griff er mich wieder an. Ich beherzigte seinen Ratschlag, machte einen Satz zur Seite und wirbelte herum. Nun stand ich an der Stelle, an der Jack zuvor gestanden hatte. Zu meiner Enttäuschung ließ er sich aber nicht davon beeindrucken, dass ich seinem Schlag entkommen war, sondern griff sofort wieder an.

Diesmal schaffte ich es, zu parieren, aber die Kraft, mit der unsere Schwerter aufeinandertrafen, ließ eine Welle der Energie durch meinen Arm pulsieren.

Meine Muskeln zitterten, als ich versuchte, mein Schwert in seiner Position zu halten. Ich durfte Jack keine Möglichkeit geben, seines wegzunehmen oder näher an meinen Körper zu bringen.

Verzweifelt biss ich die Zähne zusammen und versuchte, weiter dagegenzuhalten, Jacks Gesicht dicht vor meinem. Sein entspannter Ausdruck zeigte mir, dass ihn unser Gefecht nicht im Mindesten anstrengte, während ich langsam an meine Grenzen kam. Tatsächlich dauerte es nur noch wenige Augenblicke und die Kraft in meinem Arm ließ nach. Ich musste nachgeben und die wenigen Millimeter, um die ich mein Schwert sinken ließ, genügten Jack. Erneut hatte ich die kalte Klinge seines Schwerts an meiner Kehle.

»Zwei zu null.« Er ließ sein Schwert sinken und schenkte mir sein typisches süßes Grinsen. Unsere Blicke trafen sich und ich bemerkte, wie sich seine braunen Augen vor Verblüffung weiteten. Die Zeit schien stillzustehen und weder er noch ich konnten oder wollten diese seltsame Verbindung zwischen uns lösen.

»Das war schon viel besser.« Es war Jack, der als Erster den Blick senkte.

Erst jetzt wurde mir bewusst, dass ich ihm in die Augen gesehen hatte, ohne dass etwas passiert war. Auch mit dem Pegasus hatte ich vorhin Blickkontakt gehabt. Waren meine Fähigkeiten vielleicht doch noch nicht so ausgeprägt? Egal, ich war froh darüber, beschloss aber, es nicht noch mal darauf ankommen zu lassen. In Zukunft muss ich wirklich vorsichtiger sein, dachte ich, während ich mir meine nassen Haare aus der verschwitzten Stirn strich.

»Du brauchst einfach noch mehr Geschicklichkeit, Kraft und vor allem Erfahrung, aber das kommt mit der Zeit«, tröstete mich mein Lehrer. »Ich denke, wir machen Schluss für heute und ...« Jack wollte mir mein Schwert aus der Hand nehmen, doch als sich dabei unsere Hände zufällig berührten, zuckte er zurück. Ehe ich ihn fragen konnte, was mit ihm los war, fuhr er bereits fort: »... äh ... wir treffen uns dann morgen.« Er wirkte jetzt richtig hektisch.

Obwohl mich sein merkwürdiges Verhalten kurz

überraschte, machte ich mir weiter keine Gedanken und nickte nur. Vermutlich musste er zum Arbeiten in die Bibliothek. Oder aber er hatte wieder eine Besprechung mit den anderen Kriegern oder Lucius, seinem Chef.

Wir verabschiedeten uns und ich machte mich auf den Weg nach Hause. Auf der Höhe des Friedhofs fuhr mir plötzlich ein eisiger Windhauch über den Nacken. Erschrocken blieb ich stehen und drehte mich langsam und mit heftig pochendem Herzen um.

Eine dieser Schattengestalten stand nur wenige Zentimeter von mir entfernt und mit einem erschrockenen Aufschrei sprang ich zurück. »Was willst du von mir?« Meine Stimme klang fürchterlich schrill, doch die Gestalt sah mich einfach nur an. Das heißt, so weit ich das beurteilen konnte, denn sie hatte ja keine Augen. Eine Antwort bekam ich nicht.

»Was bist du?«

Wieder antwortete mir die Schattengestalt nicht. Was wollte sie bloß von mir? Und warum tauchten immer wieder solche Schatten in meiner Nähe auf? Ich musste unbedingt eine Erklärung dafür finden.

Ganz langsam hob ich meine Hand. Die Neugier besiegte meine Angst und ich berührte das Wesen, doch sofort bereute ich es. Es war, als würde ein Stromschlag in meine Hand schießen und durch meinen Körper hindurchfließen. Ich konnte die Energie, die von der Schattengestalt auf mich übergegangen war, bis in mein Gehirn spüren. Mir wurde schwarz vor Augen. Das Letzte, was ich spürte, war, dass ich hart auf dem Boden aufschlug.

Vor meinem inneren Auge sah ich eine kleine Hütte, die in einer Schlucht stand. Ein rauschender Fluss führte direkt an ihr vorbei und an seinem Ufer konnte ich ein schwarzes Pferd erkennen, das in der Sonne graste. Ich musste schlucken, so sehr berührte mich diese friedliche wunderschöne Szenerie.

Ich wandte mich um, versuchte herauszufinden, wo ich war, aber plötzlich begann alles um mich herum zu verschwimmen. Die Farben liefen ineinander über und das Bild wurde unscharf.

Das Nächste, was ich mitbekam, war ein dröhnendes Motorengeräusch. Ich schlug die Augen auf und sah, wie ein Auto an mir vorbeifuhr und um die nächste Ecke bog. Ich lag auf dem Bürgersteig.

Ein Stöhnen entwich meinen Lippen, als ich mich aufsetzte und mir meinen Arm rieb. Wahrscheinlich würde ich von dem Sturz auf den harten Boden einige blaue Flecken bekommen.

Während ich aufstand, überlegte ich, was vor diesem wunderschönen Traum passiert war. Richtig! Ich hatte die Schattengestalt berührt und irgendetwas hatte mir daraufhin das Bewusstsein geraubt. Nervös drehte ich mich um und suchte nach der merkwürdigen Gestalt. Sie war nicht mehr zu sehen und so machte ich mich nachdenklich auf den Heimweg. War dieser Traum wieder eine Vision gewesen? Aber was hatte er zu bedeuten?

Kurz bevor ich unser Haus erreichte, schoss mir ein Gedanke durch den Kopf. Ich machte auf dem Absatz kehrt und lief zurück zum Park.

»Mad? Maaad?« Ich kam mir etwas blöd vor, als ich

schließlich neben dem Brunnen stand und nach dem Pegasus rief.

Doch ich hatte Erfolg. Lautes Flügelschlagen war zu hören und Sekunden später landete er direkt vor mir. Er war einfach so aus den Schatten aufgetaucht.

»Commander Madenion. Stets zu Ihren Diensten«, hörte ich die fröhliche Stimme von Mad in meinem Kopf. Er hatte einen roten Federschal um den Hals geschlungen, der absolut grauenvoll aussah, und ich fragte mich, wie er auf die Idee kam, so etwas zu tragen.

»Was ist denn das?« Ich konnte mir ein Grinsen nicht verkneifen, als ich auf den Schal deutete, der mich von meiner eigentlichen Frage völlig abgelenkt hatte.

»Der Schal? Ist der nicht cool? Gib zu, dass du noch nie so einen tollen Schal gesehen hast.« Mad drehte sich um seine eigene Achse und schüttelte dann majestätisch den Kopf, um seinen Schal zu präsentieren. In seiner Stimme konnte ich seine Freude und seinen Stolz darüber hören, dass er auf seinen Schmuck angesprochen worden war.

»Nein«, antwortete ich ehrlich und erntete einen bösen Blick von ihm.

»Du hast einfach keinen Geschmack. Ihr Menschen habt irgendwann in den letzten Jahrzehnten oder Jahrhunderten euren Sinn für Mode verloren.« Mad sah mich vorwurfsvoll an.

»Wir Menschen? Schon vergessen, dass ich kein Mensch bin?«

Einen Moment lang war er ruhig, doch das hielt nicht lange an. Kurz darauf plapperte er munter

105

weiter, allerdings mit einem unüberhörbar anklagenden Unterton in seiner Stimme: »So groß ist der Unterschied nun auch wieder nicht. Außerdem wurdest du von Menschen großgezogen. Daher denke ich, dass du den komischen Geschmack der Menschen hast, was Mode angeht.«

»Ist ja gut, ich habe verstanden, was du meinst. Obwohl ich dir nicht zustimme, der Schal ist wirklich das absolute Grauen.« Ich konnte einfach nicht anders.

»Du bist ziemlich verletzend, hat dir das schon mal jemand gesagt?«

Meine Worte hatten den Pegasus offenbar wirklich getroffen, so wie er guckte. Jetzt tat es mir leid, dass ich meinen Mund nicht gehalten hatte. Vielleicht war es einfach das Beste, ihm seinen Schal nicht länger auszureden und das Thema zu wechseln. »Wie kannst du so plötzlich verschwinden oder auftauchen? Es sieht aus, als würdest du mit den Schatten verschmelzen.« Diese Frage hatte mich schon die ganze Zeit beschäftigt und ich war mir sicher, dass sie besser als Einstieg in ein neues Gesprächsthema geeignet war als die Vision oder die Schattengestalten.

»Ich verschwinde einfach in der Dunkelheit.«

So wie Mad es sagte, klang es, als wäre es das Selbstverständlichste auf der Welt.

»Aber wie machst du das?«

»Ich bin ein Pegasus, wir können das alle. Es dient unserem Schutz, damit die Menschen uns nicht sehen können. Wir könnten uns auch mit einem Blitz oder etwas anderem unsichtbar machen, aber ich finde die

Schatten viel dramatischer. Das ist es doch, oder?«

»Ähm, ja, sehr dramatisch. Was kannst du noch so alles?«

»Fliegen!«

»Hätte ich jetzt nicht gedacht.« Den Sarkasmus konnte ich mir nicht verkneifen.

»Warum dachtest du, dass ich nicht fliegen kann? Hast du meine wundervollen Flügel noch nicht gesehen?«

»Das war Sarkasmus!«, erklärte ich ihm lachend.

»Lachst du mich gerade aus, weil ich keinen Sarkasmus verstehe? Das ist nicht nett, Felicity!« Mad sah mich tadelnd an.

»Entschuldige.« Sofort wurde ich ernst.

Er neigte seinen hübschen Kopf, um zu zeigen, dass er meine Entschuldigung annahm. »Was ist? Hast du Lust, mal mitzufliegen?«

»Was?« Ich glaubte, mich verhört zu haben. Er hatte mir doch nicht gerade ernsthaft angeboten, mitzufliegen?

»Ich fragte, ob du ...«

»Ja natürlich will ich!« Ich konnte gar nicht anders, als sein Angebot anzunehmen, auch wenn eine kleine Stimme in meinem Unterbewusstsein sagte, dass es gefährlich sein konnte. Aber ich schob meine Bedenken beiseite. Mad hatte etwas an sich, was mich ihm vertrauen ließ.

»Dann komm. Du kannst von dem Stein dort drüben auf meinen Rücken klettern.« Der Pegasus stellte sich direkt neben den Felsen.

Das ließ ich mir nicht zweimal sagen. Aufgeregt kletterte ich erst auf den Stein und dann auf Mads

Rücken. »Wenn ich dir zu schwer bin, musst du es sagen.« Ich strich behutsam über sein weiches Fell.

»Bist du nicht, ich merke dich kaum. Und warum streichelst du mich?«

»Äh ... ich weiß nicht«, stotterte ich peinlich berührt und hörte sofort damit auf.

Als ich sein Lachen in meinem Kopf hörte, kam ich mir ziemlich blöd vor.

»Halt dich fest.«

Schnell griff ich mit beiden Händen in die lange schwarze Mähne.

»Los geht's!« Mad schlug kräftig mit seinen Flügeln und ich bemerkte, wie sich um uns herum Schatten bildeten. Waren wir jetzt etwa beide unsichtbar?

Mit einem leisen Rauschen stieg der Pegasus in die Luft und wenig später erkannte ich Gebäude und Straßen unter uns. Glasgow!

Es war ein unbeschreibliches Gefühl, als die Stadt unter uns vorbeizog. Die Autos und Menschen wirkten so winzig von hier oben, so belanglos. In diesem Augenblick waren meine Sorgen weit weg.

Mad stieg immer höher. Meine Haare peitschten mir ins Gesicht. Ich nahm eine Hand aus seiner Mähne und klemmte mir meine Haarsträhnen wieder hinters Ohr.

Ich fühlte mich unglaublich. So frei wie ein Vogel. So ...

»Wie gefällt es dir?«, vernahm ich die bekannte Stimme in meinem Kopf.

»Es ist super! Alles sieht so klein und unbedeutend aus.«

Ich konnte meine Begeisterung nicht unterdrücken

und hätte am liebsten vor Freude geschrien.

»Es sieht nicht nur so aus, es ist so. Menschen bemerken doch kaum, welch wundervolle Dinge täglich um sie herum passieren. Sie haben schon längst vergessen, dass all die Legenden und Geschichten wahr sind.«

Mad drehte leicht den Kopf, um mich anzusehen.

»Versteckt ihr euch deshalb im Schatten?«

»Es würde den Menschen nicht guttun, wenn sie uns sehen könnten. Sie sind so sehr auf das Materielle und ihre Technik fixiert, dass sie all das Unglaubliche und Magische in der Welt nicht mehr verstehen können.«

»Sie verpassen definitiv etwas.«

Es war einfach toll hier oben auf seinem Rücken. Am liebsten wäre ich nie wieder auf die Erde zurückgekehrt.

»Der Meinung bin ich auch, aber wahrscheinlich ist es besser so. Irgendwann werden sie vielleicht wieder in der Lage sein alles zu verstehen. Dann werden wir uns offenbaren.«

Zum ersten Mal wirkte der Pegasus nachdenklich. Doch bevor ich etwas sagen konnte, hörte ich erneut seine Stimme in meinem Kopf.

»Warum bist du eigentlich zu mir in den Park gekommen? Du hast doch schon trainiert.«

Also hatte er uns wieder beobachtet. Ich lächelte, doch dann fiel mir ein, dass ich über etwas Wichtiges mit ihm reden wollte. »Ich hatte eine Vision. Also, das glaube ich zumindest ...«

»Und warum kommst du damit zu mir? Soweit ich weiß, ist das doch für eine Banshee normal Visionen

109

zu haben?«

»Ja schon, aber dieses Mal hat sie mir keine Gefahr gezeigt und die Farben wurden richtig merkwürdig.«

»Bist du dir denn sicher, dass es eine Vision und kein normaler Traum war?«

»Ja, Träume überfallen einen nicht so aus heiterem Himmel.« Ich beobachtete, wie wir uns wieder dem Erdboden nährten.

»Ich kenne mich weder mit Träumen noch mit Visionen aus. Tut mir leid.«

Wir schwiegen beide und ich genoss während unseres Sinkflugs noch ein letztes Mal den Ausblick. Als die Hufe des Pegasus auf dem Boden auftrafen und er die Flügel hinter mir auf seinem Rücken zusammenfaltete, fiel mir meine andere Frage ein.

»Hast du hier im Park schon einmal merkwürdige Schattengestalten gesehen?« Ich rutschte vorsichtig von seinem Rücken herunter.

»Was denn für Schattengestalten?« Er wirkte verwirrt.

»Sie haben menschliche Umrisse, wirken aber, als würden sie komplett aus Schatten bestehen. Aber irgendwie sind sie gleichzeitig auch materiell ...«Ich sah ihn an, doch zu meiner Enttäuschung schüttelte er den Kopf. »So etwas habe ich weder hier im Park noch sonst irgendwo jemals gesehen.«

Mein Herz rutschte mir in die Hose. Mad war meine große Hoffnung gewesen, immerhin war er wie ich ein übernatürliches Wesen. Doch ich schien tatsächlich die Einzige zu sein, die diese Schattengestalten sehen konnte. Nur wieso?

9. Kapitel

Eine Woche später begleitete mich Jack nach einer weiteren sehr anstrengenden Trainingsstunde nach Hause.

Als wir die Straßenecke erreichten, an der wir uns in den letzten Tagen immer verabschiedet hatten, sagte Jack: »Ich muss für ein paar Tage nach London. Ich soll dort eine Gruppe von Kriegern unterstützen, da die Vermutung besteht, dass es dort zu einem Angriff des Schwarzen Ordens kommen könnte.«

»Dann passt also wieder mal jemand anders auf mich auf?« Ich runzelte die Stirn, denn es gefiel mir irgendwie nicht. In den letzten Tagen hatte ich viel Zeit mit Jack verbracht und ich wusste, dass ich ihn vermissen würde.

»Natürlich.« Er lächelte leicht. »Ich lasse dich doch nicht ohne Schutz zurück. Allerdings wird in der Zwischenzeit niemand mit dir trainieren.«

Ich nickte.

»Da wäre noch etwas ... bitte bleib, wenn es geht im Haus deiner Eltern.«

»Ich soll die ganze Zeit über zu Hause bleiben?«

»Der Schwarze Orden greift am liebsten aus dem Hinterhalt an, jedoch sind sie noch nie irgendwo eingebrochen.« Ich bemerkte ein Zögern in seiner Stimme. »Ich will einfach nicht, dass dir was passiert, solange ich weg bin. Versprich bitte, dass du auf dich aufpasst.« Er betrachtete mich bei seinen Worten auf eine Art, die mich verwirrte. Schnell sah ich zu Boden und nickte erneut.

»Gut, dann bis in ein paar Tagen. Auf Wiedersehen, Felicity.«

Ich sah auf, doch er hatte sich bereits umgedreht und ging mit schnellen Schritten davon.

Oh ja, er würde mir fehlen.

Obwohl ich es Jack versprochen hatte, hielt ich es einfach nicht zu Hause aus.

Am Samstag stand ich bereits in den frühen Morgenstunden auf. Es war dunkel und meine Eltern schliefen noch, aber das hatte ich so geplant. Ich schrieb ihnen einen Zettel, dass ich den Tag in der Stadt verbringen und mich schon früh mit jemandem aus der Schule treffen wollte, um nicht in das Touristenchaos zu kommen, das an einem Samstag ansonsten vorprogrammiert war. Doch eigentlich hatte ich etwas ganz anderes vor.

Ich schlich mich aus dem Haus und sah mich um. Auf der Straße war niemand zu sehen. Keine Spur von den Kriegern, die zu meinem Schutz abgeordnet waren und auch nicht von möglichen Feinden. Ich zog mir die Kapuze über den Kopf, denn es fing an, leicht zu nieseln, und machte mich auf den Weg in den Park, in der Hoffnung, Mad dort zu treffen. In seiner Gegenwart würde der Schwarze Orden es bestimmt nicht wagen, mich anzugreifen. Aus der Ferne drang das Motorengeräusch von Autos zu mir, sonst konnte ich nur das leise Prasseln des Regens, meine Schritte und meinen eigenen Atem hören.

Auch wenn es im Park noch dunkel war, fand ich dank Taschenlampe den Weg zum Brunnen ohne Schwierigkeiten.

»Mad? Mad, bist du da?«, rief ich leise in die Dunkelheit. Ich vernahm ein Rascheln und drehte mich um. Erleichtert atmete ich auf. Er stand einige Meter von mir entfernt und trug schon wieder seinen lächerlichen Federschal.

»Felicity? Was tust du denn so früh hier? Ist etwas geschehen?«

Ich schüttelte den Kopf. »Nein, ich habe es nur zu Hause einfach nicht mehr ausgehalten. Ich trainiere zurzeit nicht und darf eigentlich auch nicht das Haus verlassen. Aber ich kann doch nicht die ganze Zeit nur in meinem Zimmer hocken bis Jack ... ich meine, bis mein Trainer zurück ist.«

»Und da dachtest du, du kommst mich besuchen?«

»Ja. Vielleicht könnten wir ja wieder ein bisschen fliegen?«

Doch Mad schüttelte seinen Kopf. »Ich habe eine bessere Idee. Was hältst du davon, wenn ich dir unser schönes Aldean zeige? Da ist es wenigstens trocken.«

»Aldean?«

Ich hatte keine Ahnung, wo beziehungsweise was das war.

»Aldean, die Heimat der Legenden. Hat Pr ... ähm, ich meine Jack dir etwa nichts davon erzählt? Über was redet ihr denn die ganze Zeit?«

Es schien Mad wirklich zu überraschen, dass ich nicht Bescheid wusste.

»Komm, klettere auf meinen Rücken, ich werde es dir zeigen.«

Diesmal schaffte ich es, mich ohne eine Aufstiegshilfe auf seinen Rücken zu schwingen. Kaum hatte ich mich zurechtgesetzt, entfaltete Mad auch schon seine riesigen Schwingen. Obwohl es noch immer finster um uns herum war, bemerkte ich erneut die aufwallenden Schatten. Diesmal waren sie allerdings hellgrau, aber wieder hüllten sie Mad und mich ein, bevor wir uns in die Lüfte erhoben.

Wir ließen das verregnete Glasgow mit seinen Lichtern hinter uns. Die Sonne brach durch die Wolkendecke und ich fühlte, wie die wärmenden Strahlen meine feuchte Hose trockneten.

Zu meinem Bedauern dauerte diesmal unser Flug nicht lange. Während Mad in einem eleganten Bogen nach unten schwebte, konnte ich eine Parkanlage ausmachen.

Mad landete direkt neben einem Brunnen, der dem unglaublich ähnlich sah, an dem ich noch vor ein paar Minuten in Glasgow gestanden hatte. Allerdings war dieser hier nicht ausgetrocknet und die Steine waren auch nicht moosüberzogen oder hatten Risse.

Ich brauchte einen Moment, bis ich begriff, dass ich diesen Brunnen und auch den Park, in dem wir gelandet waren, bereits in einer meiner Visionen gesehen hatte.

»Die beiden Parkanlagen, hier in Aldean der Schlosspark und der in Glasgow, waren vor langer Zeit komplett identisch. Seit vielen Jahrhunderten können die, die sich aufs Verwenden der Schatten verstehen, diese nutzen, um von einer Welt in die andere zu wechseln«, erklärte mir Mad, während ich auf seinem Rücken sitzen blieb.

»Schlosspark? Es gibt hier ein Schloss?«

»Natürlich. Die königliche Familie von Aldean muss ja schließlich irgendwo wohnen«, kicherte Mad, amüsiert über meine Frage, ehe er mit seinen Erklärungen fortfuhr. »Beide Brunnen wurden von den Feen gepflegt, doch vor vielen Jahren, mit dem Erwachen der Dunkelheit, verschwanden die Feen aus der Welt der Menschen und der Park dort verwilderte immer mehr. Seit einiger Zeit bin ich Wächter der Grenze und des Parks. Meine Aufgabe ist es, den Reisenden beim Übertreten der Welten zu helfen und sie sicher von Aldean in die Menschenwelt und von der Menschenwelt nach Aldean zu bringen.« Stolz schwang in Mads Stimme mit.

Ich sah mich genauer um. Der Park war wirklich wunderschön. Die Pflanzen waren von einem satten Grün und überall wuchsen bunte Blumen. Einige Feen flogen um uns herum und musterten uns neugierig, während ich sie ebenso fasziniert beobachtete.

Eine von ihnen, sie hatte rote Flügel, setzte sich auf Mads Flügelspitze. Die beiden sahen sich an und ich hatte das Gefühl, als würden sie sich telepathisch miteinander unterhalten, auch wenn ich es nicht richtig begründen konnte. Nach ein paar Augenblicken drehte die Fee den Kopf, lächelte mich strahlend an und flog dann mit einem Winken davon.

»Die Feen werden auf die Grenze aufpassen, solange ich mit dir unterwegs bin«, informierte mich der Pegasus.

Ich antwortete nicht, denn ich war noch immer viel zu sehr damit beschäftigt, alles zu bestaunen. Riesige Bäume breiteten ihre Äste in alle Richtungen aus und ich entdeckte noch mehr Feen, die sich in ihren Zweigen tummelten. Auch am Fuße der Bäume saßen sie im weichen Gras und genossen offenbar den schattigen Platz. Ich hörte ihr glockenhelles Lachen. Doch sie waren nicht die einzigen Wesen im Park. Plötzlich schossen kleine Kobolde zwischen den Bäumen und Büschen hindurch, kicherten irre und rissen einige der leuchtend bunten Blumen aus der Erde. Die Feen wiederum schien das zur Weißglut zu bringen. Sie sprangen auf und verfolgten die Kobolde mit wütendem Geschrei.

Mad stieg wieder in die Luft und flog über den Park, blieb jedoch so tief, dass ich einen guten Überblick hatte.

»Es ist traumhaft schön hier«, rief ich ihm zu.

Nun bemerkte ich das riesige Schloss, auf das wir direkt zuflogen. Die Parkanlage glitt unter uns hinweg und Mad drehte eine weite Schleife, durch die wir uns wieder von dem imposanten Gebäude entfernten. Unter uns lagen nun Felder und Wälder und dazwischen kleine Bauernhäuser.

Ich entdeckte eine Straße, auf der Ritter auf ihren majestätischen Pferden unterwegs waren.

»Wo wollen die alle hin?«, wollte ich von meinem persönlichen Reiseführer wissen.

»An den Grenzposten wurden heute die Wachen abgelöst. Jeder Grenzübergang ist, wie auch der Park, von Rittern bewacht. Sie reiten jetzt zurück zum Schloss, um dort ihre freie Zeit zu verbringen.«

Mad stieg ein wenig höher in die Luft, um über die Wipfel einer Baumgruppe zu fliegen. Fast hätte er dabei eine Fee mit seinem Huf erschlagen, die es gerade

noch schaffte, mit einem schnellen Flügelschlag außer Reichweite zu huschen. Ihr ärgerliches Keifen beachtete der Pegasus gar nicht. Er wirkte, als hätte er
es nicht einmal gehört.

Das prunkvolle Schloss, das auf einem Hügel über
einer hübschen kleinen Stadt thronte, wurde wieder
größer. Wir näherten uns ihm nun von der anderen
Seite, und je näher wir kamen, desto mehr wurde mir
klar, wie prachtvoll und schön es tatsächlich war. Es
war aus weißen Steinen gebaut und schien im Licht
der Sonne förmlich zu strahlen.

Wir landeten direkt auf dem riesigen Schlossplatz.
Um uns herum wimmelte es von Rittern, Dienern
und Pferden. Sie alle hielten in ihrer Arbeit inne und
starrten uns mit unverhohlener Neugier an.

Elegant faltete Mad seine Flügel zusammen und betrachtete einen der Ritter, der hier scheinbar das Sagen hatte. Er hatte als Einziger nicht aufgehört, lautstark Befehle zu bellen, während ein junger Mann,
ich vermutete, dass es sein Knappe war, geduldig neben ihm wartete.

Nun wandte sich der Ritter uns zu. »Der Grenzwächter auf unserem Hof, was für eine Ehre!« Er verbeugte sich leicht, bevor er den Jungen neben sich
ansah: »Los, lauf und hol den Prinzen. Sag ihm, dass
Grenzwächter Madenion und die Banshee hier sind.«

Sein Knappe verbeugte sich tief vor dem Mann und
verschwand dann im Schloss.

Ich ließ mich vorsichtig von Mads Rücken gleiten
und trat dicht neben ihn.

»Warum holt er den Prinzen? Und woher weiß er
überhaupt, was ich bin?«

Ich achtete darauf, dass nur er mich hören konnte.

»Machst du Witze? Jeder in Aldean weiß von dir. Ganz Aldean setzt große Hoffnungen in dich. Immerhin bist du momentan der einzige Mensch mit mystischen Gaben, von dem wir wissen«, hörte ich Mads Stimme in meinem Kopf. Bevor er jedoch weitersprechen konnte, tat sich etwas vor dem großen Eingangstor und mir stockte der Atem.

Dort, in der Tür, stand Jack. Beinahe hätte ich ihn nicht erkannt, denn heute sah er ganz anders aus. Anstelle seiner normalen Kleidung trug er ein weißes Leinenhemd mit einem prachtvollen blauen Samtmantel darüber, enge schwarze Lederhosen und passende Stiefel dazu. Doch sein braungebranntes freundliches Gesicht und sein dunkles Haar waren unverkennbar. Einen Moment lang schien er bestürzt, und ich fragte mich, warum. Doch dann wirkte seine Miene wieder glatt und fast ausdruckslos, als er auf uns zukam.

Mein Herz begann zu rasen, doch ich versuchte, mir meine Aufregung nicht anmerken zu lassen.

Warum hatte er mir nie gesagt, dass er ein Prinz war? Wir hatten uns so oft unterhalten und nie hatte er diese Tatsache oder die verschiedenen Welten auch nur erwähnt. Wann hatte er es mir sagen wollen?

Ich war etwas ärgerlich und enttäuscht und fragte mich, ob es noch mehr gab, was er vor mir geheim hielt. Doch als er mir dann gegenüber stand, verpuffte mein Groll wie eine Rauchwolke. Es war mir einfach nicht möglich, ihm böse zu sein.

»Felicity, was machst du denn hier? Madenion? Ist

etwas passiert?« Jack schien jetzt wirklich besorgt und sah zwischen mir und meinem geflügelten Freund hin und her.

»Es ist alles in Ordnung, auch an meiner Grenze. Felicity wollte nur einen kleinen Ausflug machen.« Der Pegasus verbeugte sich vor Jack.

»Scheinbar hast du mir einiges nicht erzählt, Jack«, stellte ich fest, konnte ein Lächeln jedoch nicht unterdrücken. Dafür freute ich mich einfach zu sehr, ihn so unverhofft wiederzusehen.

»Dass ich Prinz von Aldean bin?« Jetzt grinste er verlegen. »Nun, das ist nicht wirklich etwas, das man so einfach erzählt. Oder hätte ich sagen sollen, ach übrigens, ich bin der Prinz einer anderen Welt?«

»Eigentlich meinte ich, dass du mir von Aldean hättest erzählen können.«

»Entschuldige, aber es war einfach nie die passende Gelegenheit für eine solche Unterhaltung.« Er zuckte die Schultern und wandte sich wieder an Mad. »Keine Angst, dass die Feen den Park in seine Einzelteile zerlegen, während du nicht da bist?«

Ich sah fragend von einem zum anderen, denn auf mich hatten die Feen nicht den Eindruck gemacht, als könnten sie irgendetwas zerstören. Das schien eher die Angelegenheit der Kobolde zu sein.

»Nein, ich denke, sie werden mich gut vertreten. Außerdem würde ich gern Felicity weiter Gesellschaft leisten, wenn Ihr nichts dagegen habt, mein Prinz.« Der Pegasus trat einen Schritt näher zu mir und mit einem knappen Nicken stimmte Jack zu, dass der Grenzwächter bleiben durfte.

»Komm. Ich zeige dir das Schloss«, forderte Jack

mich auf. Mit großen Schritten ging er voraus und Mad und ich folgten ihm.

Die Eingangshalle war gigantisch und wurde vom Licht unzähliger lodernder Fackeln erhellt. Einige riesige Gemälde hingen an den Wänden, sie alle zeigten Männer und Frauen mit Kronen und ich vermutete, dass es die früheren Herrscher von Aldean waren.

Ein Diener kam auf uns zu und verbeugte sich tief vor Jack. Er nahm ihm den Mantel ab und huschte wieder in die Dunkelheit davon.

»Was machst du überhaupt hier? Ich dachte du bist in London?«, erkundigte ich mich.

»Eine kleine Notlüge. Wie gesagt, es war einfach nicht der richtige Zeitpunkt, aber den habe ich nun wohl verpasst.« Das schiefe Lächeln breitete sich auf seinem Gesicht aus. »Allerdings hat es wirklich was mit den Kriegern zu tun. Einmal im Jahr treffen sich die wichtigsten Vertreter, zu denen ich als Prinz ebenfalls gehöre, hier im Schloss von Aldean, um sich auf den neuesten Stand über das zu bringen, was in der Menschenwelt vor sich geht.«

»Wenn Felicity schon mal hier ist, können wir ihr doch eigentlich auch ein bisschen was von der Stadt zeigen«, hörte ich die aufgeregte Stimme von Mad in meinem Kopf und war mir sicher, dass Jack ihn auch hörte. Immerhin war die Frage ja hauptsächlich an ihn gerichtet.

»Warum nicht? So spannend ist der Palast nun auch nicht.« Er forderte uns mit einer Handbewegung auf, ihm zu folgen.

Wir durchquerten die Eingangshalle und gelangten

zu einer großen Holztür. Ein Diener, der gerade an uns vorbeikam, öffnete sie und hielt sie für uns auf.

Meine Augen brauchten einen Moment, um sich an das hellere Licht zu gewöhnen. Durch die riesigen Fenster des Korridors, in dem wir uns nun befanden, konnte man einen Großteil der Stadt sehen. Wir folgten dem Gang. Ab und zu begegneten uns Diener, hin und wieder auch Ritter, und sie alle verbeugten sich tief vor dem Prinzen.

Ich aber konnte noch immer nicht fassen, dass Jack ein echter Prinz sein sollte. Auch in seiner jetzigen Kleidung wirkte er auf mich noch immer mehr wie ein Krieger. Nicht wie einer der Prinzen, die ich aus Filmen kannte oder mir früher beim Lesen von Märchen vorgestellt hatte.

Der Korridor endete an einer weiteren großen Holztür, die Jack diesmal selbst für uns öffnete. Wir traten hinaus in das strahlende Sonnenlicht und zu unseren Füßen lag die Stadt, die einen wundervollen Anblick bot. Die ziegelgedeckten Häuser waren aus Stein gebaut und in unterschiedlichen Farben gestrichen. Zusammen mit den vielen Menschen, die sich in den Straßen tummelten, bildeten sie ein fröhliches buntes Gesamtbild.

Jack und Mad führten mich durch eine schmale Straße, die schon nach einigen Metern in eine breitere, belebtere Straße mündete.

Auch die Menschen trugen prachtvolle bunte Gewänder und ich kam mir in meinem Kapuzenpulli und der Jeans ziemlich fehl am Platz vor. Doch zum Glück wurde ich nicht darauf angesprochen. Außerdem beschäftigte mich ein anderer Gedanke, wie war das wohl für Jack, dass sich alle vor ihm verbeugten? Ob er sich in der Menschenwelt vielleicht sogar wohler fühlte, wo niemand wusste, dass er ein Prinz war und ihn jeder normal behandelte? Oder störte es ihn womöglich, dass ihn dort niemand beachtete? Dass er dort nicht die Aufmerksamkeit bekam, die er gewohnt war?

Ich beobachtete ihn aus den Augenwinkeln, wie er den Bürgern der Stadt freundlich zunickte und hin und wieder auch ein paar Worte mit ihnen wechselte. Er tat das so unbefangen, wie er auch mit mir oder Mad umging. Nein, Jack war tatsächlich mehr Krieger als eine königliche Hoheit. Auch wenn ihn die Leute hier respektvoll und mit so großer Ehrerbietung behandelten, er blieb einfach Jack.

Wir folgten der Straße und erreichten schließlich einen riesigen Platz. Auch hier wirkte alles bunt zusammengewürfelt. Überall waren Stände aufgebaut und es duftete nach Essen, allerdings gemischt mit dem Geruch der Tiere, die überall vor Kutschen und Karren gespannt herumstanden. Es herrschte dichtes Gedränge und auch ohne Autos oder andere Motoren war es so laut, dass ein Gespräch kaum möglich war.

Für einen Moment fragte ich mich, ob das hier wirklich Menschen waren. Doch ich behielt die Frage für mich, denn ich hätte brüllen müssen, um mich verständlich zu machen. Stattdessen sah ich mir lieber die Waren der Verkäufer an. Es gab Essen, Kleidung und Schmuck und einige Händler boten die verschiedensten Waffen zum Kauf an. Schwerter glänzten in der Sonne und ich sah einen wunderschönen Bogen, der an beiden Enden mit Edelsteinen verziert war.

»Mein Prinz!«, hörte ich eine tiefe Stimme hinter uns rufen.

Wir drehten uns um und ich sah, wie einer der Händler auf uns zueilte. Er schlug Jack freundschaftlich auf die Schulter und forderte uns mit einer Handbewegung auf, ihm zu folgen. Wahrscheinlich tat er dies, weil wir seine Worte in dem Lärm sowieso nicht verstanden hätten, und wir folgten ihm zu seinem Stand am Rande des Marktplatzes.

»Ich wollte Euch ein ganz besonderes Schwert zeigen, mein Prinz.« Der Händler musste schreien, damit wir ihn hören konnten, während er Jack ein wunderschönes, silbernes Schwert hinhielt.

»Obwohl, es würde viel besser zu der hübschen Dame passen, die Euch begleitet.« Er wandte sich nun mir zu und drückte es mir einfach in die Hand.

Verdutzt betrachtete ich den Griff, der mit einem dunklen Lederband umwickelt war. Es lag so gut in meiner Hand, dass es sich anfühlte, als wäre es eigens für mich geschmiedet worden. Es war ein Zweihänder, wie ich es vom Training im Park kannte. Die Klinge glänzte im Sonnenlicht und war mit winzigen Spiralen verziert.

»Pass doch auf!«, schrie der Händler mit einem Mal auf und ich zuckte erschrocken zusammen. Fast wäre mir die Waffe aus den Händen geglitten und zu Boden gefallen.

Mad war mit einem seiner Flügel an die Auslage geraten und hätte beinah eine Reihe von Dolchen zu Boden geworfen. Der Pegasus machte einen hastigen Schritt zur Seite und warf dem Händler einen entschuldigenden Blick zu.

»Ich glaube, Eurer Begleitung gefällt das Schwert«, wandte der Händler sich wieder an Jack, ließ dabei den Grenzwächter jedoch nicht aus den Augen.

Die Blicke von Jack und mir trafen sich und wieder war da etwas zwischen uns ...

Verlegen schlug ich die Augen nieder und gab dem Händler das Schwert zurück. »Es ist wirklich eine wunderbare Waffe.«

Wie zu erwarten gewesen war, wollte der Mann es mir sofort verkaufen. Doch ich lehnte höflich ab, schließlich hatte ich in Aldean keinerlei Geld und kannte nicht einmal die Währung.

Doch Jack sah das offensichtlich anders. »Sie nimmt es.« Er griff nach einem kleinen Lederbeutel, der an seinem Gürtel befestigt war und nahm einige goldene Münzen heraus, die er dem Händler in die Hand drückte.

»Das kann ich nicht annehmen«, protestierte ich.

»Doch, kannst du, du brauchst sowieso ein gutes eigenes Schwert.« Er reichte mir das Schwert und eine dazu passende Scheide.

»Danke.« Jack würde sich dieses Geschenk nicht ausreden lassen und ablehnen konnte ich es nicht, das wäre unhöflich gewesen. Außerdem hatte er recht, ich brauchte ein Schwert. Also nahm ich es.

Wir verließen den Stand und schlenderten weiter durch die langen Reihen der Marktstände. Allerdings war das ziemlich anstrengend, denn Mad rempelte dauernd irgendwo gegen und hätte das ein oder andere Mal auch fast etwas zu Boden gestoßen, wenn Jack oder ich es nicht verhindert hätten.

Da uns der Prinz begleitete, zeigten die Händler ihren Ärger über die Ungeschicklichkeit meines großen Freundes nicht so offensichtlich, aber die Erleichterung war ihnen anzusehen, als wir uns entschlossen, zum Schloss zurückzukehren. Inzwischen war es heiß geworden, denn die Sonne stand hoch am Himmel, und so war auch ich froh, als wir die kühle Eingangshalle betraten. Dort wurden wir bereits von einem nervös wirkenden Diener erwartet, der sich vor Jack verbeugte.

»Mein Prinz, der König wünscht Euch unverzüglich zu sehen.« Mit einer weiteren Verbeugung entfernte er sich.

»Na, dann wollen wir mal. Bestimmt will mein Vater dich kennenlernen.« Jack zwinkerte mir zu und wandte sich zur Treppe. Ich folgte ihm. Als ich die Stufen hinaufstieg, schlug mein Herz ein wenig schneller. Immerhin hatte ich noch nie einen König getroffen.

Neben mir ging Mad mit einer Leichtigkeit, die mich verblüffte.

Während ich ihn beobachtete, registrierte ich hinter ihm an der Wand ähnliche Gemälde wie schon in der Eingangshalle. Doch außer, dass auch auf ihnen Personen abgebildet waren, konnte ich nicht viel erkennen, denn ich wurde immer wieder von den Dienern abgelenkt, die geschäftig an uns vorbeihuschten, und von den Rittern in ihren strahlenden Rüstungen, die uns entgegenkamen. Wie in der Stadt herrschte auch hier im Schloss ein reges Treiben. Wir erreichten das obere Ende der Treppe und gingen durch einen breiten Korridor, bis wir schließlich in einer weiteren Halle vor einer riesigen mit Gold verzierten Tür stehenblieben. Zwei Diener in eleganten Livreen öffneten sie für uns und Jack trat als Erster über die Schwelle. Mad und ich folgten ihm.

Vor uns lag ein riesiger Thronsaal. An den Wänden hingen Banner und Waffen und ein breiter roter Teppich führte durch den Raum bis zu einem prachtvollen goldenen Thron. Ritter standen in voller Rüstung an beiden Seiten des Teppichs Spalier und als wir an ihnen vorbeigingen, verbeugten sie sich der Reihe nach.

Der König, der bei unserer Ankunft auf dem Thron gesessen hatte, erhob sich. Er war mir sofort sympathisch, wahrscheinlich, weil er Jack so ähnlich sah und sein Lächeln für uns voller Wärme war.

Trotzdem sanken Mad und ich vor ihm auf die Knie und sogar Jack verbeugte sich.

»Guten Tag, Felicity, schön dich endlich kennenzulernen.« Der König reichte mir die Hand, und während ich mich erhob, betrachtete ich ihn unauffällig genauer. Seine Haare hatten die gleiche dunkle Farbe wie die seines Sohnes, allerdings waren sie von grauen Strähnen durchzogen. Seine Augen waren hellblau, nicht braun wie Jacks. Und natürlich trug er als Herrscher von Aldean eine prunkvolle goldene Krone, die mit riesigen Rubinen verziert war. Ein mit Goldfäden bestickter dunkelroter Samtumhang bedeckte seine Schultern und die Uniform darunter.

»Die Banshee hat also endlich ihren Weg in mein Schloss gefunden. Mein Sohn hat mir schon viel von dir erzählt.«

Der König warf seinem Sohn einen vielsagenden

Blick zu, und sofort spürte ich eine unangenehme Hitze auf meinem Gesicht. Schnell tat ich so, als gäbe es irgendetwas sehr Interessantes auf meinen Schuhen zu sehen.

»Amelia wird dir jetzt dein Zimmer zeigen, damit du dich ein wenig frisch machen kannst. Du bist immer in unserem Hause willkommen, liebe Felicity. Also betrachte das Zimmer als dein Zimmer, wann immer du dich hier in Aldean aufhältst. Auf Jack wirst du leider ein Weilchen verzichten müssen. Wir haben etwas zu besprechen.« Die Miene des Königs war plötzlich ernst, als er erneut einen Blick mit Jack wechselte.

Doch als er sich wieder mir zu wandte, war sein Lächeln zurück. »Amelia hat jedoch angeboten, dir das Schloss zu zeigen, und der gute Madenion wird euch gewiss noch eine Zeit begleiten. Allerdings darf er auch seine Pflichten an der Grenze nicht vernachlässigen, nicht wahr?«

Aus den Augenwinkeln bemerkte ich, wie der Pegasus eifrig nickte und sich ungelenk ein weiteres Mal vor seinem König verbeugte.

Leise bedankte ich mich und sah Jack fragend an. Er lächelte mir zu und deutete auf eine junge rothaarige Frau, die gerade in den Thronsaal gekommen war. »Das ist Amelia.«

Die junge Frau, die nur wenig älter als ich zu sein schien, kam auf uns zu und lächelte mich freundlich an. Dann verbeugte sie sich flüchtig vor dem König und Jack. Mir fiel auf, dass sie ähnlich wie Jack gekleidet war. Allerdings hatte sie zusätzlich eine ärmellose Lederweste an und im Gegensatz zu Jack war sie von oben bis unten in Grün gekleidet. Außerdem hatte sie einen Köcher auf den Rücken geschnallt und hielt in der rechten Hand einen Bogen.

»Amelia ist eine Jägerin«, informierte mich Jack, der meinen fragenden Blick bemerkte, doch ich wusste nicht wirklich, was ich mit dieser Information anfangen sollte.

»Schön, dich kennenzulernen, Felicity. Komm mit mir«, forderte Amelia mich freundlich auf.

Wir verbeugten uns ein letztes Mal vor dem König von Aldean und unwillkürlich tat ich das auch vor Jack, bevor wir den Thronsaal durch eine Seitentür verließen.

Über die Schulter sah ich ein letztes Mal zu Jack zurück. Ich fühlte mich ein wenig unwohl dabei, mich von ihm zu trennen und mit einer Fremden mitzugehen, aber Mad war ja schließlich auch noch da.

»Was hast du denn da an? Ist das die Haut einer gefiederten Schlange?«, erkundigte sich die Frau bei dem Grenzwächter, kaum, dass wir die Tür hinter uns geschlossen hatten.

Der Pegasus wirkte empört. Er schien etwas in ihrem Kopf zu antworten und ich sah, wie Amelia daraufhin lachte.

»Diese Frau ist total unverschämt und außerdem ziemlich dumm. Weiß sie denn nicht, dass Schlangen Schuppen und keine Federn haben?«, beschwerte der Pegasus sich leise bei mir.

»Ich glaube, das war nur ein Spaß.« Ich musste mich ziemlich beherrschen, um nicht auch zu lachen.

»Es ist wirklich schrecklich, dass einfach niemand mehr einen guten Geschmack in Sachen Mode hat!«, stöhnte Mad und rollte mit den Augen.

Ich beschloss, dass es besser war, das Thema zu wechseln, und wandte mich an die Frau: »Was genau macht eine Jägerin eigentlich, Amelia? Besorgst du das Fleisch für die Tafel des Königs?« Das interessierte mich wirklich.

Sie schüttelte den Kopf. »Nur hin und wieder. Dafür sorgen andere. Die meiste Zeit reisen wir durch die Welten und sammeln Informationen für den König.« Während unseres Gesprächs führte mich die Jägerin über eine Wendeltreppe nach oben.

»Und wie kommt es, dass du nun Schlossführerin bist?« Es machte auf mich nicht den Eindruck, als würde es normalerweise zu ihren Aufgaben gehören, Gäste im Schloss herumzuführen.

»Denkst du wirklich, ich würde mir die Gelegenheit entgehen lassen, jemanden mit mystischen Gaben persönlich zu treffen?«, fragte sie mit einem Schmunzeln, wurde dann aber wieder ein wenig ernster. »Außerdem habe ich momentan keinen Auftrag und erledige gern kleine Aufgaben, die im Schloss anfallen. Ist besser, als die ganze Zeit in meinem Zimmer zu sitzen.«

Die Treppe endete und die Jägerin öffnete eine Tür direkt vor uns.

»Hier geht es zu den Schlafräumen.«

Sie reichte mir zwei Schlüssel. »Der größere ist für diese Tür hier, der andere für die zu deinem Zimmer.«

Ich nickte und nahm sie ihr ab.

In dem Korridor, der vor uns lag, kam das einzige Licht von Fackeln, die zwischen den Türen auf beiden

Seiten an der Wand angebracht waren. Fenster gab es keine. Wir gingen noch ein gutes Stück weiter, bis Amelia schließlich auf eine der Türen zeigte.

»Das ist dein Zimmer. Ich lass euch jetzt allein. Ruh dich ein bisschen aus, Felicity. Ich hole euch später für einen Rundgang wieder ab.«

Sie verschwand und ich schloss die Tür auf und betrat zusammen mit Mad das Zimmer.

Gegenüber war ein riesiges bodentiefes Fenster, durch das ich schon von der Tür aus die ganze Stadt überblicken konnte. In dem Raum befanden sich nur ein Bett, ein Schrank und eine weitere Tür.

Ich öffnete sie. Dahinter war ein schlichtes Badezimmer mit einer altertümlich wirkenden Toilette, einer Waschschüssel und einer Badewanne.

Ich ging zurück in mein neues Zimmer, zog meine Jacke aus und legte sie auf dem Bett ab. Dann öffnete ich den Schrank. Kleider in den unterschiedlichsten Farben hingen an einer Stange. Auf dem Brett darüber lagen Blusen und Hosen und unten auf dem Boden standen verschiedene Schuhe und Stiefel. Neben den Kleidern sah ich einen schwarzen Umhang. Ich nahm ihn heraus und legte ihn beiseite. Danach suchte ich mir Bluse, Hose und Stiefel aus und zog mich um.

»Was ist das denn für schreckliche Kleidung? Die hat ja mal gar keinen Stil, das pure Grauen«, empörte sich Mad, der vor den Schrank getreten war und mit angewidertem Blick die Kleidungsstücke betrachtete.

»Aber dein Federschal hat Stil?« Ich ließ mich grinsend aufs Bett sinken.

»Aber natürlich. Ach, ihr seid doch alle gleich.

Egal, ob ihr aus der Menschenwelt oder aus Aldean kommt, einen Sinn für Mode haben nur wir Pegasi.«

Ich antwortete darauf nicht, sondern verdrehte nur die Augen, was der Grenzwächter allerdings nicht mitbekam.

Etwa eine Stunde später klopfte es an der Tür und Amelia kam mit einem Lächeln herein.

»Zeit für die Schlossführung.«

Ich nahm meine Schlüssel, steckte sie in die Tasche und wir verließen das Zimmer. Amelia führte uns durch viele Flure, über Treppen und schon nach kurzer Zeit hatte ich jegliche Orientierung verloren. Allein würde ich nicht mehr in mein Zimmer zurückfinden.

Ein plötzlicher Knall ließ mich zusammenzucken und zu Mad herumwirbeln. Mit einem seiner Flügel, die er scheinbar nie bei sich behalten konnte, hatte er ein Gemälde von der Wand geschlagen.

»Pass doch auf!«, wies Amelia den Pegasus zurecht, der sich sofort wortreich zu entschuldigen begann, während die Jägerin und ich das wuchtige Gemälde aufhoben und gemeinsam zurück an die Wand hängten.

»Das hier ist der Speisesaal. Für das nächste Mal, wenn du vielleicht etwas länger bei uns bist.« Amelia deutete auf eine dunkle Holztür, vor der wir einige Minuten später stehen blieben.

»Dann musst du mich aber zum Essen abholen. Ich verlaufe mich anderenfalls nur«, bat ich.

»Kein Problem«, versprach mir Amelia mit einem Zwinkern. »Das Wichtigste ist, dass du weißt, wo dein Zimmer ist. »Solltest du dich verlaufen, frag einfach nach dem Weg. Es sind überall Diener und andere Bedienstete unterwegs, die dir helfen werden.«

In Aldean schien es niemanden zu stören, dass ich eine Banshee war, obwohl es überall bekannt war. Die Menschen hatten nichts davon gewusst, aber trotzdem hatten sie sich immer von mir abgewandt. Es kam mir vor, als wäre es hier genau andersherum.

Amelia zeigte mir noch ihr Zimmer und den Gemeinschaftsraum der Jäger, damit ich sie immer finden konnte, wenn ich mal ihre Hilfe brauchte.

»Ich bin so lang nicht mehr hier im Schloss gewesen«, hörte ich die Stimme von Mad in meinem Kopf. Ich sah zu dem Pegasus, der seine Flügel reckte und mit einem von ihnen einen Diener zu Boden warf, der gerade an ihm vorbeilaufen wollte.

Amelia schüttelte sichtlich genervt den Kopf. Der Diener warf dem Grenzwächter einen verängstigten Blick zu und eilte dann schnell davon.

»Ich glaube, es wird Zeit zu gehen, Madenion.« Die Jägerin sah so aus, als hätte sie ihm seine Flügel am liebsten mit ihren Pfeilen am Körper festgetackert. »Der König hat mich gebeten, dich rechtzeitig daran zu erinnern, dass es doch niemandem auffallen soll, dass du nicht auf deinem Posten bist. Und ...«, sie sah mich an, »... Felicity wird man doch bestimmt auch irgendwann in der Menschenwelt vermissen, nicht wahr?«

Leider konnte ich ihr da nicht widersprechen. Also nickte ich nur, allerdings etwas wehmütig. Ich wäre gern noch länger geblieben, um diese fremdartige, aber beeindruckende Welt weiter zu erkunden.

Auf dem Schlossplatz verabschiedete ich mich von Amelia. Jack konnte ich zu meinem Bedauern nirgendwo entdecken, aber ich war sicher, dass ich schon sehr bald wieder mit ihm trainieren würde.

Ich stieg auf Mads Rücken, winkte Amelia noch einmal zu, und los ging es.

Wieder genoss ich den Flug und konnte mich an der wunderschönen Umgebung gar nicht sattsehen. Diese Welt könnte einem Märchen entsprungen sein, dachte ich noch, ehe wir durch die Wolken emporstiegen und Aldean endgültig aus meinem Blickfeld entschwand.

10. Kapitel

Einige Tage nach Felicitys Besuch in Aldean verließ ein riesiger Trupp von Rittern unter der Führung des Königs das Schloss, um in den Kampf gegen den Schwarzen Orden zu ziehen.

Am Grenzposten der Nordgrenze Aldeans war ein Grenzwächter dazu gezwungen worden, eine größere Gruppe Ordensanhänger von dort nach Aldean zu bringen.

Amelia, die zu diesem Zeitpunkt in der Dunklen Welt gewesen war, um dort zu spionieren, hatte den König sofort darüber informiert.

Noch bevor der König aufgebrochen war, war die Jägerin aber wieder an die Grenzstation zurückgeeilt und hatte dort Posten bezogen. In diesem Moment musste sie mit ansehen, wie drei Mitglieder des Schwarzen Ordens die Leiche des weißen Pegasus, der der Grenzwächter an dieser Grenzstation gewesen war, in die Büsche zerrten und dort liegenließen. Der jungen Frau kamen die Tränen. Mühsam hielt sie diese zurück und konzentrierte sich wieder auf das Geschehen vor ihr. Sie durfte nichts von dem, was die Feinde taten, übersehen. Es war ihre Pflicht, dem König später über alles genau zu berichten. Gefühle hatten bei dieser Aufgabe keinen Platz. Später wäre genug Zeit, um zu trauern.

Die Mitglieder des Schwarzen Ordens waren in

lange schwarze Umhänge gehüllt. Ihre Gesichter waren wie üblich hinter Kapuzen und Tüchern verborgen, sodass niemand sie erkennen konnte. Wie es ihnen gelungen war, dass der Pegasus sie überhaupt über die Grenze gebracht hatte, war Amelia noch immer ein Rätsel. Sie hatte aus ihrem Versteck in der Dunklen Welt nur beobachtet, wie sich die Truppe der Grenze genähert und dort Stellung bezogen hatte, bis der Pegasus aufgetaucht war.

Amelia, die wie alle Jäger in der Lage war, die Schatten zu manipulieren und zwischen den Welten zu wechseln, war erst kurz nach ihnen nach Aldean gekommen, da die Feinde sie sonst bemerkt hätten. Als sie schließlich aus den Schatten getreten war, war der Grenzwächter schon tot gewesen.

Mithilfe des Grenzübergangs war sie in den Park beim Schloss gereist und hatte den König informiert. Warum der Grenzwächter all das zugelassen hatte, konnte sie ihm jedoch nicht sagen. Doch sie hatte eine Vermutung. Die Grenzwächter waren mit die treusten Anhänger des Königs. Niemals würden sie dem Schwarzen Orden helfen. Allerdings wusste sie auch, dass der Schwarze Orden schon oft versucht hatte, die Gedanken von telepathisch begabten Wesen zu kontrollieren, und vielleicht war es ihnen nun gelungen.

Der König war noch ein gutes Stück entfernt, doch Amelia vernahm bereits Hufschläge. Das mussten die Ritter sein, die in der Nähe der Grenzstation stationiert waren. Sie hörte ihre Schlachtrufe und das wütende Gebrüll der Ordensmitglieder, die aus ihrem Blickfeld verschwanden, um sich in den Kampf zu stürzen. Schwerter klirrten und nach einer Weile war das Schreien von Verwundeten zu hören. Doch die Jägerin wartete in ihrem Versteck. Sie durfte noch nicht eingreifen, denn die Mitglieder des Ordens wussten bisher nichts von den Jägern, die in allen Welten umherzogen und wichtige Informationen über den Feind sammelten. Das sollte auch so lange wie möglich so bleiben. Die Jäger durften nur im äußersten Notfall in Kämpfe eingreifen, sonst hatten sie sich bedeckt zu halten.

Amelia aber fiel es schwer, diesmal untätig zu bleiben, so sehr brannte sie darauf, den Tod des Pegasus zu rächen. Ohnmächtig vor Zorn ballte sie ihre Fäuste.

Doch sie durfte den Befehl ihres Königs nicht missachten und die ganze Sache gefährden, nur um ihren eigenen Rachedurst zu stillen. Sie musste tatenlos zusehen, wie immer mehr Mitglieder des Schwarzen Ordens über die Grenze nach Aldean strömten. Ohne den Schutz des Grenzwächters war der Übergang nun frei. Die Schatten verflüchtigten sich mehr und mehr hinter dem Torbogen, der den Ort der Grenze symbolisierte, so wie es der Brunnen im Park tat. Deswegen konnte Amelia auch die karge Felslandschaft der Dunklen Welt dahinter erkennen. Sie hatte noch nie einen so trostlosen Ort wie die Dunkle Welt gesehen, doch dem Schwarzen Orden und all den anderen düsteren Gestalten, die in dieser Welt existierten, schien genau das zu gefallen.

Erneut war das Donnern von Pferdehufen zu hören und diesmal verließ Amelia ihr Versteck, um den Neuankömmlingen entgegenzulaufen. Sie blieb in den Schatten der Bäume und wurde von den anderen Kämpfenden nicht bemerkt, als sie sich davonmachte. Alle waren viel zu sehr mit ihren Gegnern beschäftigt, um auch nur in ihre Richtung zu sehen. Doch die ankommenden Ritter bremsten ihre Pferde ab, als die Jägerin vor ihnen auf den Weg trat. Knapp informierte sie die Krieger über das Geschehen an der Grenzstation.

»Keine Sorge. Ich werde die Grenze absichern«, hörte sie eine ihr bekannte Stimme in ihrem Kopf und drehte sich um. Madenion landete gerade hinter ihr und faltete seine Flügel auf dem Rücken zusammen.

»Was ist mit der Grenzstation im Park«, wollte Amelia wissen.

»Ich habe sie komplett abgeriegelt. Nicht einmal die, die die Schatten kontrollieren können, sind in der Lage, den Grenzposten im Park jetzt noch zu überqueren. Auf Befehl des Königs soll ich fürs Erste diese Grenze hier übernehmen und Ritter werden mich unterstützen. Wir können es uns nicht erlauben, noch mehr Grenzwächter zu verlieren.«

Die Jägerin nickte. Niemals würde sie etwas gegen die Entscheidungen ihres Königs sagen.

Gemeinsam kehrten die Frau und der Pegasus im Schutz des Waldes zur Grenzstation zurück.

Der Kampf war noch immer in vollem Gange, das konnten sie hören. Erneut hätte Amelia am liebsten eingegriffen, doch sie zwang sich, es nicht zu tun. Stattdessen sah sie zu, wie sich Madenion in die Schatten hüllte und verschwand. So konnte er den Grenzübergang überwachen, ohne dabei von den Feinden gesehen zu werden. Amelia blieb noch einen

Moment am Rand des Waldes stehen. Diesmal konnte sie den Kampf nicht nur hören, sondern auch beobachten. Aber es machte sie noch nervöser, nur untätig dabeizustehen. Also drehte sie sich um und lief los. Sie wollte dem König entgegengehen und ihm über die neuesten Entwicklungen Bericht erstatten. Wenigstens etwas, das sie tun konnte.

Sie musste nicht sehr weit gehen. Der König und seine Getreuen waren erstaunlich schnell vorangekommen. Die Pferde waren schweißnass, da ihre Reiter sie im gestreckten Galopp über den Weg jagten. Sie bremsten ihre Tiere erst ab, als Amelia sich vor ihnen auf den Weg stellte.

»Wie sieht es an der Grenze aus?«, rief der König und seine tiefe Stimme klang ungewohnt erregt.

Die Jägerin verbeugte sich. »Madenion ist da, wie Ihr befohlen habt, Majestät, und sichert sie fürs Erste. Die Ritter und die Mitglieder des Schwarzen Ordens befinden sich noch immer im Kampf. Aber mein König, Ihr wollt doch hoffentlich nicht selbst eingreifen.« Besorgt sah sie zu ihrem Herrscher auf, auf dessen Gesicht ein grimmiger Ausdruck erschienen war.

»Darauf kannst du Gift nehmen, Jägerin«, knurrte er und warf seinem Sohn einen Blick zu. Jack wirkte ebenso entschlossen wie sein Vater.

»Wir werden dieses Gesindel in ihr Höllenloch zurückjagen, aus dem sie gekrochen sind, Vater!«

»Das werden wir. Vorwärts, Männer!« Der König hob zum Zeichen des Aufbruchs seine Hand, und Amelia hatte gerade noch Zeit, zur Seite zu springen, da preschten die Reiter auch schon an ihr vorbei.

Einer der Ritter blieb jedoch zurück. Er hielt Amelia seine Hand hin, die diese ergriff und sich hinter ihm auf den Pferderücken schwang, froh darüber, so schneller zum Kampf zurückkehren zu können.

So erreichten sie tatsächlich bereits kurz nach den anderen die Lichtung. Der Ritter ließ Amelia im Schatten der Bäume zurück und galoppierte in das Kampfgetümmel. Die Jägerin duckte sich hinter einen Haufen Gestrüpp, zog einen Pfeil aus ihrem Köcher und spannte ihren Bogen. In diesem Durcheinander konnte sie helfen, ohne dass es auffallen würde.

Sie warf einen schnellen prüfenden Blick auf das Schlachtfeld. Durch die Ankunft der zusätzlichen Truppen war Aldean inzwischen in der Überzahl und drängte die Feinde immer weiter zurück. Der Boden war von Leichen bedeckt. Im Tod lagen die Ritter und die Mitglieder des Schwarzen Ordens ruhig nebeneinander. Reiterlose Pferde preschten in wilder Panik davon, wurden jedoch von niemandem beachtet.

Inmitten des Durcheinanders machte Amelia den König und seinen Sohn aus, die mit Mitgliedern des Ordens im Gefecht steckten. Sie hatten allerdings keine Probleme mit ihren Gegnern. Dazu waren die beiden Männer viel zu erfahrene Kämpfer.

Aber dann entdeckte die Jägerin doch jemanden, der dringend ihre Hilfe brauchte. Hastig hob sie ihren Bogen und visierte ein Mitglied des Schwarzen Ordens an, das etwas abseits einen Ritter aufs Korn nehmen wollte, der verletzt am Boden lag.

Der schwarzgekleidete Krieger hatte schon sein Schwert zum letzten tödlichen Stoß gehoben, als

Amelias Pfeil sich in seinen Rücken bohrte und er vor dem überraschten Ritter zusammenbrach.

Schnell angelte die Jägerin nach einem weiteren Pfeil, doch eine Bewegung auf dem Schlachtfeld ließ sie erstarren. Ein Pfeil war aus einer anderen Richtung abgeschossen worden und hatte sein Ziel gefunden.

Die Jägerin keuchte auf. Im Hals des Königs, der auf seinem Pferd sitzend eben einem Schwarzvermummten sein Schwert in die Brust gerammt hatte, steckte der Pfeil seiner Feinde.

Amelia sah noch wie der König schwankte, doch dann war schon die Leibgarde an seiner Seite. Sie schirmten ihren Herrn mit ihren Schilden vor Amelias Blick und weiteren Pfeilen ab und verließen mit ihm das Schlachtfeld.

Der Ritter, der Amelia mitgenommen hatte, war bei ihnen. Darum überraschte es sie nicht, dass sie direkt auf sie zukamen. Immer wieder griff die Jägerin in ihren Köcher und feuerte ihre Pfeile ab, um den Männern zusätzlich Deckung zu geben, bis die kleine Gruppe den Schutz des Waldrands endlich erreicht hatte. Zwei der Ritter, die den König während des Ritts gestützt hatten, holten ihren Herrn vom Pferd und legten ihn vor Amelia ins Gras.

Doch bevor sie etwas tun konnte, wurde sie grob zur Seite gestoßen. Prinz Jack fiel neben seinem Vater auf die Knie. »Vater«, flüsterte er verzweifelt und drückte die Hand des Königs.

Amelia wagte nicht zu atmen, als sie zusah, wie die Tränen über die Wangen des Prinzen liefen und das Gesicht des Königs benetzten. Der junge Mann stammelte leise unverständliche Worte, und dann war es plötzlich ganz still. Sogar der Kampflärm schien weit weg.

Mit versteinertem Blick stand Jack auf und zog erneut sein Schwert.

Amelia packte ihn am Arm. »Tut das nicht, Königliche Hoheit!«

Doch der Prinz schüttelte ihren Arm ab. »Lass mich los! Du kannst mich nicht davon abhalten, diese Mistkerle zu erledigen«, zischte er. »Sie haben meinen Vater getötet und ich werde ihn rächen. Und wenn es das Letzte ist, was ich tue.«

Noch immer rannen Tränen über seine Wangen. Energisch wischte der Prinz sie weg, ehe er mit großen Schritten zurück auf das Schlachtfeld rannte und sich in den Kampf stürzte, gefolgt von den anderen Männern, die nun seine Leibwächter geworden waren.

Einen Moment lang beobachtete Amelia mit sorgenvoll gerunzelter Stirn den zornigen jungen Mann, wie er es gleich mit zwei vermummten Kriegern aufnahm. Blinde Wut war noch nie ein guter Berater in einem Kampf gewesen, dass wusste sie nur zu gut.

Doch das Schicksal des zukünftigen Königs von Aldean lag nicht in ihren Händen.

Wenig später waren alle Feinde tot und eine düstere Stille breitete sich über dem von Leichen bedeckten Schlachtfeld aus.

Die Überlebenden versammelten sich um ihren toten König. Auch die anderen Gefallenen aus Aldean hatte man aufgebahrt, um sie später zu ihren

Familien zu bringen, damit diese sie begraben konnten.

Doch der zukünftige Herrscher von Aldean machte allen schnell klar, dass nur wenig Zeit zum Trauern bleiben würde. Mit zorniger Stimme bellte er seine Befehle und seinem entschlossenen Gesicht war anzusehen, dass er keinen Widerspruch duldete.

»Ich will, dass alle Grenzposten komplett abgeriegelt werden. Aldean soll nicht länger eine Verbindung zu den anderen Welten haben. Amelia, benachrichtige alle Jäger, die auf Missionen in anderen Welten sind. Sie sollen unverzüglich zurück nach Aldean kommen. Kümmert euch darum, dass alle unsere Leute zurückkehren. Wir sind im Krieg! Und sorgt dafür, dass die Banshee ebenfalls zu uns kommt! Wir können nicht länger für ihre Sicherheit außerhalb unserer Welt garantieren.«

11. Kapitel

Es war ein nebliger Morgen und ich war mit meinen Eltern beim Einkaufen gewesen. Wir stiegen aus dem Auto und meine Eltern gingen zum Kofferraum, um die Einkäufe zu holen, während ich zum Haus lief. Ich schloss gerade die Tür auf, als ich ein Geräusch hinter mir hörte. Ich drehte mich um und sah meine Eltern mit den Einkaufstüten auf mich zukommen und dahinter ...

Ich wollte schreien, aber ich war wie gelähmt. Vier in Schwarz gekleidete Männer stürmten auf uns zu. Ihre Gesichter waren unter Tüchern verborgen und sie hielten krumme Säbel in den Händen.

Sofort war mir klar, dass es Mitglieder des Schwarzen Ordens sein mussten. Doch bevor ich mich auch nur bewegen konnte, hoben sie ihre Waffen und gingen auf meine Eltern los.

Der Krieger, der gerade für meinen Schutz zuständig war, stürmte heran. Er hatte sein Schwert in der Hand und griff sofort einen der Feinde an, aber es war längst zu spät. Meinen Eltern blieb nicht mal die Zeit, sich ins Innere des Hauses zu retten. Es ging alles viel zu schnell, schien gleichzeitig und doch in Zeitlupe zu geschehen, so als wäre die Zeit vollkommen aus dem Gleichgewicht geraten.

»Felicity! Pass auf, du ...«

Ein Säbel zischte durch die Luft und schnitt sich tief

in das Fleisch meiner Mum. Ihre Stimme brach mit einem Gurgeln und aus ihrem Mund floss Blut.

Fassungslos sah ich zu, wie ihr Kopf zur Seite kippte und vor mir auf den Boden fiel, während ihr Körper in sich zusammensank. Erneut zischte es und mit einem widerlichen Geräusch schlug auch der tote Körper meines Vaters auf dem Boden auf.

Ich ließ meine Tasche fallen, stürzte zu meinen Eltern, fiel neben ihnen auf die Knie und schrie. Aus den Augenwinkeln registrierte ich, wie auch der Krieger fiel, und als er den Boden berührte, verhallte mein Schrei. Eine eigenartige Stille folgte.

Es war seltsam, aber plötzlich fühlte ich nichts mehr, obwohl ich begriff, dass ich nun Mum und Dad folgen würde. Keine Panik, keine Angst, keine Verzweiflung. Nur Leere und Stille und dichter weißer Nebel.

Die Mitglieder des Schwarzen Ordens standen da und starrten mich aus ihren vermummten Gesichtern an. Doch dann drehten sie sich einfach um, steckten ihre Säbel weg und verschwanden.

»Felicity?«

Als sich mir eine Hand auf die Schulter legte, erwachte ich aus meiner Starre. Ich zuckte zusammen und mein Mund öffnete sich zu einem Schrei, aber ich brachte keinen Ton hervor. Ich starrte nur in ein Gesicht.

Ich wusste nicht, wie lange ich neben den Leichen meiner Eltern gesessen und geweint hatte, doch das Gesicht kannte ich und es bedeutete keine Gefahr. »Amelia?«, hauchte ich mit tränenerstickter Stimme.

Mein Gehirn registrierte ganz automatisch, dass sie eine dunkle Jeans und einen moosgrünen Pullover trug und nicht ihre Jägerkleidung, in der ich sie bei unserem ersten Treffen gesehen hatte.

»Der Orden?«, flüsterte sie und nahm mich in den Arm, als ich schluchzend nickte. Mehr sagte sie nicht, hielt mich einfach nur fest, während bei mir erneut alle Dämme brachen.

Wie hatte das nur passieren können? Sollten die Krieger nicht auf mich und meine Familie aufpassen? Wie hatte sich der Schwarze Orden dennoch so nah an uns heranschleichen können, ehe der Krieger endlich reagiert hatte?

Tränen strömten über meine Wangen und es war, als würde mir jemand das Herz aus der Brust reißen. Auch ich hatte es nicht geschafft, meine Eltern zu beschützen, sie waren nur meinetwegen gestorben. Das alles war meine Schuld. Warum hatte ich nicht fleißiger trainiert? Warum hatte Jack mir noch keine eigene Waffe gegeben? Dann hätte ich sie vielleicht beschützen können. Andererseits war ich doch unfähig gewesen mich zu bewegen, auch nur irgendetwas zu tun. Ich hätte handeln sollen, hätte wenigstens versuchen sollen, den Tod von Mum und Dad zu verhindern.

Mein Zorn richtete sich nun nicht mehr nur gegen die Mörder meiner Eltern, sondern auch gegen mich selbst. Voller Wut schlug ich mit der Faust auf den steinernen Boden. Doch ich spürte den Schmerz gar nicht und bekam auch kaum mit, dass Amelia meine Hand nahm, sie streichelte und beruhigend auf mich einsprach. Ich fühlte nur die schreckliche Leere, die sich in mir ausbreitete. So, als würde ein Schwarzes Loch meine Eingeweide verzehren.

John und Elizabeth Collins waren tot und am liebsten wäre ich mit ihnen gestorben.

»Felicity? Es tut mir leid, aber wir müssen gehen.«

Nur langsam drangen Amelias Worte zu mir durch. »Ich kann hier nicht weg, meine Eltern ...«

Verzweifelt schüttelte ich den Kopf.

»Doch, du musst. Du kannst nichts mehr für sie tun. Außerdem, was denkst du passiert, wenn die Polizei hier auftaucht? Du kannst nicht erzählen, was wirklich hier los war. Das würde dir niemand glauben.«

Obwohl ich noch immer nicht wirklich klar denken konnte, begriff ich zumindest, dass sie recht hatte, und ließ mir von ihr hochhelfen. Sie ließ meine Hand auch nicht los, als sie mich an den Leichen meiner Eltern vorbeizog. Die beiden waren das Letzte, was ich sah, ehe der Nebel Amelia und mich völlig einhüllte.

Wie betäubt ließ ich mich von ihr führen, aber ich bemerkte trotzdem, wie sie sich immer wieder nervös umsah. Sie befürchtete ganz offensichtlich, dass der Schwarze Orden jeden Moment zurückkommen würde.

»Der Grenzübergang im Park ist zu. Wir müssen einen anderen nehmen.« Sie beschleunigte ihre Schritte.

Also hatte die Jägerin vor, mich nach Aldean zu bringen, denn dort würden wir vor dem Orden sicher sein. Doch wieso war der Übergang im Park geschlossen. Der Pegasus war doch nicht auch ...?

»Was ist mit Mad?«, stieß ich hervor, und konnte die Panik in meiner Stimme kaum kontrollieren.

»Es geht ihm gut, aber wir haben jetzt keine Zeit für Erklärungen. Wir müssen schleunigst zum Bahnhof und dann nach Aldean.« Wir nahmen den Bus und erreichten kurze Zeit später den Bahnhof, wo Amelia uns zwei Fahrkarten kaufte. Schon auf der Fahrt zum Bahnhof war die Jägerin sehr wortkarg gewesen und ich hatte nicht die Kraft, sie zu fragen, wo wir eigentlich hinwollten.

Kurz darauf rannten wir zu unserem Zug. Wir hatten uns noch nicht hingesetzt, als er auch schon losfuhr.

Zum Glück hatten wir ein Abteil für uns allein. Keiner von uns war nach Reden zumute, also sah ich aus dem Fenster, konzentrierte mich darauf, wie die Häuser der Stadt immer schneller an mir vorbeizogen und schließlich Bäumen, Feldern und Wiesen Platz machten. Meine Betäubung, die mich gefangen gehalten hatte, ließ allmählich nach, und je weiter wir uns von Glasgow entfernten, umso klarer wurden meine Gedanken. Natürlich wanderten sie zurück zu meinen Eltern. Doch ich biss mir auf die Lippen, damit ich nicht wieder anfing zu weinen. Ich zwang mich stattdessen, mir vorzustellen, was passiert war, nachdem wir gegangen waren. Bestimmt hatte längst jemand die Polizei gerufen und die sicherte nun die Spuren am Tatort.

Es war merkwürdig, aber mich so sachlich mit den Dingen zu beschäftigen, half mir, meine Verzweiflung zu bekämpfen. Und noch etwas gab mir Kraft.

Der Gedanke an Vergeltung. Von nun an würde ich härter trainieren. So hart, dass ich schon sehr bald den Tod meiner Eltern rächen konnte.

Ich fühlte, dass Amelia mich beobachtete, und drehte den Kopf zu ihr. »Wieso bist du eigentlich nach Glasgow gekommen?«

»Der Prinz wollte, dass ich dich hole. Auch bei uns ist etwas geschehen ...« Plötzlich wirkte Amelia nervös. Sie holte tief Luft, wie um sich selbst zu beruhigen, bevor sie weitersprach. »Mitglieder des Schwarzen Ordens haben einen unserer Grenzwächter ermordet und sind in Aldean eingedrungen.«

Entsetzt starrte ich sie an. Hatte sie mich vorhin etwa belogen und Mad hatte doch den Tod gefunden? Ein Kloß bildete sich in meiner Kehle und vor Angst begann mein Herz zu rasen.

»Nein, nein. Es war ein Pegasus, der weiter im Norden an der Grenze stationiert war.«

Die Spannung fiel augenblicklich von mir ab und ich atmete erleichtert auf. Ich hätte es nicht verkraftet, auch noch ihn zu verlieren.

»Aber nun wird es Krieg geben. Der Schwarze Orden hat nämlich nicht nur den Grenzwächter getötet...« Amelia verstummte und sah aus dem Fenster. Es dauerte einige Sekunden, bevor sie mit ausdrucksloser Stimme sagte: »Sie haben auch den König umgebracht.«

Meine Trauer wich einem Gefühl ohnmächtiger Wut. Ich ballte meine Hände zu Fäusten und die Fingernägel bohrten sich unangenehm in mein Fleisch, aber ich fühlte es kaum. Wie ich die Mitglieder des Schwarzen Ordens hasste! Erst Bonnie, meine Eltern und nun auch noch Jacks Vater.

Hinterher habe ich mich oft gefragt, ob es eben dieser Moment war, in dem ich mich von einem normalen Menschenmädchen wirklich in die Banshee verwandelte, die ich ja eigentlich immer gewesen war.

Auf jeden Fall schwor ich mir damals, dass ich von nun an hinter Jack stehen würde. Wenn er in einen Krieg zog, würde ich mit ihm gehen und ihm helfen, den Schwarzen Orden zu vernichten. Ich würde alles tun, um die sinnlosen Tode und vor allem meine Eltern zu rächen. Das war ich ihnen einfach schuldig. Das war das Einzige, was ich noch für sie tun konnte.

Der Schaffner unterbrach uns und kontrollierte unsere Fahrkarten.

Misstrauisch beobachtete Amelia ihn, bis er aus unserem Sichtfeld verschwunden war, erst dann fuhr sie fort, mich über die Geschehnisse zu informieren.

»Es ist uns schnell aufgefallen, dass Feinde eingedrungen sind, und der König hat Ritter zur Grenze geschickt um diese zu verteidigen. Natürlich haben er und der Prinz die Truppen angeführt und tapfer gekämpft bis ... bis den König ein Pfeil unserer Feinde getroffen hat.«

Amelia hatte den Blick auf ihre Hände gesenkt und ich wusste nicht, was ich sagen sollte. Ich dachte an Jack und tiefes Mitgefühl erfüllte mich. Sein Vater war gestorben, ermordet von den Feinden seiner Welt. Ich wusste ganz genau, wie er sich jetzt fühlen musste, denn mir ging es nicht anders.

»Und warum müssen wir jetzt so schnell nach Aldean?«, versuchte ich mich abzulenken.

»Der Prinz lässt alle Grenzstationen abriegeln. Er

will nicht, dass noch mehr Mitglieder des Schwarzen Ordens in Aldean eindringen können. Alle diese Grenzposten sind nämlich mit allen drei Welten verbunden. Aldean, eurer Welt und der Dunklen Welt. Auch der im Park. Nur gut, dass es den Grenzwächtern möglich ist, sie komplett zu schließen.« Einen kurzen Moment hielt sie inne. »Wir sind jetzt unterwegs zu dem einzigen, der noch geöffnet ist.«

Amelia wirkte jetzt ein wenig ruhiger. Vielleicht hatte es ihr geholfen, über all das zu reden, was passiert war.

Ich fragte nicht nach, wohin genau uns unsere Reise führte. Eigentlich war es mir sogar ziemlich egal. Hauptsache ich würde bald wieder in Aldean sein, wenn auch unter schrecklichen Umständen. Ich hasste mich selbst dafür, dass ich mich danach sehnte. Nach dem was mit meinen Eltern passiert war, durfte ich doch eigentlich nicht dieses Hochgefühl empfinden. Aber es war nun einmal so. Ich freute mich auf die wunderschöne verzauberte Landschaft, auf Mad und natürlich auf Jack.

Keine Ahnung weshalb, aber ich fühlte, wie ich schon beim Gedanken an das alles ruhiger wurde. Die Wut begann zu verschwinden und auch die Trauer ließ nach.

»Was denkst du, Amelia, warum haben die Männer des Schwarzen Ordens mich verschont? Sie haben mich nicht einmal wirklich beachtet«, sprach ich schließlich die Frage laut aus, die ich mir schon die ganze Zeit über stellte.

»Ach Felicity, das weiß ich auch nicht. Vielleicht sind sie durch etwas gestört worden? Auf jeden Fall bin ich sehr froh, dass ich dich lebend gefunden habe.« Amelia legte ihre Hand kurz auf meine und drückte sie.

Ich wusste nicht, ob ich mich wirklich darüber freuen sollte, überlebt zu haben. Es gab Momente, in denen ich nichts dagegen gehabt hätte, jetzt bei meinen Eltern zu sein. Sie fehlten mir so schrecklich. Ich würde nie wieder ihre Stimmen hören, mich nie wieder mit ihnen unterhalten können. Ich war allein, hatte niemanden mehr.

Ich blickte auf meine Hand, die Amelia noch immer hielt. Nein, das stimmte nicht. Ich hatte Freunde. Amelia, Mad und Jack. Ich war überhaupt nicht mehr allein. Und zusammen würden wir es auch schaffen, den Schwarzen Orden zu besiegen.

12. Kapitel

»Wir müssen aussteigen!«

Amelias Stimme schreckte mich auf. Scheinbar hatte ich die ganze restliche Fahrt verschlafen, denn draußen begann es bereits, zu dämmern, und ich konnte sehen, dass wir gerade in einen Bahnhof einfuhren. Ich streckte mich und folgte dann Amelia, die bereits aus dem Abteil in den Gang getreten war. Nachdem wir ausgestiegen waren, blieb sie einen Moment stehen und sah sich auf dem Bahnsteig um.

»Was suchst du denn?« Ich folgte ihrem Blick, konnte aber nichts Spannendes entdecken.

»Amelia?«, hörte ich mit einem Mal eine Stimme hinter uns. Wir drehten uns beide um, und ich sah einen großen, blonden Mann auf uns zukommen. Ich schätzte ihn auf Anfang dreißig. Sein strahlendes Lächeln machte ihn mir sofort sympathisch.

»Niall! Schön dich zu sehen!« Zum ersten Mal an diesem Tag huschte ein Lächeln über Amelias Gesicht, das der Mann erwiderte.

»Felicity, das ist Niall. Er ist genau wie ich ein Jäger.«

Niall reichte mir die Hand. »Schön dich kennenzulernen.«

Als ich den starken irischen Akzent hörte, mit dem ich aufgewachsen war, bekam ich sofort Heimweh. Seit unserem Umzug war mir nicht bewusst gewesen, wie sehr Irland mir fehlte. Die Insel, Dublin, unser altes Haus und sogar meine alte Schule. Das Heimweh brachte auch sofort die Erinnerungen an meine Eltern zurück. Wie sie fröhlich lachend in unserem Garten gestanden hatten und ...

»Am besten wir gehen jetzt sofort nach Aldean. Die Grenze soll so schnell wie möglich auch hier abgeriegelt werden.«

Niall riss mich mit seinen Worten aus meinen Gedanken.

Wir folgten ihm aus dem Bahnhof und durch dunkle Gassen und Straßen. Noch immer hatte ich keine Ahnung, wo wir waren, aber ich fragte auch nicht danach. An einer alten Ruine blieben wir schließlich stehen. Ein hellbrauner Pegasus stand vor uns und sah uns abwartend an.

»Wir müssen noch auf Dave warten«, erklärte Niall.

»Gut.« Amelia nickte. »Ich gehe schon mal vor und sehe nach, ob alles sicher ist.« Bevor jemand ihr antworten konnte, hüllten sie bereits die Schatten ein und sie war verschwunden.

Obwohl ich es schon bei Mad gesehen hatte, schnappte ich dennoch erschrocken nach Luft.

Niall lachte leise.

»Wusstest du nicht, dass wir Jäger ebenfalls die Schatten zwischen den Welten durchqueren können? Das ist bei unserer Arbeit sehr wichtig.«

Ich sah zu ihm auf, begegnete seinen dunkelblauen Augen und plötzlich durchfuhr mich ein Gedanke. Eine Zahl, ein Datum und ein schrecklicher Schmerz zuckten gleichzeitig durch meinen Kopf. Ich schrie auf. Es war wie bei Bonnie. Ich hatte den Tag gesehen, an dem der Jäger sterben würde.

»Ist etwas nicht in Ordnung?« Er kam sofort auf mich zu und ich konnte die Sorge in seinem Gesicht erkennen. Ich schüttelte den Kopf, merkte aber, wie sich meine Augen mit Tränen füllten. Ich konnte es ihm nicht sagen. Es war zu schrecklich. Er war ein liebenswürdiger Mensch und doch war er so nah am Ende seines Lebens.

»Felicity, was ist denn los?« Er legte unsicher seine Hände auf meine Schultern.

Doch ich wich seinem Blick aus. Ich konnte ihm nicht noch einmal in die Augen sehen. Heiße Tränen liefen über meine Wangen und plötzlich umarmte er mich einfach. Er hielt mich fest und das tat unglaublich gut. Doch sobald ich wieder daran dachte, was ich eben gesehen hatte, musste ich nur noch mehr weinen. Ich weinte um ihn, weinte um meine Eltern und auch um Bonnie. Es konnte doch nicht sein, dass scheinbar jeder um mich herum sterben musste. All die Gefühle, die in den letzten Stunden tief in meinem Inneren geschlummert hatten, brachen nun erneut an die Oberfläche.

Niall stellte keine weiteren Fragen, worüber ich wirklich froh war. Der Jäger hielt mich einfach nur in seinen Armen und strich mir mit einer Hand über den Rücken. Krampfhaft versuchte ich, nicht an das zu denken, was ich gesehen hatte.

»Ich störe euch ja nur ungern, aber sollten wir nicht mal so langsam nach Aldean«, unterbrach uns eine tiefe Stimme.

Hastig löste ich mich aus Nialls Umarmung und

musterte den Neuankömmling, der hinter ihm aufgetaucht war. Er war mit seiner grünen Kleidung eindeutig ebenfalls ein Jäger, allerdings muskelbepackt und bestimmt zwei Meter groß, denn ich musste den Kopf in den Nacken legen, um in sein Gesicht sehen zu können. Feixend betrachtete er mich an.

»Da bist du ja endlich, Dave«, begrüßte Niall ihn. Dave strich sich durch seine dunklen Haare und grinste mich weiter an. »Und du bist ...?«

»Felicity«, antwortete ich ihm knapp und konzentrierte mich darauf, nicht in seine Augen zu sehen.

»Warum heulst du denn? Etwa, weil ich euer romantisches Stelldichein ruiniert habe«, fragte er mich geradeheraus und ohne jegliche Empathie.

»Halt die Klappe, Dave!« Niall warf ihm einen ärgerlichen Blick zu, nahm meine Hand und führte mich zu dem Pegasus, der ungeduldig mit den Hufen scharrte. »Du fliegst mit ihm.« Der Jäger half mir, auf den Rücken des Grenzwächters zu klettern, und Sekunden später wurde alles um mich herum dunkel.

Als es wieder hell wurde, erkannte ich ein Gebäude. Doch es war keine Ruine, sondern wirkte eher wie ein Tempel. Auch Amelia war da. Während ich vom Rücken des Pegasus sprang, kam sie zu mir.

»Mein Gott, Felicity, was ist denn nur passiert?« Schockiert starrte sie mich an. Natürlich war ihr mein verweintes Gesicht nicht entgangen.

Leise erzählte ich ihr von Niall, und als sie bleich wurde, kamen mir erneut die Tränen. Noch nie hatte ich so direkt gesehen, wann ein Mensch sterben würde. Bei Bonnie war es ja in einer Vision gewesen und während ich daran zurückdachte, kam es mir vor, als wäre seitdem eine Ewigkeit vergangen.

Ehe Amelia etwas sagen konnte, tauchten Niall und Dave aus den Schatten auf. Hastig wischte ich mir mit dem Handrücken über die Augen, während die Jägerin einen Schritt zurücktrat.

»Es ist alles sicher. Lasst uns aufbrechen«, begrüßte sie die Männer.

Sie nickten und schweigend verließen wir den Tempel, der aus hellem Marmor gebaut und wunderschön war. Jedoch konnte ich mich an dieser Schönheit nicht im Geringsten erfreuen, dafür schien mein Leben viel zu trostlos und grau geworden zu sein.

Noch immer schweigend folgten wir einem schmalen Pfad und erreichten nach einer Weile einen kleinen Wald.

»Wohin gehen wir?«, wollte ich wissen, als wir immer tiefer in diesen hineingingen.

»Ein Stück entfernt ist eine kleine Stadt, in der werden wir uns Pferde für unsere weitere Reise leihen«, erklärte mir Niall, der neben mir ging.

»Verstehe.« Ich blickte nach oben in die Baumkronen, um den Jäger nicht ansehen zu müssen. Die Sonnenstrahlen, die durch das dichte Blätterdach fielen, ließen das Grün der Bäume noch intensiver erscheinen und der weiche Waldboden war mit einer dicken Schicht Moos bedeckt, sodass unsere Schritte kaum zu hören waren.

Die Landschaft von Aldean war schöner als jede andere, die ich bisher gesehen hatte. Alles wirkte so magisch und die kleinen Feen ergänzten dieses verzauberte Bild perfekt. Sie flogen um uns herum und sangen leise. Alles hier wirkte so friedlich, dass es schwer war, zu glauben, dass vor Kurzem ein schrecklicher Kampf an einem der Grenzposten statt-gefunden hatte und uns allen hier ein entsetzlicher Krieg drohte.

Mein Blick fiel auf Amelia. Sie hatte nun wieder ihren Bogen und Köcher bei sich, den sie, genau wie die anderen beiden Jäger, in der Ruine zurückgelas-sen hatte, während sie in der Menschenwelt gewesen war. Sie alle bewaffnet zu sehen, gab mir einerseits ein Gefühl von Sicherheit, aber anderseits war es ein Anzeichen dafür, dass der Frieden hier trügerisch war.

Ich bedauerte, dass ich mein eigenes Schwert im Schloss von Aldean zurückgelassen hatte. Vielleicht hätte ich mit ihm meine Eltern retten können. Oder aber, und das war wahrscheinlicher, ich wäre bei dem Versuch im Kampf getötet worden.

»Wir müssen Felicity unbedingt eine Waffe besor-gen«, hörte ich Amelia zu Dave sagen, als hätte sie meine Gedanken gehört.

Der hünenhafte Jäger nickte. »Wenn wir in der Stadt sind, werde ich die Ritter nach einem passenden Schwert für sie fragen.«

Niall sagte nichts dazu. Er ging einfach schweigend neben mir her, aber von Zeit zu Zeit spürte ich, wie er mir nachdenkliche Blicke zuwarf.

Ich begann, meine Gabe zu hassen. Nie hatte ich wissen wollen, wann er oder auch Bonnie sterben würden. Es fühlte sich nicht richtig an, das zu wissen, bevor es wirklich passierte.

Nach etwa einer Stunde Fußmarsch begann sich der Wald zu lichten und ich konnte die ersten Häuser der Stadt sehen.

Der Pfad, auf dem wir gekommen waren, mündete in eine breite Steinstraße. Viele Kutschen waren unterwegs, allerdings würdigte uns keiner der Kutscher oder Insassen auch nur eines Blickes. Mir fiel jedoch auf, dass sich alle von der Stadt entfernten.

»Scheint so, als würden sich die meisten auf den Weg zur Hauptstadt und zum Schloss machen«, stellte Niall leise fest und betrachtete ebenfalls einen der vorbeifahrenden Wagen. Der Hufschlag der Pferde und das Klappern der Räder auf den Steinen donnerten in meinen Ohren und ich hörte die Worte des Jägers nur, weil er direkt neben mir ging.

»Sie wollen unserem König die letzte Ehre erweisen, so wie wir es auch tun werden«, meinte Amelia und erwiderte den Gruß eines vorbeireitenden Jägers, der eine der Kutschen eskortierte. Dabei trafen sich unsere Blicke und mir wurde bewusst, wie dankbar ich ihr dafür war, dass sie mich nach Aldean geholt hatte. Auch ich wollte bei der Beerdigung des Königs dabei sein. Das war das Mindeste, das ich für ihn tun konnte, und im Augenblick wahrscheinlich auch das Einzige.

Ich musste wieder an meine Eltern denken. Von ihnen würde ich mich nicht verabschieden können, und dieser Gedanke ließ erneut Tränen in mir aufsteigen. Schnell wandte ich den Blick zu Boden und wischte so unauffällig wie möglich mit meinem Ärmel über mein Gesicht. Doch dann sagte Amelia etwas, das mich aufhorchen ließ.

»Und selbstverständlich will niemand die Krönung von Prinz Jack verpassen.«

Ja natürlich. Daran hatte ich noch gar nicht gedacht. Nun, da sein Vater gestorben war, würde Jack ihm als König nachfolgen. Bei dem Gedanken daran, ihn bald wiederzusehen, fing mein Herz an, heftig zu klopfen. Doch erst einmal mussten wir in die Stadt, um uns die Pferde für die Reise zum Schloss zu besorgen.

Rund um die Stadt waren Felder und vereinzelt kleine, ziemlich armselig wirkende Hütten. Als wir an einem kleinen Haus ganz in der Nähe der Stadtmauer vorbeikamen, konnte ich sehen, wie zwei kleine Kinder davor spielten und eine Frau auf einer Bank saß und den Zug der Kutschen beobachtete. Ich fragte mich, warum sie hierblieben, aber dann bemerkte ich die ärmliche Kleidung der Familie. Mir wurde bewusst, dass sie sicher nicht die Möglichkeit hatten, in die Hauptstadt zu reisen.

Lachend winkten die Kinder in unsere Richtung und ein kleines Mädchen lief auf uns zu. Ihre blonden Zöpfe hüpften dabei auf und ab. Sie hatte uns fast erreicht, als ihre Mutter nach ihr rief. Das Mädchen blieb stehen und drehte sich ein wenig enttäuscht um. Dann kehrte es mit hängenden Schultern zum Haus zurück.

Ich fragte mich, warum die Mutter die Kleine wohl von uns fernhalten wollte. Hatte sie etwa Angst, dass wir ihrem Kind etwas tun könnten? Oder lag es vielleicht gar nicht an uns, sondern allgemein daran, dass wir Fremde waren? Der Gedanke beschäftigte mich noch immer, als wir endlich die Stadttore erreichten.

Die Wachen davor nickten meinen Begleitern freundlich zu und ließen uns ohne Probleme passieren. Ich vermutete, dass die Jäger in Aldean eine angesehene Stellung hatten.

Vielleicht hatte die Frau ja auch deshalb ihr Kind zurückgerufen? Wer wusste schon, was es für Geschichten über die Jäger gab, besonders bei den ärmeren Leuten, die wahrscheinlich nie mit ihnen in Berührung kamen.

Die Stadt hatte zwar von außen eher klein gewirkt, doch die Häuser innerhalb der Stadtmauern waren dafür umso eindrucksvoller. Sie bildeten mit ihren prächtigen und gepflegten Fassaden einen starken Kontrast zu den Bauernkaten, die eher heruntergekommen gewirkt hatten.

»Am besten gehen wir sofort zum Haus der Jäger und leihen uns dort Pferde«, schlug Amelia vor.

Die anderen nickten zustimmend.

Während wir durch die Stadt liefen, sah ich mich neugierig um. Viele Häuser wirkten verlassen und alle Leute, die noch auf den Straßen unterwegs waren, schienen es sehr eilig zu haben.

Wir erreichten ein großes Steinhaus. Dave ging hinein, wir anderen warteten draußen. Schon kurze Zeit später kam er mit einem jungen Mann heraus, der uns zu den Stallungen führte.

»Bist du schon mal geritten?«, wollte Niall wissen und streichelte das rotbraune Pferd in der ersten Box. Neugierig streckte das Tier ihm seinen Kopf entgegen und spitzte die Ohren.

»Früher ja, aber es ist schon ein wenig her, dass ich

das letzte Mal auf einem Pferd gesessen habe.« Ich war an den Wochenenden oft mit meinen Eltern Reiten gewesen, aber das war schon ein paar Jahre her. Ich schluckte schnell den dicken Kloß runter, der sich in meinem Hals bei den schönen Erinnerungen gebildet hatte.

»Reiten verlernt man nicht«, ermunterte mich Amelia und holte sich eine zierliche Schimmelstute aus einer der Boxen. Sie band das Tier an und einer der Stallburschen kam zu ihr und begann das Pferd zu putzen.

Niall schlüpfte in die Box des rotbraunen Pferdes und holte es heraus.

»Felicity?«

Ich drehte mich um und sah, dass Amelia zu mir getreten war.

»Ich besorge dir noch schnell ein Schwert, während du dir dein Pferd aussuchst.«

Ich nickte.

Die Jägerin verließ den Stall und ich machte mich gemeinsam mit Dave, der offenbar auch noch kein passendes Reittier für sich gefunden hatte, auf die Suche. Meine Wahl fiel schließlich auf eine schlanke Fuchsstute, die ihren hübschen Kopf neugierig aus ihrer Box herausstreckte und mich laut schnaubend mit ihren weichen Nüstern anstupste.

Als Dave einen schwerfälligen Dunkelbraunen auf die Stallgasse führte, kamen uns zwei Stallburschen zu Hilfe, um die Pferde zu putzen.

Während ich mich mit meiner neugierigen Pferdedame anzufreunden versuchte, indem ich behutsam über ihr weiches Fell streichelte, stellte ich fest, wie sehr ich mich darauf freute, sie zu reiten. Mir war gar nicht bewusst gewesen, wie sehr ich es vermisst hatte.

Ich sah mich um und stellte fest, dass die Pferde von Niall und Dave inzwischen gesattelt waren und die beiden Jäger sie aus dem Tor nach draußen führten. Auch zu mir kam nun der Stallbursche mit Sattel und Trense und machte die Stute startbereit. Nervös tänzelte das Tier auf der Stelle. Als er mir schließlich die Zügel in die Hand drückte, betrachtete mich der Stallbursche skeptisch. »Ich hoffe, du kannst reiten. Adya ist manchmal etwas stürmisch.«

Mein aufgeregt klopfendes Herz legte bei seiner Warnung noch einen Zahn zu. Doch ich versuchte, mir meine Nervosität nicht anmerken zu lassen, und ging mit raschen Schritten nach draußen.

Meine Stute schien es kaum erwarten zu können, endlich aus dem Stall zu kommen, und drängte vorwärts. Ich beschloss, gleich klarzustellen, wer hier der Chef war, und hielt sie zurück. Vor dem Stall ließ ich sie neben Niall und seinem Reittier anhalten und brachte sie sogar dazu, einigermaßen ruhig stehenzubleiben.

Amelia kam zu uns und reichte mir ein einfaches silbernes Schwert, das in einer abgenutzten Lederscheide steckte, bevor sie sich in den Sattel ihres Pferdes schwang, das einer der Stallburschen für sie festhielt.

Ich befestigte die Scheide an meinem Gürtel. Mein Herz klopfte erneut heftig, diesmal bei der Vorstellung, dass die Klinge meines Schwerts irgendwann vom Blut der Feinde getränkt sein würde.

165

Ich setzte einen Fuß in den Steigbügel und zog mich ein wenig ungelenk in den Sattel. Noch bevor ich richtig saß, lief Adya los. Sofort ließ ich die Stute anhalten. Ungeduldig schlug sie mit dem Kopf und tänzelte auf der Stelle, während ich mich richtig hinsetzte.

Es war ungewohnt, nach so vielen Jahren wieder auf einem Pferd zu sitzen, aber schon nach wenigen Sekunden durchflutete mich ein Glücksgefühl und ich lächelte. Ich genoss die Höhe und spürte die Kraft des Tieres unter mir.

»Bereit?«, fragte Amelia mich mit einem Lächeln. Ich nickte und gab Adya eine leichte Schenkelhilfe. Sofort lief sie los und ich spürte, dass bereits ihr Schritt sehr schwungvoll war. Dave trieb sein Pferd an und ritt zusammen mit Amelia vor Niall und mir, was meiner Stute nicht sonderlich zu gefallen schien. Sie drängte vorwärts und versuchte ständig, die anderen zu überholen, was ich aber nicht erlaubte.

Kurz darauf hatten wir die Stadt verlassen und folgten in leichtem Trab der Straße. Sowohl vor uns als auch hinter uns waren Kutschen und Reiter, die wie wir zum Schloss von Aldean unterwegs waren. Sie alle wollten dort sein, wenn der alte Herrscher ihres Landes beerdigt und der neue König am Tag darauf gekrönt werden würde. Die treuen Bürger von Aldean wollten sich dies auf keinen Fall entgehen lassen.

Die Königsfamilie genoss offensichtlich ein hohes Ansehen und wurde von ihren Untertanen verehrt.

Als das Schloss in der Ferne in Sicht kam, tat mir jeder Muskel weh und ich wollte nur noch zurück auf den Boden.

Ich hatte es immer sehr gemocht, zu reiten, und daran hatte sich auch nichts geändert, doch diese Strecke war einfach zu lang gewesen. Die Jäger dagegen waren es wohl gewohnt, so lange zu reiten. Sie sahen so aus, als könnten sie noch einen weiteren Tag auf ihren Pferden sitzen.

Ich streichelte Adyas Schulter, die zwar noch immer schwungvoll vorwärtslief, aber inzwischen deutlich ruhiger geworden war. Niall ritt weiterhin an meiner Seite und ich musste wieder an das denken, was in der Ruine passiert war.

Zum ersten Mal kam mir der Gedanke, dass es vielleicht besser gewesen wäre, wenn ich Jack nie getroffen und davon erfahren hätte, dass ich eine Banshee war. Aber wahrscheinlich hätte der Orden meine Eltern auch so getötet. Und meine Gaben wären trotzdem gekommen.

Als ich mich daran erinnerte, wie ich mich bei meiner ersten Vision gefühlt hatte, ohne eine Ahnung zu haben, was mit mir passierte, war ich doch froh, dass ich nun wusste, was ich war. Und doch ... Mein Leben war früher vielleicht einsamer gewesen, aber ich hatte nie etwas vermisst. Alles war geordnet und ohne dieses Gefühl der Qual abgelaufen, das jetzt permanent in mir war. Ich fühlte mich bedrückt und schuldig. Schuldig, weil ich wusste, wann jemand anderes sterben würde.

Ob ich es Niall sagen sollte? Nein, wahrscheinlich wäre das keine gute Idee. Zumindest ich wollte nicht wissen, wann ich einmal sterben würde. Mit einem Mal fragte ich mich, ob ich es theoretisch auch bei mir selbst sehen könnte. Musste ich jetzt aufpassen, wenn ich in einen Spiegel sah? Oder funktionierte meine Gabe nur bei direktem Augenkontakt und nicht bei Spiegelungen?

»Hallo, Felicity.«

Ich zuckte zusammen, als ich Mads Stimme in meinem Kopf hörte. Der Grenzwächter war plötzlich an meiner Seite aufgetaucht und trabte nun neben Adya her.

»Was zur Hölle machst du denn hier?« Er hatte mich fast zu Tode erschreckt.

Niall warf uns einen kurzen Blick zu und ließ sich dann zurückfallen, damit der Pegasus neben mir bleiben konnte, und trotzdem andere Reiter an uns vorbeikamen.

»Ich freue mich auch, dich zu sehen«, antwortete Mad mit leichtem Sarkasmus in der Stimme.

Manchmal fragte ich mich, wie er es schaffte, Sarkasmus zu verwenden, ihn bei anderen aber nicht zu erkennen.

Als ich nichts sagte, erzählte er: »Ich habe gerade die gefallene Grenze an eine Gruppe von Rittern und Jägern übergeben, wir Grenzwächter haben jetzt nichts mehr zu tun. Außerdem, denkst du, ich würde meinen König nicht auf seinem letzten Weg begleiten wollen? Das ist schließlich das Einzige, was ich noch für ihn tun kann.«

Ich hörte die Trauer in seiner Stimme und fühlte eine tiefe Verbundenheit mit ihm.

»Ich war da, als er gefallen ist, aber ich habe nicht aufgepasst. Ich hätte die Grenze vielleicht schneller abriegeln müssen ... ach ich weiß auch nicht«, murmelte er mit von Trauer erstickter Stimme.

Es war, als hätte er mir einen Dolch ins Herz gestochen. Das, was er sagte, erinnerte mich an meine eigenen Schuldgefühle meinen Eltern gegenüber.

»Das ist nicht deine Schuld, Mad. Niemand hier trägt die Schuld an dem, was passiert ist«, sagte ich leise, doch ich spürte, dass ich ihn mit meinen Worten nicht beruhigen konnte. Er steigerte sich viel zu sehr in seine Schuld hinein, und auch ich glaubte nicht wirklich an das, was ich da sagte.

»Doch, doch, ich bin einfach ein schlechter Grenzwächter. Gut, dass die Grenzen zwischen den Welten jetzt zu sind, dann kann ich nichts mehr falsch machen.«

Er war so überzeugt davon, einen Fehler begangen zu haben, dass ich nicht wusste, wie ich ihm helfen konnte.

»Du bist der beste Grenzwächter, den ich kenne. Rede dir nicht ein, schlecht zu sein«, versuchte ich es noch einmal, aber es änderte nichts. Er starrte mich nur aus seinen traurigen roten Augen an und verschwand dann, ohne ein weiteres Wort zu sagen, in den Schatten.

Mir blieb nicht viel Zeit, Mad zu bedauern, denn wir hatten die Stadt fast erreicht. Von den Nebenstraßen drängten immer mehr Reiter und Kutschen auf die Hauptstraße, auf der wir uns befanden, und es wurde immer enger. Die meisten Reisenden blieben zum Glück außerhalb der Stadtmauer. Um die Stadt herum waren unzählige Zelte aufgebaut worden, in denen man offenbar die treuen Gefolgsleute der Königsfamilie unterbringen wollte.

Wir dagegen ritten durch das Stadttor und bahnten uns unseren Weg durch die vollen Straßen bis hin zum Schloss. In der ganzen Stadt hingen schwarze Banner von den Häusern herab und sorgten dafür, dass alles viel dunkler wirkte als bei meinem letzten Besuch. Die Stimmung war gedrückt und meine Laune wanderte noch weiter in den Keller.

Als wir den Schlossplatz erreichten, kamen sofort ein paar Diener auf uns zu, nahmen uns die Pferde ab und verschwanden mit ihnen im Stall.

Erwartungsvoll sah ich die Jäger an, um von ihnen zu erfahren, was wir jetzt tun würden.

»Kommt! Wir melden dem Prinzen, dass alle Jäger zurück in Aldean sind«, meinte Dave, der diese wichtige Neuigkeit im Haus der Jäger erfahren hatte, und ging voraus ins Schloss.

Im Gebäude war es durch die Banner noch dunkler als sonst und meine Augen brauchten eine ganze Weile, um sich an das Dämmerlicht zu gewöhnen. Schweigend machten wir uns auf den Weg zum Thronsaal. Die Trauer war im ganzen Schloss deutlich zu spüren. Ich hatte das Gefühl, als würde sie mich immer weiter nach unten drücken, mich förmlich ersticken. Alles war so still. Es war, als würde ich am Grund eines Sees stehen und riesige Wassermassen würden auf meinen Körper drücken.

Vor der Tür des Thronsaals blieben wir stehen. Sie war verschlossen und zwei Ritter standen davor.

»Wir möchten mit dem Prinzen sprechen«, erklärte Amelia unser Anliegen.

»Einen Moment, ich frage nach, ob unser Herr Euch empfängt, Jägerin«, sagte einer der Ritter und verschwand im Thronsaal. Er schloss die Tür hinter sich. Schweigend warteten wir auf seine Rückkehr.

Mein Herz raste. Gleich würde ich Jack wiedersehen.

Ich hoffte, dass ich eine Gelegenheit bekam, ungestört mit ihm zu reden, doch ich wusste, dass ich mich nicht trauen würde, ihn um ein Gespräch zu bitten.

Der Ritter kehrte zurück und hielt uns die Tür auf. »Ihr könnt eintreten.«

Nachdem wir über die Schwelle getreten waren, schloss er die Tür wieder.

Der Thronsaal hatte sich seit meinem letzten Besuch stark verändert. Der rote Teppich war entfernt worden, wir gingen nun über den kahlen Steinboden, auf dem sich unsere Schritte laut und ein wenig bedrohlich anhörten. Die Wände waren komplett mit schwarzen Bannern verhängt worden und ließen den eigentlich riesigen Raum viel kleiner erscheinen. Die Ritter, die sich bei meinem letzten Besuch so huldvoll verbeugt hatten, standen heute stocksteif zu beiden Seiten des Weges. Es war, als würden dort nur leere Rüstungen stehen, doch ich wusste, dass Männer in ihnen steckten, denn hin und wieder bewegte sich einer leicht, und wenn es nur eine minimale Verlagerung des Gewichtes war.

Jack saß auf dem Thron und starrte uns mit leerem Blick entgegen. Er war vollkommen in Schwarz gekleidet und in sich zusammengesunken. Er wirkte viel dünner, als ich ihn in Erinnerung hatte, und seine Haut schimmerte leichenblass.

Es brach mir das Herz, ihn so zu sehen, doch das Schlimmste waren seine Augen. Jeglicher Glanz war aus ihnen gewichen. Da war nur noch Schmerz und sie erinnerten mich auf schreckliche Weise an meine eigenen Gefühle.

Jack zeigte keinerlei Regung und ich fragte mich, ob er uns überhaupt richtig wahrnahm, als wir vor dem Thron Aufstellung nahmen und uns vor dem Prinzen und zukünftigen König verbeugten. Ich ließ den Kopf gesenkt, um ihn nicht ansehen zu müssen. Das hielt ich einfach nicht aus.

»Alle Jäger sind in Aldean eingetroffen, mein Prinz. Außerdem haben die Grenzwächter wie befohlen sämtliche Grenzen abgeriegelt«, informierte Amelia ihn mit leiser Stimme.

Jetzt wagte ich es doch, ihn anzusehen.

Sein lebloser Blick lag auf der Jägerin, als würde er versuchen, zu begreifen, was sie ihm eben mitgeteilt hatte. Schließlich nickte er langsam. »Die Beerdigung beginnt in einer Stunde«, murmelte er mit gebrochener Stimme und stand auf.

Ohne mich auch nur eines Blickes zu würdigen, verschwand er durch eine Seitentür.

13. Kapitel

Neben der Familie des Königs, seinen Rittern, den Jägern, Grenzwächtern und allen Bediensteten hatten sich auch viele Untertanen auf dem großen Vorplatz des Schlosses eingefunden.

Niemand sprach ein Wort. Es war so still, dass ich meinen eigenen Herzschlag hören konnte.

Direkt vor dem Eingangstor war der Sarg des toten Königs aufgestellt worden. Er war aus hellem Holz gezimmert und das Wappen von Aldean war in das Holz geschnitzt, ein schwarzer Pegasus auf rotem Untergrund. Es war schlicht, doch ich fand es wunderschön, besonders, weil der schwarze Pegasus mich an Mad erinnerte.

Jack trat neben den Sarg. Ihm folgte eine schlanke Frau mittleren Alters. Aufgrund der silbernen Krone, die sie auf dem Kopf trug, musste es wohl Jacks Mutter sein. Wie alle anderen waren beide ganz in Schwarz gekleidet und hielten ihre Köpfe gesenkt.

Da ich weit vorn stand, konnte ich die Tränen auf ihren Gesichtern schimmern sehen und die Trauer und das Mitgefühl für sie schnürten auch mir das Herz zu. Ich trauerte nicht nur um den König, sondern auch um meine Eltern, die nie solch eine große Beerdigung bekommen würden. Sie konnte ich nicht auf ihrem letzten Weg begleiten.

Schließlich begann der Prinz zu sprechen.

»Wir haben uns heute hier versammelt, um König Antonios auf seinem letzten Weg zu begleiten. Er hat unser Land durch eine friedliche Zeit geführt und musste viel zu früh von uns gehen.« Er brach ab und betrachtete für einen Moment den Sarg, der neben ihm stand.

Man hätte eine Stecknadel fallen hören können, so still war es.

»Unser tapferer König ist in der Schlacht gefallen. Er wurde vom Schwarzen Orden heimtückisch ermordet und ich werde seinen sinnlosen Tod rächen!« Jacks Stimme klang hart. »Auch wenn sein Mörder schon lange nicht mehr unter den Lebenden weilt, der Tod meines Vaters ist noch lange nicht gesühnt. Ich werde den Schwarzen Orden den Schmerz spüren lassen, den ich verspüre. Mein Vater hat mir beigebracht, wie wichtig Frieden ist. Doch dies ist keine Zeit des Friedens mehr. Nicht nach dem schrecklichen Angriff unserer Feinde. Wir werden ihnen den Krieg geben, den sie wollen. Wir werden unsere Welt verteidigen. Die Grenzwächter haben heute Morgen die Grenzen abgeriegelt und zur Sicherheit wurden an allen Übergängen Ritter postiert. Ich möchte nicht, dass noch einmal Mitglieder des Schwarzen Ordens in Aldean eindringen können. Unsere Welt ist zu schön, um von solchem Abschaum betreten zu werden. Aber keine Sorge, wir werden den Schwarzen Orden vernichten!«

Jack hatte sich immer mehr in Rage geredet und während seiner Rede war die Trauer aus seiner Stimme verschwunden und zu Wut geworden.

Auch wenn er mir ein bisschen Angst machte,

174

konnte ich ihn nur zu gut verstehen. Er sprach mir aus der Seele und ich war mehr denn je entschlossen, ihm zu helfen. Ich würde an seiner Seite gegen die Feinde kämpfen, um seinen Vater und meine Eltern zu rächen.

Auf dem Vorplatz war es noch immer totenstill, niemand bewegte sich. Als ich in die Gesichter der anderen sah, konnte ich in ihnen Trauer und auch Verwunderung sehen. Scheinbar hatten auch sie den Prinzen noch nie so erlebt.

»Mein Ehemann, euer König, hat viel für Aldean getan«, ergriff die Königin nach einer kurzen Pause das Wort.

Die Leute schienen damit nicht gerechnet zu haben, denn einige fingen leise an zu tuscheln.

Doch die Königin ließ sich von der Unruhe, die sich auf dem Platz ausbreitete, nicht beirren. »Der König hat den Frieden, der schon über viele Generationen herrschte, gewahrt und auch den Austausch mit der Menschenwelt vorangetrieben. Doch er war nicht nur ein guter König, er war ein noch besserer Ehemann und Vater. Was mich nun betrifft, ich werde meinem Sohn, dem zukünftigen König von Aldean, mit Rat und Tat zur Seite stehen, aber ich bin nicht länger die Königin von Aldean.« Ihre Stimme war eiskalt und hatte einen unangenehmen arroganten Unterton, der irgendwie nicht zu den Worten passte, die sie gerade gesagt hatte.

»Möge der König nicht umsonst gestorben sein!«, rief Jack über den Platz, als sechs Ritter neben den Sarg traten und ihn hochhoben.

Das Gemurmel verstummte augenblicklich.

Noch immer beunruhigte es mich, Jack so zu sehen. Ich erkannte ihn nicht wieder. Es war, als wäre er ein ganz anderer Mensch geworden. Allerdings wurde mir in diesem Moment auch bewusst, dass ich ihn eigentlich gar nicht wirklich kannte. Wie wollte ich da über ihn urteilen? Außerdem war ich mir sicher, dass auch mich die Ereignisse der letzten Zeit verändert hatten.

Langsam setzte sich die Prozession in Bewegung und ich wurde aus meinen Gedanken gerissen. Wir alle folgten dem Sarg durch die Straßen der Stadt und immer mehr Einwohner, die scheinbar nicht mehr auf den Vorplatz gepasst hatten, gesellten sich dazu. Der Zug wurde länger und länger und schob sich aus der Stadt heraus, bis wir den großen Friedhof vor den Stadtmauern erreichten. Auf einem Hügel, ein Stück abseits von den anderen Gräbern, war ein Loch ausgehoben worden und die Ritter ließen den Sarg des Königs langsam in die Erde sinken.

Die Bewohner der Stadt und alle, die extra zur Beerdigung angereist waren, fielen auf die Knie und senkten die Köpfe. Ein letztes Mal verbeugten sie sich vor ihrem König. Ich warf einen kurzen Blick zum Sarg, als etwas in der Ferne meinen Blick einfing.

Am Horizont sah ich ein schwarzes Pferd galoppieren. Kein Reiter saß auf seinem Rücken. Es war wie damals in meinem Traum, als ich das erste Mal in Aldean gewesen war. Und wie damals verfolgte ich das Tier mit meinen Augen, bis es in der Ferne verschwand.

Einige Augenblicke später erhob sich die Menge wieder und alle sahen zum Grab.

Ein leises Keuchen entwich meinen Lippen, denn mit einem Mal waren die Schattengestalten, die ich in der Menschenwelt gesehen hatte, auf dem Friedhof. Ich konnte sehen, wie eine von ihnen hinter Jack trat und ihm die Hand auf die Schulter legte. Aber er schien nichts davon zu spüren. Er sah nur weiter auf das Loch, in dem der Sarg seines Vaters nun ruhte.

Eine gespenstische Stille hatte sich über den Friedhof gelegt und ein kalter Schauer lief mir den Rücken hinunter.

Die Königin begann, Erde auf den Sarg zu werfen, und noch immer bewegte sich niemand. Nur das Rieseln der Erde war zu hören. Sogar der Wind hatte aufgehört zu wehen, als würde auch er aus Trauer für den König schweigen.

Jack kam hinzu, eine Schaufel in der Hand, und schob ebenfalls Erde in das Loch. Ein weißhaariger Mann in einem schwarzen Samtrock, an dessen Arm die Königin durch die Stadt geschritten war, half ihm.

Mir wurde bewusst, dass hier das Grab direkt geschlossen wurde und nicht, wie in der Menschenwelt, erst später. Außerdem übernahmen in Aldean die königlichen Familienmitglieder diese Aufgabe selbst. Dieser Moment machte mir noch einmal bewusst, dass diese Welt ganz anders war, als die in der ich bisher gelebt hatte.

Ich erwartete, dass Jack noch etwas sagen würde, nachdem das Grab geschlossen war. Doch alle wandten sich von der königlichen Ruhestätte ab, um ein Stück entfernt den ermordeten Grenzwächter und die gefallenen Ritter zu beerdigen. Diesmal sprach nur die Königin ein paar Worte, doch ich stand zu weit

177

hinten, um sie zu verstehen. Dann schlossen Ritter die Gräber und schließlich zerstreute sich die Menge. Ich sah mich suchend nach Amelia um, konnte sie aber nirgendwo entdecken. Wir waren irgendwie durch die vielen Menschen getrennt worden, die schnell vom Friedhof zurück in die Stadt wollten.

»Du!«, zischte eine scharfe Stimme hinter mir.

Erschrocken zuckte ich zusammen und wirbelte herum. Ich sah direkt in das Gesicht der Königin. Ihre Augen waren zu Schlitzen verengt und ich machte einen Schritt zurück, um ein wenig Abstand zwischen uns zu bringen.

»Du hast Unheil über unsere Welt gebracht!«

Erschrocken stolperte ich noch einen weiteren Schritt zurück. Was war nur los mit ihr? Ich hatte ihr doch nichts getan. Sie kannte mich ja nicht einmal.

»Was ...? Ich ... ich« Stotternd stolperte ich noch einen Schritt zurück und stieß mit dem Rücken gegen eine Frau, die an uns vorbei wollte. Sie murmelte etwas, das ich jedoch nicht verstand, bevor sie ihren Weg fortsetzte. Ich war mir sicher, dass es nichts Freundliches gewesen war, so wie sie mich angesehen hatte.

»Kurz nachdem du das erste Mal in dieser Welt warst, ist der Schwarze Orden bei uns eingefallen. Woher wissen wir, dass du ihnen nicht geholfen hast? Woher wissen wir, dass wir dir vertrauen können?« Ein großer Schritt und sie war bei mir. Ihre Hände schlossen sich um meinen Hals und ihre Fingernägel bohrten sich schmerzhaft in meine Kehle. Das Atmen fiel mir schwer und ich rang nach Luft.

»Mutter!« Jack war zu uns getreten und legte seine

Hand auf die Schulter seiner Mutter. »Felicity kann nichts dafür. Der Schwarze Orden ist schuld an alledem. Sie haben Vater ermordet! Sie haben diesen Krieg begonnen. Es war nur ein Zufall, dass Felicity erst kurz zuvor erfahren hat, dass sie eine Banshee ist und uns besucht hat.«

Er warf mir einen kurzen Blick zu und ich war ihm dankbar für seine Hilfe.

»Natürlich ist sie schuld am Tod deines Vaters! Wie kannst du sie nur verteidigen?« Mit einem wütenden Schnauben ließ die Königin mich los, wirbelte herum und rauschte davon.

Keuchend schnappte ich nach Luft und fasste mir an den Hals. Ich konnte kleine Kerben an den Stellen spüren, an denen sich ihre Fingernägel in meine Haut gebohrt hatten.

»Du solltest jetzt ins Schloss zurückkehren.« Jacks Stimme klang kühl und seine Augen sahen über mich hinweg. Bevor ich etwas erwidern konnte, drehte er sich um und ging mit schnellen Schritten davon. Ich sah ihm nach und fühlte mich, als hätte er mein Herz in Eiswasser getaucht.

Ich brauchte Zeit, um mich von dem Schock zu erholen. Die meisten Leute hatten den Friedhof inzwischen verlassen und ich folgte ihnen langsam.

Nur noch wenige Schattengestalten standen zwischen den Gräbern, aber ich versuchte, sie zu ignorieren, und war erleichtert, dass sie mir nicht folgten. Auf dem Rückweg in die Stadt grübelte ich über das nach, was die Königin zu mir gesagt hatte. Dabei flossen heiße Tränen über meine Wangen.

Ihre Anschuldigungen waren einfach zu viel gewesen. Womit hatte ich diesen Hass verdient? Sollte es etwa auch hier nicht aufhören, dass man mich verachtete, nur weil ich anders war? Mit dem Unterschied, dass man hier in Aldean wusste, dass ich eine Banshee war.

»Felicity!«

Ich sah auf und entdeckte Amelia, die neben einem der Wächter am Tor stand und winkte.

Hastig fuhr ich mir mit dem Ärmel über mein Gesicht. Ich wollte nicht, dass sie sah, dass ich schon wieder geweint hatte.

»Ich hab dich in dem Gedränge vorhin nicht mehr gesehen.« Die Jägerin kam auf mich zu. »Da dachte ich, ich warte hier auf dich, wo du auf jeden Fall vorbeikommen musstest. Ich war mir nicht sicher, ob du allein den Weg zum Schloss finden würdest.«

Da das riesige Gebäude nicht zu übersehen war, hätte ich mich wohl kaum verlaufen können. Dennoch fand ich es nett, dass Amelia nicht einfach so gegangen war. Also bedankte ich mich und zwang mich zu einem kleinen Lächeln, denn ich fühlte bereits ihren prüfenden Blick auf meinem verweinten Gesicht.

»Alles in Ordnung mit dir?«

»Ja klar«, schwindelte ich schnell »Die Beerdigung war nur so ...« Ich machte eine unbestimmte Handbewegung.

»Verstehe. Mir ging es auch so. Schrecklich diese vielen Opfer und der König ...« Sie seufzte. »Komm, lass uns zurückgehen.«

Schweigend machten wir uns auf den Rückweg.

Im Schloss angekommen, bat ich Amelia, mich zu meinem Zimmer zu bringen. Ich war vollkommen erschöpft und wollte nur noch allein in einem Bett liegen und meinen Kummer herausweinen.

14. Kapitel

Am nächsten Morgen erwachte ich früh.

In der letzten Nacht war es gewesen, als würde die ganze Welt und ich mit ihr in Trauer versinken. Aber jetzt sollte eine neue Zeit anbrechen. An diesem Tag würde man Jack zum König von Aldean krönen. Er würde sein Königreich in ein neues Zeitalter führen. Irgendwie erfüllte mich diese Vorstellung mit Zuversicht und ich sprang aus dem Bett.

Nachdem ich mich gewaschen und angezogen hatte, verließ ich mein Zimmer und streifte durch die Gänge in der Hoffnung, Amelia zu finden.

Im Schloss wimmelte es von Menschen, die ihren Tätigkeiten nachgingen, aber Amelia war nicht unter ihnen. Aus den Gesprächen der Schlossbewohner, die ich hier und da zufällig aufschnappte, erfuhr ich, dass nicht alle von der bevorstehenden Krönungszeremonie angetan waren. Ich konnte heraushören, dass viele Angst davor hatten, dass der neue König Aldean in einen Krieg gegen die Dunkle Welt führen würde. Niemand hatte vergessen, dass er geschworen hatte, seinen Vater zu rächen.

Auch ich nicht, aber ich teilte ihre Meinung nicht. So wie ich das sah musste Jack sein Volk, seine Welt verteidigen und ich würde ihm dabei helfen, egal, was es mich kostete. Ich hatte ohnehin nichts mehr zu verlieren. Außer mein eigenes Leben. Doch ich würde nicht tatenlos herumstehen und zusehen, wie die Feinde diese Welt übernahmen und noch mehr Unschuldige ermordeten.

Inzwischen hatte ich den Vorraum des Thronsaals erreicht. Die riesige goldene Tür war noch geschlossen und vier Ritter standen davor. Ich ließ meinen Blick über die vielen Menschen schweifen, die sich dort bereits versammelt hatten, um an den Feierlichkeiten teilzunehmen. Amelia konnte ich auch hier nicht entdecken. Dafür fiel mir auf, dass die Kleidung der Anwesenden elegant und dem besonderen Anlass entsprechend festlich wirkte. Nachdenklich sah ich an mir herunter. Ich hatte mir eine schwarze Stoffhose und eine weiße Bluse aus dem Kleiderschrank ausgesucht, da ich es nicht ertragen hätte, wieder meine blutverschmierten Sachen vom Vortag anzuziehen. Eigentlich hatte ich mich in meiner neuen Kleidung bisher sehr wohl gefühlt, doch jetzt kamen mir Zweifel.

Nein, so konnte ich nicht zu Jacks Krönung gehen.

Ich drehte mich um, und eilte in mein Zimmer zurück. Dort schlüpfte ich in ein langes weinrotes Kleid aus feinem Seidenstoff und betrachtete mich anschließend im Spiegel. Es war ein wenig zu weit für meine schmale Figur, aber trotzdem fühlte ich mich so für das bevorstehende Ereignis nun viel besser gewappnet als in der schichten Hose.

Zufrieden machte ich mich ein weiteres Mal auf den Weg zum Thronsaal. Inzwischen war es noch voller geworden, doch die Türen waren noch immer geschlossen. Also vertrieb ich mir die Zeit und sah mich erneut um.

Die Kleider der Frauen waren wirklich prachtvoll und scheinbar waren alle Farben vertreten. Schmuck glitzerte an Ohren, Armen und Hälsen. Die meisten Männer trugen entweder Rüstungen oder Uniformen. Nur wenige waren in Anzügen gekommen und natürlich stachen die Jäger in ihrer grünen Kleidung aus der Masse hervor.

Plötzlich war auch Amelia da. Sie umarmte mich zur Begrüßung. Als Jägerin blieb sie auch heute ihrer Farbe treu, und ich fand, dass sie in ihrem dunkelgrünen Samtkleid umwerfend aussah. Sogar ihre roten Haare hatte sie heute kunstvoll hochgesteckt.

In diesem Moment wünschte ich mir, dass das mit meinen auch gehen würde. Doch meine schwarzen Locken waren viel zu widerspenstig für so eine komplizierte Hochsteckfrisur. Sie lösten sich ja schon aus jedem normalen Zopf.

Amelia wechselte noch ein paar Worte mit einem der Ritter an der Tür, den sie kannte, und so waren wir mit die Ersten, die von den Wachen in den Thronsaal eingelassen wurden. Wir suchten uns einen Platz ganz in der Nähe des Podiums, auf dem der Thron stand.

Die schwarzen Banner waren verschwunden und überall hing nun wieder das Wappen von Aldean. Alle Bewohner dieser Welt, die einen einigermaßen hohen Rang hatten, waren hier versammelt und warteten dicht gedrängt auf die Ankunft ihres Prinzen und zukünftigen Königs.

Eine Tür hinter dem Podium öffnete sich und acht Ritter kamen in den Thronsaal. Sie stellten sich zu beiden Seiten des Thrones auf und augenblicklich verstummten alle Unterhaltungen im Saal. Begleitet von Lucius trat Jack schließlich ein und die versammelte Menge verbeugte sich vor ihm, Amelia und ich eingeschlossen. Der Prinz ließ seinen Blick über die Menge gleiten und lächelte dabei. Es gab mir Hoffnung, ihn so zu sehen. Vielleicht würde ja doch alles gut werden.

Sein Lächeln gab mir außerdem Zuversicht, dass es auch mir irgendwann wieder gut gehen würde, dass auch ich wieder glücklich sein würde.

Zufällig fing Jack meinen Blick auf und ... sein Lächeln wurde noch ein wenig breiter. Mein Herz begann zu rasen, als ich auf seinen lachenden Mund sah. Einen direkten Blick in seine Augen vermied ich. Ich wollte nicht noch einmal sehen müssen, wann jemand sterben würde. Dieses schreckliche Gefühl wollte ich nie wieder erleben müssen.

Doch trotzdem entging mir nicht, wie der zukünftige König von Aldean vor den Thron trat und mir kaum merklich zuzwinkerte, ehe er sich der wartenden Menge zuwandte.

Lucius war ihm gefolgt und stand direkt neben ihm.

»Die Tage der Trauer sind nun vorüber«, begann der Anführer der Krieger seine kurze Ansprache, »heute werden wir unseren neuen König krönen. König Jack. Er wird Aldean in eine neue Zeit führen. Er wird unsere Welt retten. Aldean wird nicht untergehen. Wir sind stark, stärker als die Dunkle Welt. Und das werden wir sie spüren lassen, wir werden kämpfen und gewinnen.«

Lucius nahm die Krone von einem der Ritter

entgegen und wandte sich Jack zu. In diesem Moment registrierte ich eine Bewegung hinter Jack. Einer der Ritter, der bis jetzt starr hinter dem Thron gestanden hatte, war plötzlich viel näher bei den beiden Männern.

Es kam mir irgendwie komisch vor, dass er seinen Platz verlassen hatte, denn seine Gefährten hatten sich nicht bewegt. Doch vielleicht gehörte es ja auch zu der Zeremonie?

»Kniet nieder vor unserem neuen König! Kniet nieder vor König Jack!«, rief Lucius, während er die Krone auf den Kopf des neuen Königs setzte.

Alle sanken auf die Knie und verbeugten sich vor dem neuen König von Aldean. Auch ich wollte mich verbeugen, doch etwas irritierte mich. Ich sah etwas Metallisches aufblitzen.

Auch Lucius musste es bemerkt haben, denn er reagierte sofort. Er zog seinen Dolch und warf sich in dem Moment, in dem sich der König auf den Thron setzte, zwischen Jack und den Ritter.

Ich schrie auf. Der Dolch des Attentäters, der dem neuen König gegolten hatte, bohrte sich tief in Lucius' Brust. Er röchelte, aber er stieß dem Ritter ebenfalls mit aller Kraft seinen Dolch zwischen die Rippen, sodass dieser zu Boden ging. Jack sprang auf und fing seinen Freund auf, bevor dieser zu Boden stürzen konnte.

Im Thronsaal war inzwischen die Hölle ausgebrochen. Krieger, Jäger und Ritter aus den ersten Reihen waren auf das Podium gestürmt. Die Krieger und Jäger schirmten ihren König und Lucius ab, während die Ritter den leblosen Attentäter packten und durch

187

eine Seitentür aus dem Saal schafften.

Um mich herum herrschte ein unglaublicher Lärm. Doch ich stand nur wie gelähmt da und starrte auf Lucius. Alle brüllten durcheinander und ich fühlte einen heftigen Stoß in meinem Rücken. Die übrigen Ritter hatten damit begonnen, die Menschen aus dem Thronsaal zu drängen, und auch ich wurde mitgeschoben. Bevor das Podium jedoch aus meinem Blickfeld verschwand, konnte ich noch sehen, wie Jack seine Hand auf Lucius Gesicht legte, um ihm die Augen zu schließen. Der Anführer der Krieger hatte sein Leben für seinen König gegeben.

Auf dem Weg zurück in mein Zimmer, fühlte ich mich wie betäubt. Was war dort gerade passiert? Warum hatte jemand versucht, Jack zu ermorden? War dieser Ritter etwa einer von denen, die nicht wollten, dass er Aldean in einen Krieg führte? Hatte er womöglich noch mehr Feinde in den eigenen Reihen? Mein Herz raste und ich fragte mich, was für Gräueltaten die Zukunft noch bringen sollte. Würde all das jemals vorübergehen? Würden wir jemals wieder ruhige Momente haben, in denen wir nicht um unser Leben fürchten mussten?

Etwas später klopfte es an meiner Tür.

»Herein.«

Ich setzte mich auf und fuhr mir mit den Händen durch die Haare.

Seit ich nach der Krönung wieder in mein Zimmer gekommen war, hatte ich auf dem Bett gelegen, an die Decke gestarrt und über das nachgegrübelt, was in der letzten Zeit alles passiert war.

Die Tür ging auf und Jack trat ins Zimmer. Er wirkte ernst, doch als er mich auf dem Bett entdeckte, veränderte sich sein Ausdruck.

»Hallo Felicity.«

Ohne zu überlegen, sprang ich auf, rannte zu ihm und umarmte ihn einfach.

»Ich bin so froh, dass dir nichts passiert ist, Jack!«, flüsterte ich.

Einige Sekunden stand er starr da und ich war kurz davor, ihn wieder loszulassen, doch dann erwiderte er meine Umarmung.

Ich war Jack noch nie so nahe gewesen und mein Herz begann so schnell zu schlagen, dass ich mir ganz sicher war, dass er meinen Herzschlag hören konnte. Trotzdem wünschte ich mir, dass dieser Moment niemals enden würde, dass wir uns für immer umarmen würden.

Doch schon nach ein paar Minuten löste er sich behutsam aus meiner Umarmung und lächelte dann leicht. »Es tut mir leid, dass ich dich gestern so angefahren habe, aber ich war einfach nicht ich selbst. Der Tod meines Vaters ...«

Wieder vermied ich den direkten Blickkontakt mit ihm. »Ist nicht schlimm.« Meine Worte waren so leise, dass ich mir nicht sicher war, ob er sie überhaupt gehört hatte.

»Ich hätte dir eigentlich sagen wollen, wie sehr ich dich vermisst habe. Und wie froh ich bin, dass du jetzt hier in Aldean bist, wo ich auf dich aufpassen kann.«

Obwohl ich ihn nicht direkt ansah, bemerkte ich, wie er seinen Blick von mir abwandte und die Augen niederschlug, als wäre ihm das, was er gesagt hatte, peinlich.

In diesem Moment wurde mir bewusst, dass das, was ich für ihn empfand, Liebe war. Bevor ich ihn kennengelernt hatte, hatte ich nicht einmal gewusst, wie es sich anfühlte, einen anderen Menschen als meine Familie zu lieben, und trotzdem war ich mir sicher, dass ich mich in ihn verliebt hatte. Ich wusste nicht genau, was ich auf seine Worte antworten sollte und so schwieg ich, bis er weitersprach.

»Ich habe gehört, dass deine Eltern auch von Mitgliedern des Schwarzen Ordens ermordet wurden. Ich kann dir gar nicht sagen, wie leid mir das tut!«

»Danke.« Mehr brachte ich nicht heraus.

Ich verbot mir, mich an den schrecklichen Überfall zu erinnern, denn ich wollte auf keinen Fall vor ihm weinen. So konzentrierte ich mich auf die Rache, die ich nehmen würde.

»Und mir tut es leid, was mit Lucius passiert ist. Weißt du schon, warum der Ritter es getan hat?«

Ich konnte meinen Blick nicht von seinem Gesicht abwenden. Obwohl es von der Trauer noch gezeichnet war, konnte ich doch auch wieder etwas von dem alten Jack darin finden. Dem Jack, der mir erzählt hatte, dass ich eine Banshee war, und der dafür gesorgt hatte, dass ich die Grundlagen des Schwertkampfes lernte.

»Er konnte uns nichts mehr sagen. Lucius hat ihn getötet, aber er muss ein Anhänger des Schwarzen Ordens gewesen sein. Wahrscheinlich ist er bei der Schlacht an der Grenze unbemerkt in den Wald verschwunden. Danach hat er auf eine passende Gelegenheit gewartet, sich hier einzuschleichen, sich eine

Rüstung zu besorgen, und auch den nächsten König von Aldean zu beseitigen.« Jack hörte sich zornig an. Doch als er von Lucius sprach, klang er sehr niedergeschlagen. »Wenn Lucius nicht gewesen wäre, würde ich jetzt nicht hier stehen.«

»Und sein Tod soll nicht umsonst gewesen sein«, sagte ich entschlossen. »Wir müssen etwas unternehmen.« Nervös begann ich durch mein Zimmer zu laufen, während Jack wie angewurzelt stehenblieb und mich mit leicht gerunzelter Stirn betrachtete. »Du kannst dir das doch nicht einfach so gefallen lassen! Da bricht jemand in deine Welt ein und tötet zuerst deinen Vater und dann auch noch Lucius? Das muss aufhören!«

Jack nickte mit grimmiger Miene. »Das wird es! Wir werden den Schwarzen Orden für alles bezahlen lassen, verlass dich drauf! Bist du böse, wenn ich dich jetzt allein lasse? Ich habe nämlich noch einiges zu erledigen.« Er lächelte sein schiefes Lächeln, in das ich mich verliebt hatte, und ich schüttelte ebenfalls lächelnd den Kopf.

Nachdem er mein Zimmer verlassen hatte, fragte ich mich, ob er sich den Krieg nach dem Vorfall bei der Krönung noch mehr wünschte. Ich konnte es mir auf jeden Fall gut vorstellen. Und wenn es dazu kam, würde ich an seiner Seite stehen und mit ihm gemeinsam den Schwarzen Orden vernichten.

15. Kapitel

Zwei Tage später hatte mich eine innere Unruhe befallen.

Ich konnte es kaum noch ertragen, die ganze Zeit im Schloss zu sein. Es hielt mich zwar niemand hier fest, aber ich hatte keine vernünftige Beschäftigung, und das machte mich wahnsinnig.

Auch ein Spaziergang durch die Stadt hatte nicht dazu beigetragen, dass ich ruhiger wurde. Ich wollte endlich wieder trainieren, bereit sein für die Kämpfe, die kommen würden. Also lag ich Amelia so lange in den Ohren, bis sie einwilligte, mit mir zu üben. Zu meiner großen Überraschung und Freude schloss sich Jack uns an. Gemeinsam gingen wir in den Schlosspark, wo wir am Rande des Brunnens den direkten Kampf probten.

Es tat gut, wieder ein Schwert in der Hand zu halten, und ich war froh, dass ich die Hiebe und Paraden noch beherrschte.

Nach dem Training saßen wir im weichen Gras und Feen schwirrten um unsere Köpfe, während Amelia und ich Jack von unserer Reise nach Aldean erzählten.

Ich hatte schnell gemerkt, dass er nicht über das reden wollte, was mit seinem Vater passiert war, deshalb sprachen Amelia und ich ihn auch nicht darauf an. Jedoch wirkte er inzwischen viel gefasster und schien sich nur noch auf die Zukunft konzentrieren zu wollen.

»Wann schlagen wir denn nun endlich los gegen den Schwarzen Orden?« Neugierig sah ich Jack und Amelia an.

»Wie kommst du denn jetzt darauf?«

Ich bemerkte, wie er die Stirn runzelte.

»Weil ich helfen will. Wenn die Möglichkeit besteht, dass der Schwarze Orden in Aldean einmarschiert, dann will ich mit in den Kampf ziehen.« Entschlossen sah ich zu ihm auf.

Doch er schüttelte energisch den Kopf. »Falls der Orden es wirklich wagen sollte, uns offen anzugreifen, wirst du ganz sicher nicht mitkämpfen.«

»Ich will aber! Ich muss den Tod meiner Eltern rächen!« Meine Stimme war lauter, als ich es eigentlich beabsichtigt hatte, aber ich war verärgert, dass er mich nicht dabeihaben wollte. »Lass mich helfen, bitte«, fügte ich etwas ruhiger hinzu und strich mit der rechten Hand über den Knauf meines Schwerts.

Wieder schüttelte Jack den Kopf.

»Das ist zu gefährlich, du bist noch zu unerfahren.«

Mit einem wütenden Schnauben sprang ich auf.

»Habe ich nicht in all den Trainingsstunden gezeigt, dass ich gut bin?«, fuhr ich ihn an und konnte mir nicht erklären, weshalb ich plötzlich so wütend war. Ich wirbelte herum und ließ Jack und Amelia einfach am Brunnen im Park zurück.

Am Abend fand im Schloss ein Festessen in dem riesigen Speisesaal statt.

Jack hatte es organisiert, um zu beweisen, dass er nicht nur eine Welt regieren, sondern auch das Volk unterhalten konnte. Außerdem wollte er die restlichen Ritter gebührend verabschieden. Sie würden am nächsten Tag zu den Grenzstationen abreisen, um die Truppen, die bereits dort stationiert waren, zu unterstützen.

An diesem Abend saß ich zusammen mit Amelia, Niall und Dave am Tisch des Königs, der etwas erhöht auf einem Podium stand. Die drei Jäger gehörten zu Jacks neuer Leibwache, die erst einige Stunden zuvor gegründet worden war und nun den Schutz des Herrschers garantieren sollten. Zusammen mit den anderen Mitgliedern – Rittern, die bereits sehr lange Jacks Vertrauen genossen – achteten sie auch während des Essens darauf, dass niemand dem König zu nahe kam.

Es wunderte mich ein wenig, dass auch ich am Tisch des Königs sitzen durfte. Besonders nach dem Eklat mit Jacks Mutter, denn sie saß ebenfalls bei uns. Sie sprach jedoch mit niemandem, sondern starrte nur mit zusammengekniffenen Lippen auf ihren Teller.

Von hier oben konnte man den ganzen Speisesaal überblicken und ich beobachtete, wie sich der Saal immer mehr füllte. Diener brachten Essen an die Tische und ich lud mir meinen Teller voll, denn das Training im Park hatte mich hungrig gemacht.

Aus den Gesprächen am Tisch hielt ich mich raus, denn ich war noch immer etwas sauer auf Jack. Ich konnte es einfach nicht verstehen. Warum wollte er meine Hilfe nicht annehmen?

Nach dem Essen traten vier Männer vor den Tisch des Königs, um auf ihren Instrumenten zu spielen. Die Musikinstrumente ähnelten Trompeten, waren jedoch kleiner und sahen komplizierter aus.

Schon nach kurzer Zeit standen die Ersten auf, um zu tanzen. Die Menge kam in Bewegung und die bunten, prachtvollen Gewänder wirbelten durcheinander.

Immer wieder warf ich Jack einen Blick zu. Genau wie ich beobachtete er die Tanzenden, machte jedoch keine Anstalten, selbst aufzustehen und sich zu ihnen zu gesellen. Als sich schließlich unsere Blicke für wenige Sekunden trafen, begann mein Herz, schneller zu schlagen. Wie immer, wenn ich in seiner Nähe war oder wenn er mich ansah. Schnell blickte ich hinunter auf den Tisch und betrachtete die leeren Teller und das Besteck, das noch immer dort lag und erst jetzt von Dienern eingesammelt wurde.

Jacks Mutter stand auf und ging zusammen mit ihrem Tischnachbarn nach unten auf die Tanzfläche. Dabei warf sie ihrem Sohn einen ungehaltenen Blick zu. Scheinbar war sie nicht sonderlich erfreut, dass er auf seinem Stuhl sitzen blieb.

Da die Situation im Saal durch die tanzenden Paare unübersichtlich geworden war, erhoben sich nun einige der Leibwächter des Königs und bezogen hinter und neben seinem Stuhl Stellung, als würden sie jeden Moment mit einem erneuten Angriff rechnen.

Nach dem Tod des alten Königs und Lucius' Ermordung bei Jacks Krönung wunderte mich das nicht.

Alle waren wachsamer und vorsichtiger geworden und selbst in diesen fröhlichen Stunden war die Anspannung deutlich zu spüren.

Plötzlich lenkte ein Geräusch hinter mir meine Aufmerksamkeit auf sich. Ich sah mich um. Ein junger Mann war hinter dem Stuhl des Königs aufgetaucht.

Erschrocken schrie ich auf, denn er hielt einen gezückten Dolch in seiner Hand. Die königliche Leibwache reagierte jedoch sofort. Zwei der Ritter packten den Mann, während Amelia versuchte, ihm die Waffe aus der Hand zu reißen.

Ihr Gesicht war angespannt und sie war völlig auf ihren Gegner konzentriert. Durch eine geschickte Bewegung gelang es dem Mann jedoch, seine Hand aus dem Griff des Ritters zu befreien. Gleichzeitig rutschte auch Amelias Hand ab und der Fremde nutzte die Gelegenheit. Er rammte der Jägerin seinen Dolch bis zum Schaft in den Unterleib. Blut sprudelte aus der Wunde und ein leises Gurgeln entwich ihren Lippen, bevor sie auf dem Boden zusammenbrach.

Einen Moment schien alles um uns herum stillzustehen. Erst als der Attentäter versuchte, zu fliehen, kam Bewegung in Niall und Dave. Sie packten den Mann, bevor der Ritter, dem er entkommen war, reagieren konnte. Jack brüllte etwas und dann zerrten sie ihn von dem Podium. Zwei Ritter bahnten ihnen mit gezückten Waffen den Weg und drängten die Leute zur Seite. Die restlichen Leibwächter schirmten Jack, mich und die sterbende Amelia ab, zu der ich mich gekniet hatte. Ich bette ihren Kopf in meine Arme und sprach beruhigend auf sie ein, denn ich konnte die Angst in ihren Augen sehen.

»Felicity ...« Ihre Stimme klang schwach und Blut quoll aus ihrem Mund.

»Schscht. Ich bin bei dir.« Sanft strich ich ihr übers Haar und hielt mühsam die Tränen zurück. »Alles wird gut.« Vorsichtig drückte ich sie an mich, wohlwissend, dass nichts gut werden würde. Als ich sie wieder losließ, fiel mein Blick auf den Dolch, der in ihrem Bauch steckte. Mir wurde schwarz vor Augen.

Ich sah Bilder vor meinem inneren Auge, schreckliche Bilder. Dieses Mal war mir sofort bewusst, dass es sich um eine Vision handelte.

Etwa hundert Ritter galoppierten auf ihren Pferden eine breite Straße entlang. Am Straßenrand brannten Häuser, Büsche und Bäume. Die Schreie der Verwundeten durchbrachen die Stille, in der ansonsten nur das Knistern des Feuers zu hören war.

Die Szene wechselte und ich sah den Grenzübergang, durch den ich Aldean das letzte Mal betreten hatte. Der Grenzwächter stand inmitten von Rittern und alle sahen in die gleiche Richtung. Ich folgte ihrem Blick und entdeckte die offene Barriere. Aus ihr quollen Reihe um Reihe Mitglieder des Schwarzen Ordens. Sie drangen in Aldean ein und griffen den braunen Pegasus und die Ritter an, die keine Chance hatten, diese Übermacht aufzuhalten. Innerhalb von Sekunden brach ein erbitterter Kampf los. Ich konnte nur zusehen, unfähig, etwas daran zu ändern, denn ich war nur ein Schatten meiner Selbst, wie so oft in Träumen.

Wieder hörte ich die Schmerzensschreie der fallenden Krieger. Sie schienen die ganze Welt zu erfüllen. Mir war, als würde es kein anderes Geräusch mehr geben. Nur Schreie. Von überallher drang dieses schreckliche Kreischen an mein Ohr.

»Felicity? Felicity!«

Jacks Stimme schien von weit weg zu kommen.

Langsam kam ich wieder zu mir. Ich hatte Amelia immer noch an mich gedrückt. Der schrille Ton blieb, und ich brauchte einen Moment, bis ich erkannte, dass er von einigen adligen Frauen kam, die hysterisch schrien, während sie auf Amelia starrten.

»Sie ist tot.«

Wer der Mann war, der diese Worte aussprach, wusste ich nicht und es war mir auch egal. Ich hielt ihren Körper einfach nur weiter fest, obwohl ihre Augen starr ins Leere blickten. Tränen verschleierten meine Sicht und ich nahm kaum wahr, wie Jack seinen Arm um meine Schultern legte.

»Wer ... war ... das?« Ich hörte die Wut in meiner Stimme und sie erschreckte mich. Mit einem Mal war ich so wütend wie noch nie zuvor in meinem Leben. Erneut war jemand ins Schloss gekommen und hatte versucht, den König zu ermorden, und Amelia war ihm zum Opfer gefallen.

»Der Schwarze Orden«, vernahm ich Nialls Stimme neben mir, die ebenfalls vor Wut bebte. Als ich aufsah, bemerkte ich die Tränen in seinen Augen, die er fest auf Amelia gerichtet hatte.

»Ich habe veranlasst, dass der Mistkerl von den Jägern in den Kerker gebracht und verhört wird.«

Behutsam versuchte Jack, mir Amelia aus den Armen zu nehmen. Doch ich umklammerte sie nur noch fester und starrte ihn zornig an.

»Wie konnte das passieren?«, schrie ich. »Du hast zugelassen, dass meine Eltern ermordet wurden, obwohl du mir versprochen hast, sie zu beschützen. Jetzt bist du auch noch schuld, dass Amelia tot ist! Was bist du nur für ein König, der nicht einmal sein eigenes Schloss schützen kann?« Meine Worte schienen ihm die Sprache zu verschlagen, was mich nur noch wütender machte.

Jack drehte sich von mir weg und wandte sich der versammelten Menge zu. Am liebsten wäre ich zu ihm gegangen und hätte ihn meinen Zorn mit aller Kraft spüren lassen.

»Es ist genug. Ich werde dem Schwarzen Orden nun ganz offiziell den Krieg erklären. Morgen wird nicht nur eine Gruppe von Rittern zu den Grenzstationen ziehen, sondern die ganze Armee von Aldean. Wir werden den Schwarzen Orden ein für alle Mal vernichten!«

Bei Jacks Worten breitete sich eine Genugtuung in mir aus, die die Wut langsam verdrängte. Der Schwarze Orden würde für all das büßen müssen, was er getan hatte. Ich würde an der Seite des Königs stehen und dafür sorgen, dass sie dafür bezahlten. Sie hatten genug Menschen ermordet.

Ich fühlte Jacks Blick auf mir. »Nehmt mich mit an eine der Grenzen«, rief ich. Ich wollte endlich meine Rache.

»Nein!« Jacks Worte klangen endgültig und jetzt auch wütend.

»Warum nicht?«

»Das habe ich dir schon erklärt. Du bist noch zu unerfahren.« Jetzt klang seine Stimme sanft und wieder legte er seinen Arm um mich.

Doch ich schlug ihn weg. »Nimm mich mit!«, verlangte ich noch einmal. Ich bettete Amelia behutsam auf den Boden und stand auf.

»Felicity ...«

Ich ließ ihn gar nicht erst zu Wort kommen. »Es ist meine Sache, was ich tue oder nicht. Du erlaubst es allen Rittern, die sich freiwillig für die erste Abreise gemeldet haben, aber mir willst du es verbieten? Manche von ihnen haben viel weniger Erfahrung oder haben in der letzten Zeit kaum trainiert, weil sie andere Aufgaben hatten. Ich habe es zufällig mitbekommen, als ich im Schloss unterwegs war. Warum nimmst du sie mit und mir verbietest du es?«

Ohne es zu merken, wurde ich mit jedem Wort lauter, bis ich schließlich schrie. Die Menge war vor uns zurückgewichen, begaffte uns jedoch mit großem Interesse.

Jack antwortete mir nicht, was mich nur noch wütender machte. Ein letztes Mal blitzte ich ihn an, dann rauschte ich davon. Ich wollte nicht, dass er glaubte, mich beschützen zu müssen. Ich konnte auf mich selbst aufpassen! Hatte ich ihm in den letzten Wochen nicht bewiesen, dass ich inzwischen gut genug mit dem Schwert umgehen konnte? Reichte ihm das nicht? Dachte er, ich würde einen Kampf mit dem Feind nicht überleben? In meiner Wut war mir egal, wie töricht es war. Ich wollte einfach nur noch weg. Hier hielt ich es nicht länger aus.

16. Kapitel

Ein diffuses Licht kündigte den Beginn des nächsten Tages an. Nebelschwaden waberten um die Stadt und krochen zwischen den Häusern hindurch. Nur langsam schafften es die Strahlen der Sonne, sie zu vertreiben.

Ich verließ das Schloss und lief ziellos durch die Stadt. Die Straßen begannen sich zu füllen und die Aufregung war deutlich zu spüren. Noch bevor die Sonne wieder unterging, würde die erste Gruppe von Rittern aufbrechen.

Ich drehte um, denn mir war ein Gedanke gekommen. Vielleicht würde ich Mad ja am Brunnen im Schlosspark finden. Immerhin musste ja auch jemand diese Grenze sichern.

Als ich jedoch am Brunnen ankam, war niemand zu sehen, weder Ritter noch der Pegasus.

Ich erinnerte mich daran, wie ich hier mit Jack und Amelia trainiert hatte und die aufgestaute Trauer bahnte sich ihren Weg. Ich weinte um Amelia, und ihr Tod erinnerte mich an den von Bonnie. Sie beide waren irgendwie trotz der kurzen Zeit, in der wie uns gekannt hatten, zu Freundinnen geworden, und beide waren viel zu jung gestorben. Ermordet vom Schwarzen Orden. Ebenso wie meine Eltern. Ich vermisste sie so schrecklich und dann wechselte meine Trauer in Wut. Ich würde alles tun, was in meiner Macht stand, um ihren Tod zu rächen. Oh ja, ich würde sie alle rächen. Es reichte mir nicht, wenn der Mörder von Amelia nur im Kerker schmorte. Ich wollte, dass er meinen Zorn zu spüren bekam. Die Mörder meiner Eltern würde ich sicher nie wiedersehen, aber den von Amelia schon.

Ich ballte meine Fäuste und wischte mir über das Gesicht, als ich plötzlich ein helles Stimmchen in meinem Kopf vernahm.

»Kann ich dir irgendwie helfen? Du siehst furchtbar traurig aus.«

Ich sah auf und erblickte eine kleine Fee, die vor mir in der Luft schwebte.

Ich schüttelte den Kopf. »Nein, ich glaube nicht.« Meine Stimme klang brüchig und ich räusperte mich ein paar Mal.

»Bist du dir sicher?« Sie sah mich unverwandt an.

»Ja. ... Außer ... Weißt du vielleicht, wo Madenion ist?« Da Mad sich gut mit den Feen verstand, war es gut möglich, dass sie wusste, wo er steckte.

»Tut mir leid, nein.« Die Stimme der Fee klang niedergeschlagen, und der Hoffnungsfunke in mir erlosch so schnell, wie er entstanden war. Wenn nicht mal eine Fee wusste, wo der Pegasus war, würde ich ihn sicher nicht finden.

»Aber ich kann ihn suchen«, fügte sie hinzu und strahlte mich an.

»Danke.« Ich konnte nicht anders, als ihr Lächeln zu erwidern, jedoch war ich mir sicher, dass es eher wie eine Grimasse aussah.

Die kleine Fee verschwand mit einem leisen Plopp und ich war wieder allein im Park. Ich sah mich um und bemerkte, dass er vollkommen verlassen war. Keine andere Fee war unterwegs und ich fragte mich, wo sie alle waren. Hatten sie sich an einen sicheren Ort, der nicht so nah an einer Grenze lag, zurückgezogen? Oder hatten sie sich einfach irgendwo im Park versteckt? Und wer bewachte überhaupt diese Grenzstation?

Ich sah in Richtung Stadt. Sie wirkte aus der Ferne so ruhig, doch ich wusste, dass gerade die letzten Vorbereitungen für den Abmarsch der Truppen getroffen wurden.

Eine Bewegung riss mich aus meinen Gedanken. Mad war aus den Schatten aufgetaucht und stand nun tatsächlich vor mir. Ich sprang auf, schlang meine Arme um seinen Hals und drückte mein Gesicht an sein weiches Fell. Ich war so froh, ihn zu sehen, war froh, dass endlich ein Freund bei mir war.

»Als Kyrie mir gesagt hat, dass in meinem Park ein weinendes Mädchen sitzt und mich sucht, habe ich mir schon gedacht, dass du es bist. Ich habe das von deinen Eltern gehört. Das ist einfach nur schrecklich und das mit Amelia tut mir auch so leid. Sie war eine gute Jägerin und dir eine liebe Freundin, nicht wahr? Jedenfalls denke ich das. Ich selbst habe sie ja kaum gekannt, aber ich weiß, wie gern du sie hattest. Und das, obwohl du sie noch nicht sehr lange kanntest«, plapperte der Grenzwächter sofort los.

Seine sanfte Stimme sorgte dafür, dass mir wieder die Tränen kamen.

Mad legte seinen Kopf behutsam auf meine Schulter und strich mir mit einer Flügelspitze über den Rücken. Als ich mich wieder beruhigt hatte, erzählte ich ihm von meinem Streit mit Jack.

»Felicity, du weißt, dass du noch nicht lange kämpfst, und das solltest du nicht außer Acht lassen. Ich habe dich beim Training gesehen und weiß, dass du eine Begabung im Umgang mit dem Schwert hast, dennoch fehlt es dir an Übung. Auch wenn die Ausbildung des Schwarzen Ordens oft schlechter ist als deine, sind es doch sehr viele. Und Jack ist dein König, unser König. Hör lieber auf ihn. Er tut das nicht, weil er denkt, dass du zu schlecht bist. Er will dich nur beschützen. Er musste dir sagen, wer du wirklich bist, und ich glaube, dass er sich schuldig fühlt, weil du nun in diesen Krieg geraten bist.«

Mads Worte leuchteten mir ein. Trotzdem fand ich Jacks Verhalten alles andere als gut. Ich hatte ihn echt gern. Nein, mehr als nur gern, aber er brauchte mich nicht zu beschützen. Ich konnte gut auf mich selbst aufpassen.

Um das Thema zu wechseln, fragte ich Mad, ob es an der Grenze, an der er inzwischen postiert war, etwas Neues gab.

»An der Nordgrenze bahnt sich erneut etwas an. Und auch an anderen Grenzen funktionieren die Schatten nicht mehr so, wie sie sollten. Es ist, als würden sie verblassen. Für uns Grenzwächter wird es immer schwerer, sie geschlossen zu halten. Wir befürchten, dass sie bald zusammenbrechen und jeder sie überqueren kann. Wir sind froh, wenn die Ritter an allen Grenzen postiert sind, denn wenn die Schatten endgültig verblassen, sind sie da, um den Schwarzen Orden aufzuhalten. Ich bin sicher, er wird seine Chance dann sofort nutzen und in die Hauptstadt einmarschieren.«

Mads Worte jagten mir einen eiskalten Schauer über den Rücken. Ich wollte mir gar nicht vorstellen, was passieren würde, wenn die Feinde einfach so ins Land kommen konnten. Mit einem Mal wurde mir auch bewusst, dass dann die Grenzen zur Menschenwelt ebenfalls offen sein würden. Ich fragte mich, ob die Menschen dann auch in die anderen Welten geraten konnten und was der Schwarze Orden mit der Welt der Menschen vorhatte.

»Es tut mir leid, Felicity, aber ich muss wieder an die Grenze.«

»Ist in Ordnung, aber lieb, dass du gekommen bist.« Ich lächelte ihn dankbar an. Es hatte gut getan, mich mit ihm zu unterhalten.

»Tu ja nichts Unüberlegtes, meine kleine Banshee.« Mit diesen Worten verschwand er in den Schatten.

Kyrie war nirgends zu sehen und ich beschloss, mich wieder auf den Weg ins Schloss zu machen. Nach dem Gespräch mit Mad ging es mir ein wenig besser. Ich war zwar immer noch total fertig, aber fühlte mich nicht mehr ganz so allein.

Der Gedanke, wenigstens einen Freund an meiner Seite zu haben, beruhigte mich. Dennoch wusste ich schon jetzt, dass ich nicht auf ihn hören würde. Weder auf ihn noch auf Jack. Es war allein meine Sache, was ich nun tat, und da würde ich mir von niemandem reinreden lassen. Es war mein Leben, meine Rache, meine Entscheidung.

Als ich auf den Schlossplatz kam, stand die Sonne bereits hoch am Himmel.

Die Ritter waren wohl schon abgereist, denn nun war hier oben und unten in der Stadt alles ruhig. Die meisten Bewohner hatten sich wieder in ihre Häuser zurückgezogen und eine bedrückte Stimmung hatte sich über die Dächer gelegt. Inzwischen war klar, dass ein Krieg unmittelbar bevorstand, aber niemand konnte auch nur ahnen, was das für Aldean und seine Bewohner bedeutete.

Im Schloss machte ich mich sofort auf den Weg in mein Zimmer. Ich schloss die Tür hinter mir ab und ließ mich erschöpft auf mein Bett sinken.

Ich war mir sicher, dass es das Beste war, wenn ich in der Nacht einfach verschwand. Wenn ich durch die Wälder ging, würde mich niemand finden. Da konnte Jack noch so lange suchen. Unter keinen Umständen würde ich tatenlos im Schloss bleiben, während die anderen in den Krieg zogen.

Ich stand auf, nahm meinen Rucksack aus dem Schrank und holte passende Kleidung heraus. Dann warf ich alles auf mein Bett und begann, den Rucksack zu packen. Ich wusste, dass ich auch Proviant brauchen würde, doch den konnte ich mir erst in der Nacht besorgen, wenn niemand mehr in der Küche war.

Ein größeres Problem war Geld. Schließlich konnte ich mich nicht ohne welches auf die Reise machen, jedoch hatte ich nur ein wenig Geld aus Glasgow dabei, das in Aldean wertlos war.

Ich überlegte, ob es auffallen würde, wenn ich etwas vom Gold des Königs nahm. Zwar war ich immer ein ehrlicher Mensch gewesen und noch nie gestohlen, aber besondere Situationen erforderten eben besondere Maßnahmen. Sicher würde es nicht mal auffallen, wenn ein wenig davon fehlte, denn die Königsfamilie hatte mehr als genug. Und wenn es doch auffiel, wäre ich schon über alle Berge. Ich musste dieses Risiko einfach eingehen.

Plötzlich wurde mir erneut bewusst, wie sehr ich mich in der letzten Zeit verändert hatte. Früher hätte ich niemals auch nur mit dem Gedanken gespielt, etwas zu entwenden oder gar jemanden zu ermorden. War das etwa Teil meiner neuen Banshee-Persönlichkeit?

17. Kapitel

Im Schloss war es ruhig geworden und ich öffnete leise die Tür. Ich hatte einen Rucksack in der Hand und den Umhang umgelegt. Vorsichtig verließ ich mein Zimmer und versuchte, auf dem Flur keine Geräusche zu machen.

Ich hatte kurz überlegt, ob ich eines der Pferde aus dem Stall holen sollte, um es mir für die Reise auszuleihen. Doch diesen Gedanken hatte ich fast sofort wieder verworfen. Es war einfach zu auffällig und zu laut, mitten in der Nacht mit einem Pferd durch die Stadt zu reiten.

Ich schlich hinunter in die Küche. Wie ich erwartet hatte, war niemand mehr dort und ich packte meinen Rucksack mit Proviant voll. Hauptsächlich bediente ich mich bei dem Brot und anderen Lebensmitteln, die gut zu transportieren und relativ lange haltbar waren. Außerdem nahm ich mir eine große Feldflasche mit, die ich mit Wasser füllte.

Schließlich machte ich noch einen Abstecher in den Thronsaal. Ich hatte einmal gesehen, wie Jack Geld aus dem Tresor nahm, der unter dem Thron versteckt war, um es einem Boten zu geben. Ich schob den Stoff beiseite und brach den kleinen Tresor vorsichtig mit meinem Schwert auf. Es widerstrebte mir zwar immer noch, Jack zu bestehlen, der mir doch vertraute, aber ich sah keine andere Möglichkeit.

Als ich den kleinen Lederbeutel aus dem Tresor nahm, entdeckte ich zu meiner großen Freude noch etwas, das mir mehr als nützlich sein würde. Schnell steckte ich das zusammengefaltete Pergament zusammen mit dem Beutel in meinen Rucksack und nahm mir vor, dass ich das Geld, das ich nicht benötigte, Jack wiedergeben würde, falls ich ihn irgendwann wiedersehen sollte.

Bevor ich das Schloss verließ, hatte ich jedoch noch etwas zu erledigen. Ich überprüfte noch einmal meinen Rucksack, ob ich wirklich alles eingepackt hatte, dann schlich ich zurück in die Eingangshalle.

Die Tür zu den Kerkern war nicht abgeschlossen. So leise wie möglich stieg ich die lange Wendeltreppe hinunter. Ich nahm eine der Fackeln aus ihrer Halterung und blieb einen Moment stehen. Alles war still. Die Stufen führten weit nach unten. Der Kerker musste tief im Inneren des Berges liegen. Mit jeder Stufe schien es noch dunkler zu werden und bald konnte ich trotz der Fackel kaum etwas sehen. Es war kalt und ich fragte mich, ob es wirklich richtig war, was ich vorhatte. Aber ich musste mich rächen. Der Gedanke, dass der Mann, der Amelia auf dem Gewissen hatte, weiterleben durfte, machte mich fertig. Ich musste einfach etwas tun.

Die Wendeltreppe endete und ich folgte einem schmalen Gang. An beiden Seiten waren Zellen und ich leuchtete mit der Fackel in jede von ihnen. Immer wieder blieb ich stehen. Ich rechnete jeden Moment damit, einem Wächter zu begegnen, doch noch immer waren keine Schritte zu hören, die Gefahr verkündeten, nur leises Husten oder Schnarchen der

Gefangenen. Die meisten von ihnen schliefen. Manche saßen bewegungslos in ihren Zellen und starrten die Wand an, aber ein paar kamen auch an die Gitter und beobachteten jede meiner Bewegungen.

»Lass mich raus!« Die raue Stimme ließ mich zusammenzucken und schnell entfernte ich mich von dem, der gesprochen hatte. Der Mann rief mir noch etwas hinterher, doch ich konnte seine Worte nicht verstehen. Dann näherten sich Schritte. Panisch sah ich mich nach einem Versteck um und löschte meine Fackel an den kalten Steinen. Ich drückte mich in eine kleine Nische und hoffte, dass der Wächter mich nicht sehen würde. Die Schritte kamen immer näher und das Herz schlug mir bis zum Hals. Ich konnte das flackernde Licht einer Fackel sehen und versuchte noch tiefer in der Dunkelheit zu verschwinden.

Der Wächter war nur noch wenige Schritte entfernt. Die Flamme der Fackel erhellte den Gang und fiel direkt auf mich. Mit verwundertem Blick sah der Wächter mich an und ich starrte einen Moment lang bewegungslos zurück. Dann blitzte das Metall seines Schwerts im Licht der Fackel auf und sofort zog auch ich meine Waffe. Er sprach mich an, aber ich verstand seine Worte nicht, sah nur, wie er näher kam.

Plötzlich griff er mich an. Seine Bewegungen waren überraschend langsam und etwas steif, was es mir leicht machte, mich gegen ihn zu verteidigen. Ich wehrte seine Hiebe nur ab, denn ich hatte nicht die Absicht, ihn zu verletzen, besonders nachdem ich sein erschöpftes Gesicht mit den dunklen Augenringen gesehen hatte. Offensichtlich war er schon lange auf den Beinen und nicht auf einen Kampf vorbereitet. Man konnte es ihm nicht verdenken, er war zwar ein bewaffneter Untertan des Königs, aber die Wahrscheinlichkeit, dass einer der Gefangenen mit einem Schwert auf ihn losging, war doch verschwindend gering.

Durch eine geschickte Parade konnte ich den Mann entwaffnen. Ein kräftiger Tritt von mir in seinen Magen beförderte ihn gegen die Wand. Ich war überrascht, dass er sofort in sich zusammensank und bewegungslos am Boden liegen blieb.

Um mich herum war inzwischen ein riesiger Tumult ausgebrochen. Alle Gefangenen waren wach. Sie standen an den Gittern und jubelten. Feierten mich dafür, dass ich den Wächter überwältigt hatte. Schnell vergewisserte ich mich, dass es dem Mann trotz meiner Attacke einigermaßen gut ging, nahm ihm seine Schlüssel und die Fackel ab, und setzte dann meine Suche nach der Zelle von Amelias Mörder fort.

Bald hatte ich ihn gefunden. Auch er stand am Gitter. Mit einem unverschämten Grinsen musterte mich der junge Mann, der wohl nur wenige Jahre älter war als ich.

Für ein paar Sekunden schloss ich die Augen, konzentrierte mich ganz auf die Aufgabe, die vor mir lag, und versuchte, das Bild von meiner toten Freundin in meinen Armen zu verdrängen.

»Willst du die kleine Jägerin rächen?«

Als ich den Mörder leise lachen hörte, stieg eine unbändige Wut in mir auf. Sie vertrieb das letzte bisschen Skrupel, die mich noch zurückgehalten hatten. Meine Hand krallte sich um den Knauf meines

Schwerts, während ich meine Augen öffnete. »Sind noch mehr Mitglieder des Schwarzen Ordens ins Schloss eingedrungen?«

Er lachte weiter, antwortete mir jedoch nicht.

»Antworte mir!« Meine Stimme war nur noch ein wütendes Zischen, aber das schien keinen Eindruck auf ihn zu machen.

Am liebsten hätte ich ihm die Fackel ins Gesicht gedrückt und ihm sein hämisches Grinsen von den Lippen gebrannt.

»Denkst du wirklich, ich würde dir das sagen? Wir werden eure schöne Welt vernichten und ihr könnt uns nicht aufhalten.« Unser Gespräch schien den jungen Mann sehr zu amüsieren. Seine Stimme war ekelhaft selbstgefällig und es war unverkennbar, dass er stolz auf das war, was er und der Orden getan hatten.

Sein Lachen machte mich immer wütender. Ohne nachzudenken, stieß ich mein Schwert zwischen den Stäben hindurch. Zuerst starrte er auf die Waffe in seiner Brust, dann blickte er auf und mir ins Gesicht. Scheinbar hatte er nicht damit gerechnet, dass ich ihn wirklich töten würde. Bis zu diesem Moment war auch ich mir dessen nicht vollkommen sicher gewesen. Natürlich hatte ich meine Rache geplant, aber an so etwas zu denken oder es wirklich zu tun, war ein Unterschied.

Während er zusammenbrach, zog ich mein Schwert schnell aus ihm heraus. Mit zitternden Händen steckte ich es so blutverschmiert, wie es war, zurück in die Scheide.

Vielleicht war ich eine Mörderin, doch dieses

Ungeheuer hatte den Tod verdient und ich war scheinbar die Einzige, die sich getraut hatte, ihm seine gerechte Strafe zukommen zu lassen.

Ich sah mich um, aber bis auf die Gefangenen und den noch immer bewusstlosen Wärter am Boden war niemand zusehen. Mit schnellen Schritten lief ich den Gang entlang und ignorierte die Männer hinter den Gittern, die mich aufforderten, sie herauszulassen.

Niemals würde ihnen helfen. Wer wusste schon, was sie getan hatten? Ich jedenfalls hatte nicht die Absicht, Mördern oder sonstigen Verbrechern die Flucht aus dem Gefängnis zu ermöglichen, auch wenn ich nun selbst zur Mörderin geworden war und mir ein eigener Zellenaufenthalt drohte.

Unvermittelt schnürten mir Furcht und Entsetzen die Kehle zu, doch nicht deswegen, sondern weil ich mit einem Mal eine Gestalt vor mir sah. Mein Herz raste unkontrolliert und Panik keimte in mir auf, bis ich erkannte, dass es eine der Schattengestalten war. Was machte sie hier im Kerker? Verfolgten sie mich etwa?

Wie üblich stand die Gestalt einfach nur da und es war unmöglich, zu sagen, in welche Richtung sie blickte, falls sie überhaupt sehen konnte.

Vorsichtig schlich ich mich an ihr vorbei und eilte die Treppe hinauf. Ich wollte nur noch weg von diesem Ort und aus dem Schloss verschwinden, wie ich es geplant hatte. Mein Herz schlug wild in meiner Brust. Die Wut war inzwischen abgeflaut und hatte einem Gefühl der Angst Platz gemacht. Doch es war weniger der Schatten, vor dem ich mich fürchtete, als vielmehr meine ungewisse Zukunft. Aber umkehren konnte ich nicht mehr.

Draußen war es dunkel und außer mir schien niemand mehr wach zu sein. Trotzdem versuchte ich, laute Geräusche zu vermeiden, und beeilte mich. Das kleine Seitentor war natürlich verschlossen, doch ich schaffte es, über die Mauer zu klettern. Auf der anderen Seite löschte ich meine Fackel und ließ sie im Gras liegen.

Niemand hatte mich gesehen und nun würde mich die Dunkelheit vollkommen verschlucken.

In der Stadt war es ebenfalls ruhig und die Straßen menschenleer. Scheinbar hatte noch niemand den Wächter und den Toten im Kerker entdeckt, sonst wäre sicher schon Alarm geschlagen worden.

Die Luft war kalt und ein leichter Wind wehte. Fröstelnd schlug ich die Kapuze meines Umhangs hoch und beschleunigte meine Schritte. Kurz darauf erreichte ich das Stadttor und meine Hand tastete nach dem Griff meines Schwerts, nur für den Fall, dass es Schwierigkeiten mit den Wachen geben würde. Doch die beiden Männer blinzelten nur träge und ließen mich ohne Probleme passieren.

Langsam wurde ich ruhiger und meine aufgewühlten Gefühle ebbten ab. Ich hatte das Richtige getan und ich wusste, dass ich es wieder tun würde, sollte es nötig sein. Vielleicht war es die Banshee in mir, die kein Problem mit dem Morden hatte, vielleicht auch nicht. Möglicherweise war ich einfach kälter als normale Menschen. Doch was war schon schlimm daran? Im Krieg würde es mir von Vorteil sein.

Und noch etwas würde mir helfen: Die Karte von Aldean, die ich im Tresor entdeckt hatte. Allerdings war es nicht irgendeine Karte. Jemand hatte auf dem Pergament die Route der Ritter markiert. So wusste ich jetzt genau, zu welcher Grenze sie unterwegs waren. Wie weit der Weg war und wie lange ich unterwegs sein würde, wusste ich jedoch nicht. Auf der Karte war ein breiter Fluss eingezeichnet, der in der Nähe des Schlosses vorbeifloss und bis zur Grenze führte. Ich hatte beschlossen, ihm zu folgen. Zwar würde ich aufgrund der Kurven des Gewässers vielleicht ein paar Umwege in Kauf nehmen müssen, doch dafür sank die Wahrscheinlichkeit, dass ich mich unterwegs verlief. Ich durfte nicht vergessen, dass ich in einer Welt unterwegs war, die ich so gut wie gar nicht kannte. Ich brauchte also etwas, woran ich mich gut orientieren konnte.

Den Fluss konnte ich schon von Weitem hören, daher war es leicht, ihn zu finden, auch wenn ich in der Dunkelheit kaum etwas sehen konnte.

Am Ufer machte ich eine kurze Pause und trank von meinem Wasser. Von der Karte wusste ich, dass die Ritter einen anderen Weg zur Grenze nehmen würden, der nur zweimal kurz meinen Weg kreuzen würde, daher war es nicht sehr wahrscheinlich, dass ich ihnen begegnete, worüber ich wirklich froh war.

Der Fluss war breit und rauschte tosend an mir vorbei, er musste sehr tief sein. Es war kein Gewässer, welches man einfach so durchschwimmen konnte. Aber ich wusste auch, dass ich ihn irgendwann überqueren musste, da der Grenzposten auf der anderen Seite lag. Ich hoffte darauf, eine Brücke zu finden, die mich auf die andere Seite bringen würde, auch wenn auf der Karte keine eingezeichnet war. Doch darüber würde ich mir Gedanken machen, wenn es so weit war.

Stattdessen musste ich an Jack denken. Wie würde er reagieren, wenn er mein Verschwinden bemerkte und herausfand, dass ich seinen Wächter bewusstlos geschlagen und den Gefangenen ermordet hatte? Würde er mich dafür verabscheuen oder würde er mich verstehen? Ich sah sein Gesicht mit dem süßen schiefen Lächeln vor mir und wieder einmal wurde mir bewusst, was er mir inzwischen bedeutete.

Ich dachte daran, wie wir uns in meinem Zimmer umarmt hatten und mein Herz wurde schwer. Vielleicht würde ich ihn nie wiedersehen.

Mad hatte sicherlich recht, Jack wollte mich wirklich nur beschützen. Allerdings war ich der Meinung, dass er nicht das Recht hatte, mich von allem fernzuhalten. Er war schließlich nicht mein Vater und hatte mir nicht zu sagen, wie ich zu leben hatte. Trotzdem tat es mir weh, ihn zu verlassen. Aber umzukehren kam nicht infrage. Ich hoffte einfach, dass ihm nichts geschah und dass ich ihn irgendwann wohlbehalten wiedersehen würde.

Stundenlang folgte ich nun schon dem Flussufer.

Irgendwie hatte ich es geschafft, meine Gedanken abzustellen, und lauschte nur noch dem Rauschen des Wassers und den Geräuschen des Waldes.

Ich war es von früher gewohnt, allein zu sein, aber noch nie war ich mitten in der Nacht allein in einer fremden Welt gewesen. Das war etwas vollkommen Neues und es machte mir Angst. Doch ich war jetzt eine Kriegerin, ich durfte es mir nicht erlauben, ängstlich zu sein. Im Krieg würde das auch nicht gehen.

Das stetige Rauschen des Flusses machte mich allmählich müde und so suchte ich mir einen Schlafplatz. In einer dichten Gruppe von Sträuchern stellte ich meinen Rucksack ab und breitete die mitgebrachte Decke aus. Dann nahm ich ein Stück Brot von meinem Proviant und aß es. Ich hoffte, dass meine Vorräte so lange reichen würden, bis ich es schaffte, sie in einem Dorf oder einer Stadt aufzufüllen.

Schläfrig ließ ich mich auf den Boden sinken und sah zwischen den Baumkronen hindurch zu den Sternen. Alles war so friedlich hier und kein störendes Licht einer Stadt konnte vom Himmel ablenken. In solch einer völligen Dunkelheit war ich noch nie gewesen und doch konnte ich noch immer Schemen um mich herum erkennen. Ich schloss meine Augen und lauschte dem Rascheln der Blätter, bis ich schließlich einschlief.

Ich wurde von den ersten Sonnenstrahlen geweckt und stand sofort auf.

Nachdem ich etwas getrunken und gegessen hatte, ging ich zum Fluss, um mich zu waschen. Das Wasser war kalt und sorgte dafür, dass ich endgültig wach wurde. Als ich fertig war, packte ich meine Sachen zusammen und brach auf.

Vögel flogen durch die frische Morgenluft und durchbrachen die Stille mit ihrem Gesang. Ihr schillerndes Gefieder leuchtete im Sonnenlicht. Ab und an hielt ich inne, um sie zu beobachten.

Schon immer hatte ich die Natur geliebt. Wenn man in Irland und Schottland gelebt hatte, konnte man meiner Meinung nach gar nicht anders. In beiden Ländern war es einfach wunderschön, doch hier war die Natur etwas ganz anderes: Sie wirkte noch märchenhafter, noch schöner, wenn das überhaupt möglich war. Sogar die Blumen schienen in Aldean üppiger und bunter zu blühen und ich konnte mich kaum sattsehen an ihrer Pracht. Wenn ich für einen Moment stehenblieb und mich auf den Boden hockte, konnte ich ihren Duft riechen, der betörender war, als der von allen Blumen, die ich aus der Menschenwelt kannte. Außerdem hatte die Natur etwas Beruhigendes an sich. Das Zwitschern der Vögel machte mich glücklich. Ihr fröhliches Tirilieren lenkte mich von meinen Sorgen ab und auch die Bewegung tat mir gut.

Als die Sonne immer höher stieg, machte ich eine kleine Pause. Ich holte die Karte aus meinem Rucksack, konnte allerdings nicht feststellen, wo genau ich mich gerade befand. Auf der Karte konnte man zwar am Verlauf des Flusses deutliche Unterschiede feststellen, doch die bemerkte ich vom Ufer aus nicht. Von meinem Standpunkt aus sah alles gleich aus. Ich war einfach zu nah am Fluss dran. Doch es gab keine Erhöhung, auf die ich hätte klettern können, um einen guten Blick von oben zu bekommen.

Ich beschloss, dem Fluss einfach so lange zu folgen, bis ich zu der Stadt gelangte, die in der Nähe der Grenze lag. Dort würde ich mich den Rittern anschließen und sie im kommenden Krieg gegen den Schwarzen Orden unterstützen. Ich wollte an ihrer

Seite kämpfen. Wenn ich erst bei ihnen war, würden sie mich sicher nicht daran hindern. Sie konnten mich ja schlecht zum Schloss zurückschicken.

18. Kapitel

Auch am nächsten Morgen folgte ich dem Pfad am Flussufer entlang, der mich in ein Waldstück hineinführte.

Währenddessen hing ich meinen Gedanken nach. Ich fragte mich erneut, wie Jack wohl auf mein Verschwinden und die Leiche im Kerker reagiert hatte. Suchte man schon nach mir? Brachte man mich überhaupt mit dem Mord in Verbindung? Wahrscheinlich schon, denn die Gefangenen waren bestimmt befragt worden.

Als ich um eine Wegbiegung kam, blieb ich abrupt stehen. Etwa zehn Meter vor mir blockierte ein riesiges pechschwarzes Pferd den Weg. Es trug silbernes Zaumzeug, aber keinen Sattel und musste erst kurz zuvor im Fluss gewesen sein, denn Wasser tropfte aus seinem Fell auf den Boden.

Ich sah mich um, suchte nach einem Reiter, der es vielleicht einfach nur kurz dort abgestellt hatte, konnte jedoch niemanden entdecken. Vielleicht war es ja weggelaufen? Ich wandte meinen Blick wieder dem Tier zu, das noch immer regungslos auf dem Weg stand und mich neugierig musterte.

Als ich seinen Blick erwiderte, jagte mir ein Schauer über den Rücken. Seine Augen waren milchig weiß und ohne die kleinste Spur von Leben. Plötzlich war ich mir sicher, dass ich kein gewöhnliches Pferd vor mir hatte. Ich brauchte allerdings einen Moment, um mich zu erinnern, dass ich so etwas schon einmal auf einer Zeichnung in einem Buch gesehen hatte. Das musste ein Kelpie sein! In gewisser Weise wunderte es mich nicht einmal, dass ich mitten im Wald auf eine Sagengestalt traf. In einer Welt, in der es Feen und Pegasi gab, überraschte mich so schnell kein Wesen mehr.

Dennoch rief es ein ungutes Gefühl in mir hervor und ich versuchte, mir ins Gedächtnis zurückzuholen, was es mit diesem Wesen auf sich hatte. Ich runzelte die Stirn. Richtig, Kelpies waren Gestaltwandler, die in den Flüssen und Seen Schottlands leben. Sie konnten als Pferd oder auch als Mensch in Erscheinung treten und ... Mist, an mehr konnte ich mich einfach nicht erinnern.

Ich trat ein paar Schritte näher, um den Kelpie genauer zu betrachten. Obwohl überhaupt kein Wind ging, wehte seine feuchte schwarze Mähne um seinen kräftigen Hals. Das bestärkte mich in meiner Vermutung, dass dieses Wesen kein normales Pferd war. Jetzt fiel mir auch wieder ein, was ich gelesen hatte, während ich mich mit Bonnie auf unser Projekt vorbereitet hatte, Kelpies waren bösartige Wasserdämonen. War es klug, mich ihm weiter zu nähern?

Allerdings gehörten ja auch Banshees zu den Sagengestalten, die in den Geschichten als böse dargestellt wurden. Wenn man die Tatsache außer Acht ließ, dass ich erst vor Kurzem einen Mann getötet hatte, kam ich mir selbst nicht sonderlich böse vor. Also war offenbar doch nicht alles schwarz oder weiß, gut oder böse. Vielleicht verhielt es sich mit den Kelpies ja ähnlich.

Eine Bewegung des Kelpies riss mich aus meinen Gedanken und ich konzentrierte mich wieder darauf, mir die Beschreibung aus dem Buch ins Gedächtnis zu rufen. Kelpies liebten tiefe Gewässer, aber das war in diesem Moment nicht sonderlich wichtig und hilfreich. Die nächste Erinnerung jedoch schon.

Sie fanden Gefallen daran, anderen aufzulauern. Sie warteten häufig an einer Straßenbiegung auf müde Wanderer, die sie dann für Pferde hielten und sich nur zu gern auf ihren Rücken setzten. Sobald sie sich aber dort niedergelassen hatten, schnappte die Falle zu. Der Kelpie schlang seine Mähne um den Reiter, sodass es kein Entkommen gab, und entführte ihn in sein Gewässer, wo er ihn dann verspeiste.

Wieder fragte ich mich, ob das der Wahrheit entsprach. Oder war es wie bei den Legenden über die Banshees, bei denen auch nicht alles hundertprozentig stimmte?

Nun fiel mir auch ein, wie ein Kelpie überlistet werden konnte. Mit einem Brautschleier oder einem eigenen Zaumzeug, das man ihm überzog. Jedoch hatte ich keins von beidem zur Hand. Sollte das Wesen mich also angreifen, wäre ich ihm hilflos ausgeliefert. Dennoch hatte ich nicht wirklich Angst vor ihm. Im Gegenteil, der Kelpie faszinierte mich.

»Es schmeichelt mir ja, dass du all die Geschichten kennst, die die Menschen über mich und meine Brüder erzählen, aber denkst du nicht, dass das alberne Vorurteile sind?«

Erschrocken schrie ich auf, als ich die kalte und etwas schleimige Stimme in meinem Kopf hörte. Doch ich beruhigte mich schnell. Natürlich, wenn es ein übernatürliches Wesen war, konnte es auch wie die Pegasi und Feen auf telepathische Weise mit mir kommunizieren.

»Ich meine, du bist eine Banshee, du solltest doch wissen, dass nicht alle Geschichten stimmen, die über uns erzählt werden. Ihr Todesfeen sollt ja angeblich richtig hässlich sein und das bist du eindeutig nicht. Im Gegenteil, du bist sogar ziemlich hübsch, wenn ich das sagen darf. Ach, und ich kann mir auch nicht vorstellen, dass du jemals auf irgendeinem Schlacht-feld Totenhemden gewaschen hast. Oder liege ich da falsch?«

Beinah hätte ich gegrinst. Nein, damit lag der Kelpie absolut richtig, und dass er mich für hübsch hielt, war sogar eigentlich ein Kompliment. Trotzdem verfehlte es bei mir seine Wirkung. Ich wusste, dass ich niemals freiwillig auf seinen Rücken steigen würde, egal wie sehr meine Füße inzwischen schmerzten. Dafür war ich einfach zu misstrauisch.

Ohne ihm zu antworten, ging ich mit schnellen Schritten an ihm vorbei, doch ich konnte hören, dass er mir folgte.

»Ich habe schon sehr lange keine Banshee mehr in Aldean gesehen.«

Den Kelpie schien es nicht im Geringsten zu stören, dass ich ihn ignorierte. Doch ich fragte mich, was er von mir wollte. Warum folgte er mir? Wollte er mit mir ins Gespräch kommen, um mich doch noch zu überreden, dass ich auf seinen Rücken stieg, damit er mich fressen konnte?

»Ist das deine Masche, um an deine Opfer zu kom-men? Nervst du sie so lange, bis sie sich freiwillig von dir fressen lassen?« Ich war stehengeblieben, um ihm zu antworten, und drehte mich nun auch zu ihm um. Er hatte etwas an sich, das mich extrem nervte. Auch wenn ich mir nicht genau erklären konnte, was es war. Eigentlich wollte ich mich auch gar nicht mit ihm unterhalten. Ich wollte nur allein sein und meinen Weg an die Grenze fortsetzen.

»Warum sollte ich dich fressen wollen? Hast du dich mal angesehen? Du bist ja nur Haut und Knochen. An dir ist nichts dran, was die Mühe lohnen würde, dich zu ertränken.« Wieder fixierte mich der Kelpie.

Es war seltsam, er blinzelte nicht einmal. Konnte er mich überhaupt sehen? Immerhin waren seine Augen einfach nur weiß, so als wäre er blind. Doch trotzdem hatte ich das Gefühl, von ihm beobachtet zu werden.

»Danke«, erwiderte ich sarkastisch und sah ihn genervt an. »Sonst noch was?« Er hatte mich schon lange genug aufgehalten. Meine Zeit war zu kostbar, um sie mit diesem Gespräch noch länger zu verschwenden.

»Warum bist du denn so genervt? Ihr Banshees seid manchmal echt anstrengend.« Er kam auf mich zu und instinktiv wich ich einige Schritte zurück. Noch immer wollte ich ihm lieber nicht zu nahe kommen.

»Hast du was dagegen, wenn ich dich ein Stück begleite?« Seine Stimme klang fröhlich, so als wäre ihm mein Zurückweichen gar nicht aufgefallen.

»Was meinst du damit?«

»Weißt du nicht, was begleiten ist?«

Ich war mir sicher, dass er sich absichtlich dumm

227

stellte, und Wut keimte in mir auf. Warum hatte ich mich überhaupt in dieses sinnlose Gespräch verwickeln lassen? »Das meinte ich nicht. Ich wollte wissen, was du damit meinst, dass Banshees anstrengend sind.«

Wenn es irgendwie möglich war, war ich inzwischen noch genervter von dem Kelpie, der definitiv nicht so wirkte, wie die bösartigen Wasserdämonen aus den Geschichten. Für mich war er eher eine Lachnummer.

»Bis jetzt bin ich eigentlich meistens gut mit euch Banshees klargekommen, auch wenn ihr manchmal ziemlich explosiv sein könnt. In der Menschenwelt lebten deinesgleichen früher an den Rändern von Gewässern und da sind wir uns natürlich oft über den Weg gelaufen. Das ist allerdings schon ewig her. Inzwischen gibt es ja kaum noch Sagengestalten in der Menschenwelt, wie du sicher weißt. Und du bist wie gesagt die erste Banshee seit Langem, die sich hier in Aldean blicken lässt. Allerdings kann ich riechen, dass in dir auch ein Großteil Menschenblut fließt. Früher, als die Banshees noch rein waren, haben sie den Geschichten entsprochen. Sie waren wirklich wie in den Sagen und extrem aufbrausend. Du bist zwar ebenfalls immer noch zickig, aber durch den Einfluss der Menschen anscheinend auch sanft und schwach geworden.«

Am liebsten hätte ich mein Schwert gezogen, um diesem unverschämten Kerl zu zeigen, dass ich keineswegs sanft und schwach war, aber ich hielt mich zurück. Er wirkte um einiges stärker als ich, und ich war nicht sicher, ob ich ihn wirklich hätte besiegen können. Außerdem hatte er mir ja bisher nichts getan. Also verdrehte ich nur die Augen und lief einfach weiter.

Er blieb mir jedoch weiterhin auf den Fersen.

»Was willst du denn noch von mir?«, fuhr ich ihn an.

»Ich habe doch gesagt, dass ich dich begleiten will.«

Wie konnte er nur so ruhig bleiben? Ob er vielleicht gar kein Kelpie war, sondern ein anderes Wesen, das sich einen Spaß daraus machte, alle in seinem Umfeld zu nerven? Eine andere Art von Gestaltwandler vielleicht, der die Leute zum Narren hielt?

»Oh doch, natürlich bin ich ein Kelpie.«

Ich hörte sein Lachen in meinem Kopf und wirbelte herum. »Kannst du bitte damit aufhören, meine Gedanken zu lesen?«

»Stört dich das etwa?«

»Ja! Natürlich stört mich das!«, schrie ich ihn an. Jetzt konnte ich mich nicht länger beherrschen, und wieder wurde mir bewusst, wie schnell ich neuerdings wütend wurde. Wahrscheinlich war einfach zu viel passiert und ich packte das alles nicht.

Ich beschleunigte meine Schritte, und für einen Moment atmete ich erleichtert auf, als ich hörte, dass er zurückblieb. Doch ich hatte mich zu früh gefreut. Bereits an der nächsten Wegbiegung hörte ich seinen Hufschlag dicht hinter mir und dann spürte ich seinen feuchten Atem in meinem Nacken. Er hatte einen bestialischen Mundgeruch nach verfaultem Fisch, von dem mir fast übel wurde.

»Ich höre damit auf, wenn du willst. Aber dann

musst du mir sagen, wohin du unterwegs bist.«

Erneut fragte ich mich, warum ich mich auf dieses Gespräch eingelassen hatte und nicht einfach schweigend weitergegangen war. Aber inzwischen war es zu spät, er hing an mir wie eine Klette und ich hatte die schreckliche Befürchtung, dass er mich bis in alle Ewigkeit verfolgen würde. »Ich will zur Grenze«, antwortete ich knapp, in der Hoffnung, dass er verschwinden würde, wenn ich ihm seine Fragen beantwortet hatte.

»Warum denn das?«

Hörte er denn nie auf, Fragen zu stellen? Der Wunsch, ihm den Hals umzudrehen, kehrte zurück, doch ich versuchte, ihn zu unterdrücken. Ich musste mir meine Kraft und vor allem mein Leben für meine Rache aufsparen und wollte beides nicht an diesen lächerlichen Kelpie verlieren.

»Weil der König mich nicht mitnehmen will und ich trotzdem gegen den Schwarzen Orden kämpfen will. Ich kann es nicht zulassen, dass noch mehr Unschuldige wegen ihnen den Tod finden oder in Gefahr geraten. Und ich muss eine Freundin rächen, die bei ihrem Versuch, den König zu schützen, umgebracht wurde. Und eine andere Freundin und meine Eltern haben sie ebenfalls auf dem Gewissen.«

Warum erzählte ich ihm das eigentlich alles? Doch wenn ich ehrlich war, tat es eigentlich gut, jemanden zum Reden zu haben.

»Du kennst den König?« Er lief jetzt an meiner Seite und sah neugierig auf mich herunter.

»Ja.«

»Und er wollte dich nicht mitnehmen? Bist du so

230

schlecht im Kämpfen?«

Was, wenn die ganzen Fragen wirklich nur seine Masche waren, um an sein Abendessen zu kommen? Jedenfalls dachte ich langsam tatsächlich über den Tod nach, wenn das die einzige Möglichkeit war, ihm und seiner nervtötenden Art zu entkommen. Ich seufzte. Ein wirklich verlockender Gedanke. Dann hätte ich wenigstens meine Ruhe.

»Wie oft soll ich dir noch sagen, dass ich nicht vorhabe, dich zu fressen? Ich bin halt einfach nur neugierig. Keiner kann aus seiner Haut.«

Ich konnte seine Empörung deutlich heraushören, zuckte aber nur mit den Schultern und antwortete ihm nicht.

Eine Weile gingen wir schweigend den Pfad entlang. Scheinbar war es wirklich unmöglich, ihn wieder loszuwerden, aber wenigstens hielt er jetzt die Klappe. Das war schon mal eine große Erleichterung.

»Soll ich dich nicht vielleicht doch tragen? Du siehst müde aus«, bot er mir schließlich an und durchbrach damit unser Schweigen.

»Ich dachte, ich stehe nicht auf deiner Speisekarte, weil ich so mager bin?«

»Korrekt, aber das heißt nicht, dass ich meine neue Freundin nicht mal ein Stück auf meinen Rücken nehmen darf.«

Seit wann waren wir denn bitte Freunde? Nur weil er sich wie eine Klette an mich geheftet hatte, hieß das noch lange nicht, dass so etwas wie Freundschaft zwischen uns war. Wie konnte ich ihn nur wieder loswerden? »Vergiss es, ich kenne die Geschichten. Ich werde mich ganz sicher nicht auf deinen Rücken setzen.«

»Wie du meinst.«

Ich hatte das Gefühl, als wäre er ein wenig verletzt über meine Zurückweisung.

Wieder schwiegen wir eine Weile, während wir dem Weg weiter folgten, bis ich schließlich anhielt, um eine Pause zu machen.

»Schon müde, kleine Banshee?« Der Kelpie klang belustigt und blieb ebenfalls stehen.

»Ich habe halt nur zwei Beine«, antwortete ich ihm schnippisch. Ich spürte seinen Blick auf mir ruhen, jedoch sagte er zur Abwechslung mal nichts dazu, worüber ich echt froh war.

Doch es dauerte natürlich nicht lange, bis mein unerwünschter Begleiter erneut das Wort ergriff. »Du hast vorhin gesagt, dass du den Tod deiner Eltern und deiner Freundinnen rächen willst. Warum wurden sie denn ermordet?«

»Meinetwegen wurden meine Eltern und Bonnie getötet«, murmelte ich traurig. »Und Amelia war als Jägerin eine der Leibwachen des Königs. Sie wollte einen Attentäter gefangen nehmen.« Mir kamen die Tränen, als ich an meine Eltern und Bonnie dachte. Vor meinem inneren Auge sah ich auch Amelia, wie sie in meinen Armen starb. Eine Träne rollte mir über die Wange, doch ich wischte sie energisch weg. Ich wollte keine Schwäche zeigen.

»Jägerinnen schmecken köstlich«, murmelte der Kelpie nachdenklich, der scheinbar nicht bemerkte, was gerade in mir vorging.

»Bitte was?« Ich starrte ihn entgeistert an.

»Was, was? Vergessen, dass ich ein Kelpie bin? Nur

weil ich dich nicht verputze, heißt das nicht, dass ich andere Wesen auch verschone. Ich habe auch schon eine Banshee gefressen, aber die hat furchtbar geschmeckt. Also bilde dir nicht zu viel darauf ein, dass ich dich nicht anrühre.«

Ich sagte nichts dazu. Was sollte ich auch darauf antworten? Danke, dass ich nicht sterben muss, weil meine Rasse grauenhaft schmeckt? Ich hörte, wie der Kelpie in meinem Kopf erneut lachte, und funkelte ihn zornig an.

»Entschuldige, aber deine Gedanken sind einfach zu unterhaltsam und ziemlich laut«, antwortete er mir fröhlich.

Ich reagierte nicht auf seine Worte, sondern packte meine Feldflasche zurück in meinen Rucksack und lief weiter. Wie zu erwarten war, folgte der Kelpie mir wie ein kleines Hündchen.

»Wie können denn Gedanken laut sein?«, fragte ich schließlich und sah ihn an. Irgendwie war ich doch neugierig, wie das mit der Telepathie ablief.

»Kann man nicht beschreiben. Es ist einfach so. Manche Gedanken schreien förmlich danach, gelesen zu werden.« Auf meinen Vergleich mit dem Hündchen ging er nicht ein, obwohl ich mir sicher war, dass er ihn gehört haben musste.

Ich verdrehte genervt die Augen und verfluchte ihn in Gedanken. Mir war klar, dass er es hören konnte, doch das war mir egal. »Stimmt es, dass Kelpies bezwungen werden können, wenn man ihnen einen Brautschleier anzieht?«

Wenn er so neugierig war, konnte ich auch so eine Frage stellen. Allerdings war es fraglich, ob er sie mir wahrheitsgemäß beantworten würde. Kein Lebewesen, egal ob ein Mensch oder ein mystisches Wesen, war so dumm, einem anderen seine Schwachstellen zu verraten.

Einen Moment war der Kelpie tatsächlich still und ich hörte nur noch unsere Schritte auf dem weichen Waldboden und das Rauschen des Flusses neben uns.

»Es ist so demütigend, dass es diese Geschichte immer noch gibt«, beschwerte er sich. »Ja, es stimmt, aber es ist, soviel ich weiß, erst einmal passiert. Einer meiner Brüder wartete vor vielen Jahrhunderten an einem Fluss in Schottland auf Beute, als ein junges Ehepaar vorbeikam, das scheinbar gerade erst getraut worden war. Jedenfalls trug sie noch ihr Hochzeitsgewand. Ihr Mann half ihr auf den Rücken des Kelpies, weil sie müde war. Doch als sie merkte, dass das vermeintliche Pferd zum Fluss rannte, nahm sie ihren Schleier und versuchte verzweifelt, es damit zum Anhalten zu bringen. Es wurde erzählt, dass die Zügel meines Bruders gerissen waren und sie sich mit ihrem Schleier behelfen wollte. Sie hatte zu diesem Zeitpunkt überhaupt keine Ahnung, dass sie auf einem Kelpie saß.«

Ich konnte an seinem Tonfall hören, wie sehr er sich für die Geschichte schämte.

»Sie dachte einfach nur, dass das Pferd sich erschrocken hätte und mit ihr durchgegangen wäre. Als sie es geschafft hatte, die Kontrolle zu gewinnen, war dies die Geburtsstunde dieser Geschichte. Also ja, die Geschichte stimmt, aber ich denke nicht, dass viele Frauen in ihrem Hochzeitskleid wandern gehen und dann auch noch auf einen Kelpie treffen. Die

Wahrscheinlichkeit ist wirklich sehr gering.«

Nachdem er geendet hatte, schwiegen wir erneut und ich dachte über seine Geschichte nach. Ihm mochte es peinlich sein, doch für die Frau war es ein glücklicher Zufall gewesen, durch den sie mit ihrem Leben davongekommen war.

Als die Sonne unterging, beschloss ich, mir einen Schlafplatz zu suchen, bevor es vollkommen dunkel wurde.

Unter einer dicken Eiche stellte ich schließlich meinen Rucksack ab und ließ mich auf dem weichen Moos nieder. »Ich glaube, ich lege mich schlafen«, informierte ich meinen Begleiter, während ich meine Schuhe auszog und meine schmerzenden Füße ausstreckte.

»Gut.« Mein neuer Weggefährte sah zum Wasser. »Ich bin dann in meinen Fluss. Nur, falls du mich suchst.«

»In Ordnung. Gute Nacht.« Inzwischen empfand ich seine Anwesenheit nicht mehr als ganz so nervig, jedoch war ich froh, über Nacht allein zu sein. Wenn er meine Gedanken lesen konnte, konnte er sicher auch meine Träume sehen und ich wusste ja selbst nicht, was ich träumen würde. Am Ende war es noch irgendetwas Peinliches und das sollte er auf keinen Fall wissen.

Ich hörte sein Lachen in meinem Kopf, doch er sagte nichts zu diesem Gedanken. Er drehte sich einfach um und verschwand mit einem eleganten Sprung im Fluss. Erst jetzt fiel mir ein, dass ich ihn gar nicht nach seinem Namen gefragt hatte und ihm auch meinen nicht genannt hatte. Egal, morgen war ja auch noch ein Tag. Sicher würde er auch dann nicht von meiner Seite weichen.

In der Nacht hatte ich im Traum eine Vision.

Ich sah die Schatten fallen. Mitglieder des Schwarzen Ordens fielen in Aldean ein, wie schon beim letzten Mal, und sie gerieten in heftige Kämpfe mit den Männern des Königs. Doch ich sah noch mehr.

Erdbeben suchten Aldean heim und brachten den Boden zum Erzittern. Auch wenn es nur eine Vision war, hatte ich das schreckliche Gefühl, als würde das Beben mich um mein Gleichgewicht bringen. Riesige Spalten taten sich in der Erde auf. Ich sah, wie die kämpfenden Männer hineinstürzten. Ihre furchtbaren Schreie wurden von den Wänden der Spalten zurückgeworfen, erst laut, dann immer leiser und schließlich verstummten sie.

Um mich herum entstand ein Bild der Verwüstung. Die einst so schöne Landschaft von Aldean wurde dem Erdboden gleichgemacht. Schon bald würde nichts mehr so sein, wie es einst gewesen war. Nur noch Steine und Staub.

Ich fuhr aus dem Schlaf und merkte, dass ich schrie.

Sofort verstummte ich. Es war mitten in der Nacht und meine Nerven waren gespannt wie Drahtseile. Als ich Schritte hörte, schrie ich erneut auf.

»Mach dir nicht in die Hose, ich bin's doch nur«, tönte die Stimme des Kelpies in meinem Kopf, und auf einmal war ich erleichtert darüber, dass er da war.

»Alles in Ordnung?«

Seine Stimme klang ein wenig besorgt.

Ich spürte, dass er jetzt direkt neben mir war. Zwar konnte ich nicht viel sehen, aber auf meine anderen Sinne konnte ich mich verlassen.

»Ich hatte eine Vision ...« Erneut ließ ich sie in meinem Kopf Revue passieren, damit er sie sehen konnte.

Zum ersten Mal war ich froh darüber, dass er Gedanken lesen konnte. Ich hätte es nicht über mich gebracht, ihm davon zu erzählen, dafür war meine Vision einfach zu schrecklich gewesen. So wie eigentlich jede, die ich gehabt hatte.

»Sieht aus, als hätte der Schwarze Orden einen Magier, der in Aldean alles so ändert, dass es der Dunklen Welt gleicht. Ich habe gehört, dass es in der Dunklen Welt nur so von Erdbeben und Spalten in der Erde wimmelt«, murmelte der Kelpie.

Ich fragte mich, ob dies überhaupt möglich war. Konnte ein Magier so mächtig sein? Ich warf meinem neuen Gefährten einen fragenden Blick zu und er nickte.

Die Vorstellung, einen so gefährlichen Gegner zu haben, jagte mir Angst ein. Wie sollte ich da in einem Kampf bestehen? Meine Hände fingen an zu zittern und mein Herz schlug immer schneller.

»Mach dir nicht so viele Gedanken. Versuch jetzt lieber, noch ein wenig zu schlafen. Heute kannst du sowieso nichts mehr tun.«

Bei dem Kelpie hätte ich niemals mit so etwas wie Einfühlungsvermögen gerechnet, doch seine Stimme klang so sanft wie noch nie. Also nickte ich nur verblüfft. Als ich meinen Kopf auf meine Hand bettete, hörte ich ein leises Platschen und wusste, dass der

Kelpie wieder abgetaucht war. Die vollkommene
Dunkelheit, das Rascheln der Blätter im Wind, der
aufgekommen war, und das stete Rauschen des Flusses ließen mich schon bald in einen tiefen, traumlosen Schlaf sinken.

19. Kapitel

An den Grenzposten war es still, nur der Wind heulte hin und wieder bedrohlich auf. Es war die Ruhe vor dem Sturm, aber die Ritter und Grenzwächter spürten, dass etwas Grauenvolles auf sie zukam.

Am Vortag waren die Schatten nicht länger unsichtbar gewesen. Sie waren in unheimlichen schwarzen Nebelschwaden an den Stellen der Grenzübergänge durch die Luft gewabert und die Wachposten, die das neue Phänomen im schwindenden Abendlicht beobachtet hatten, waren besorgt darüber gewesen. Doch heute in der Dämmerung bot sich ihnen ein weitaus schlimmeres Bild. Die Schatten waren rötlich.

Als die ersten Sonnenstrahlen auf die Schatten trafen, ritt der König ins Lager der Nordgrenze ein, begleitet von einem Heer von Kriegern, die die Truppen dort verstärken sollten.

Vor einigen Tagen war Felicity aus dem Schloss verschwunden und Jack hatte sofort weitere Ritter an die Grenzen entsandt. Er wollte nicht, dass Mitglieder des Schwarzen Ordens in Aldean eindrangen, und noch weniger wollte er, dass Felicity, die irgendwo allein und schutzlos unterwegs zur Grenze war, ihnen in die Hände fiel.

Jack war sich, nachdem er das Fehlen des Geldbeutels und der Karte entdeckt hatte, sicher, dass sie zur

239

Nordgrenze wollte und so hatte er beschlossen so schnell wie möglich ebenfalls zu dem Grenzposten zu reisen und nach ihr zu suchen. Ursprünglich hatte er vorgehabt zuerst noch einige organisatorische Dinge zu klären, die die Stadt betrafen, bevor er sich der Armee anschloss. Doch die Sorge um die Banshee hatte ihn seine Pläne ändern lassen. Er wollte sie zurück in der Sicherheit seines Schlosses wissen und machte sich Vorwürfe, dass er nicht besser auf sie geachtet hatte.

Seinetwegen war sie überhaupt erst in diese Situation geraten. Er war es gewesen, der ihr von dem Schwarzen Orden erzählt hatte und dass sie eine Banshee war. Aber selbst wenn Madenion sie nicht nach Aldean gebracht hätte, früher oder später wäre sie dem Ruf ihres Blutes gefolgt und hätte einen Weg in sein Land gefunden.

Außerdem war Jack froh, Felicity kennengelernt zu haben. Ihm war es nie möglich gewesen, zu vergessen, dass königliches Blut in seinen Adern floss. Die Banshee dagegen hatte ihn stets wie einen ganz normalen Menschen behandelt, auch nachdem sie erfahren hatte, dass er der zukünftige König von Aldean war.

Doch das war nicht der einzige Grund, warum er glücklich war, ihr begegnet zu sein. Schon als er die Banshee zum ersten Mal gesehen hatte, hatte er sich in sie verliebt. Er würde alles tun, um sie zu beschützen, auch nachdem er herausgefunden hatte, dass sie es gewesen war, die das Ordensmitglied im Kerker ermordet und den Wächter niedergeschlagen hatte.

Als König war es ihm ein Leichtes gewesen, dafür

zu sorgen, dass der Wachmann seinen Mund hielt. Der bevorstehende Krieg war im Augenblick ohnehin wichtiger als eine verletzte Wache und ein Fall von Selbstjustiz gegen einen Feind Aldeans.

Die Grenzwächter und Ritter waren inzwischen mit Blick auf den Grenzübergang in Formation gegangen. Jack ließ seine eigenen Krieger, die noch immer auf den Rücken ihrer Pferde saßen, hinter ihnen Aufstellung nehmen und ritt dann nach vorn zu den Grenzwächtern.

»Die Schatten haben sich über Nacht in rote Nebel verwandelt«, erstattete Madenion dem König Bericht. »Der Orden muss einen Weg gefunden haben, sie zu manipulieren, und das waren die ersten Anzeichen. Aber nun verblassen sie und ich fürchte, sie werden jeden Moment endgültig zusammenbrechen.«

Jack folgte dem Blick des Pegasus. »Wahrscheinlich geht der Orden, genau wie wir, am Grenzposten auf der anderen Seite in Stellung und wartet nur darauf, dass sein Plan aufgeht. Wir müssen wachsam sein.«

Er wendete sein Pferd und brachte es neben Madenion zum Stehen. Schweigend standen sie nebeneinander. Niemand bewegte sich. Es war, als würden Statuen und nicht Lebewesen auf der Ebene vor dem Grenzübergang verharren. Sie warteten auf die Feinde Aldeans.

Madenion sah direkt in die Schatten. »Ich kann die Mitglieder des Schwarzen Ordens auf der anderen Seite sehen«, wisperte er Jack zu. »Es wird nicht mehr lange dauern, bis sie verschwinden, also ich meine natürlich die Schatten, nicht die Anhänger des

Schwarzen Ordens.« Die Angst in seiner Stimme war deutlich zu hören.

»Wie viele?«, fragte Jack so leise zurück, dass nur der Grenzwächter ihn hören konnte.

Auch er fürchtete sich vor dem, was bald geschehen würde, doch das durfte er sich nicht anmerken lassen. Er musste Zuversicht ausstrahlen und seinen Männern ein Vorbild sein. Er hätte es vorgezogen, als Prinz in diesem Krieg zu kämpfen. Noch immer hatte er sich nicht daran gewöhnt, dass er nun die Befehlsgewalt über all diese Männer hatte. Es wäre ihm um einiges lieber gewesen, wenn sein Vater sie alle geführt hätte. Doch nun war es seine Verantwortung und er würde mit seinen Gefolgsleuten siegen oder mit ihnen auf diesem Schlachtfeld sterben.

»Viele! Sehr viele, aber ich konnte nicht alle sehen. Es könnten ein paar hundert, aber auch ein paar tausend sein.« Der Pegasus war sichtlich verärgert über die Tatsache, dass er seinem König keine genauen Informationen geben konnte.

»Alle sollen sich bereithalten«, wandte sich Jack an einen seiner Oberbefehlshaber, der sofort losritt, um die anderen zu informieren.

Die Soldaten erwachten aus ihrer Starre und nahmen eine gespannte Haltung ein. Schilde wurden in Position gebracht, Rüstungen überprüft, Bogen gespannt und Schwerter gezogen, denn nun konnten alle die Krieger des Schwarzen Ordens auf der anderen Seite der Schatten sehen. Sie trugen schwarze Umhänge und hatten ihre Gesichter mit Tüchern verhüllt. Außerdem hatten sie Brustpanzer aus Leder angelegt, auf die seltsame Runen in weißer und roter

Farbe gemalt waren. Ihre Waffen bestanden aus Speeren und Bögen und viele hielten Schwerter mit gezackten Klingen in den Händen, andere waren mit Krummsäbeln bewaffnet.

Die Natur hielt den Atem an. Es schien, als hätte es sogar der Wind vorgezogen, zu verschwinden, bevor der Krieg begann, und sicher hätte es ihm der eine oder andere Mann Aldeans gern gleichgetan. Doch niemand rührte sich. Die Anspannung war nun fast greifbar. Völlige Stille lag über den wartenden Männern. Nur ab und an war das Schnauben der Pferde, ein Quietschen oder das Klappern von Metall zu hören, während aus der Ferne, von der anderen Seite der Grenze, das dumpfe Schlagen von Trommeln erklang. Und das unheilvolle Dröhnen wurde mit der Zeit immer bedrohlicher und lauter.

Die Schatten waren jetzt nur noch ein leichtes Flackern in der Luft, und als der erste Feind seinen Fuß über die Grenze setzte, brachen sie endgültig in sich zusammen. Einen Moment schien die Zeit stillzustehen, dann brach die Hölle los.

Die Welle der Angreifer überschwemmte den nördlichen Grenzposten. Mit ihren Speeren erwischten sie zuerst die Reiter in den hintersten Reihen, während die Grenzwächter und Krieger an der Front von den feindlichen Schwertkämpfern überrannt wurden.

Die Männer des Ordens schienen sich wie Ungeziefer zu vermehren. Doch der Strom an Angreifern aus der Dunklen Welt attackierte nicht nur diesen Grenzposten. Überall strömten die Feinde nach Aldean, während der König und seine tapferen Männer allerorts gegen die Übermacht ankämpften, um so viele

Eindringlinge wie möglich zu töten.

Niemals hatte Jack vorgehabt einen Kampf in Aldean zu führen, wo die Erde seines Reiches mit dem Blut seiner eigenen Leute getränkt wurde, doch die Dunkle Welt ließ ihm keine Wahl. Er musste die unschuldigen Bewohner Aldeans beschützen, indem er das Leben seiner Kämpfer auf den Schlachtfeldern opferte. Als König war er für sein Land verantwortlich. Kein Mitglied des Schwarzen Ordens sollte ins Innere seiner Welt vordringen und seine unschuldigen Untertanen ermorden oder versklaven.

Also jagte Jack selbst sein Pferd unermüdlich über das Schlachtfeld. Nachdem er einem Ordensmitglied den Kopf abgeschlagen hatte, nahm er sich das nächste vor. Er war ein fähiger Krieger, aber es war das erste Mal in seinem Leben, dass er gegen mehr als nur eine Handvoll Männer kämpfte.

Doch das Adrenalin strömte durch seine Adern und voller Wut griff er einen Feind nach dem anderen an.

Neben seinem Wunsch, die Bewohner von Aldean zu beschützen, wurde er auch von seiner Rache getrieben. Er wollte sie für den Tod seines Vaters büßen lassen und für den von Lucius und der Jägerin.

Der Boden war bedeckt mit den Leichen der Gefallenen und den Körpern der Verletzten.

Jack kniete inmitten der Menge, ohne sich erinnern zu können, wann genau er vom Pferd gefallen war. Doch er wusste, dass zu viele Mitglieder des Schwarzen Ordens dieses Massaker überlebt hatten und nun in Aldean unterwegs waren. An die anderen Grenzposten wollte er lieber gar nicht erst denken, denn im

Moment fehlte ihm einfach die Kraft dazu. Sein Schädel brummte und als er sich mühsam aufrappelte, schwankte er.

Nein, bevor er die Verfolgung aufnehmen konnte, mussten erst die Verwundeten versorgt werden und er und seine Männer mussten zu Kräften kommen. Es würde nichts bringen, die Feinde jetzt Hals über Kopf zu jagen, ohne jegliche Formation und ohne Strategie.

Die Schatten waren gefallen und hinter der Grenze konnte er die Dunkle Welt sehen. Dort war es gerade ruhig, doch er befürchtete, dass schon bald noch mehr Mitglieder des Schwarzen Ordens und vielleicht auch andere Monster aus der Welt seiner Feinde nach Aldean kommen würden.

Es war Jacks erster Kampf im beginnenden Krieg gewesen und er wusste, dass es sicher nicht sein letzter sein würde. Jetzt hatte er jedoch keine Angst mehr, denn er wusste, dass er kämpfen konnte, und er würde sich nicht besiegen lassen. Niemals würde er, der König, seine Welt dem Schwarzen Orden überlassen. Er würde alles tun, was nötig war, um seine Untertanen zu beschützen, selbst wenn es ihn das Leben kostete.

20. Kapitel

Die Tage vergingen und noch immer folgte der Kelpie mir durch die Wildnis von Aldean.

»Warum verfolgst du mich eigentlich immer noch?«, fragte ich.

Seine Anwesenheit weckte gemischte Gefühle in mir. Einerseits war ich froh über die Gesellschaft, andererseits löste er auch immer noch ein Gefühl des Unbehagens in mir aus, das ich nicht richtig einordnen konnte. Ich hatte zwar keine Angst vor ihm, doch irgendetwas an ihm ließ mir manchmal einen kalten Schauer über den Rücken rieseln.

»Ich verfolge dich nicht.« Seine Stimme war vollkommen ernst.

»Was tust du dann?«

»Ich passe auf dich auf! So ein hübsches junges Mädchen wie du kann doch nicht allein durch den Wald marschieren.« Der Kelpie sah mich direkt an, während er neben mir herlief, und ich hatte das Gefühl, dass er sich über mich lustig machte.

»Du bist ein Kelpie, was schert es dich? Bist du nicht normalerweise froh, wenn du die Leute allein antriffst?« Noch immer war ich manchmal ein wenig genervt von ihm, musste aber zugeben, dass ich ihn wahrscheinlich auch vermisst hätte, wenn er verschwunden wäre. Trotzdem war ich vorsichtig. Immerhin konnte es gut sein, dass seine Triebe doch noch überhandnahmen und er mich in die Tiefen des Flusses verschleppte.

»Hab ich nicht gesagt, dass ich keine Banshees fresse? Menschen schmecken gut, aber Banshees sind so tot ...«, murrte der Kelpie beleidigt.

»Tot?! Was soll das denn bitte heißen?« Ich stoppte abrupt.

»Wusstest du das nicht?« Er blieb ebenfalls stehen.

»Was soll ich nicht wissen?« Ich sah ihn irritiert an und hatte das Gefühl, als wäre mir etwas Wichtiges entgangen.

»Banshees sind Geister.« Ich hatte das Gefühl, dass er meinem Blick auswich und über meine Schulter hinweg in den Wald sah.

»Was soll das denn heißen? Ich bin nicht gestorben und ganz sicher bin ich kein Geist!« Das war unmöglich, schon deshalb, weil ich Dinge anfassen konnte und mich absolut lebendig fühlte. Die Wut regte sich in meiner Brust. Warum machte er nur diese albernen Andeutungen, ohne sie mir genauer zu erklären? Was wusste er über mich und die Banshees, was ich nicht wusste? Konnte man mir nicht einfach mal alles erzählen, was wichtig war, statt nur winzige Fetzen hinzuwerfen?

»Doch, bist du! Nur kein üblicher«, behauptete der Kelpie. »Aber das wäre jetzt viel zu kompliziert, um es dir zu erklären. Die Geschichte hebe ich mir für ein anderes Mal auf.«

Langsam begann ich zu kochen. Am liebsten hätte ich ihm den Hals umgedreht. Warum erklärte er es mir nicht einfach? Dachte er, ich wäre zu dumm, um es zu verstehen? Zornig wandte ich mich von ihm ab und lief weiter. In meinem Kopf konnte ich sein leises Lachen hören, doch ich ignorierte es. Auch er sagte nun nichts mehr und meine Wut verflüchtigte sich langsam. Wieder einmal fragte ich mich, ob ich nur deshalb so schnell in Rage geriet, weil Banshee-Blut in meinen Adern floss.

Schweigend setzten wir unseren Weg durch den Wald fort und ein anderer Gedanke schoss mir durch den Kopf. Was würde passieren, wenn wir ein Dorf erreichten? Würde der Kelpie die Bewohner angreifen? Würde er sie in den Fluss schleppen und fressen? Und was war, wenn ich mich vom Fluss entfernte? Würde mir der Wasserdämon dann auch noch folgen? Konnte er das überhaupt?

Am liebsten hätte ich es ausprobiert, schon rein aus Neugier. Doch der Fluss war meine einzige Orientierungshilfe auf meiner Reise. Wenn ich in den Wald lief, würde ich mich wahrscheinlich hoffnungslos verirren und nie an dem Grenzposten ankommen. Das wollte ich nicht riskieren, um keinen Preis.

Plötzlich durchfuhr ein schrecklicher Schmerz meinen Kopf und ich hörte meinen eigenen Schrei, so als würde er aus weiter Ferne zu mir dringen. Ich fiel auf die Knie und fühlte den weichen Waldboden unter mir. Er fing mich auf und sorgte dafür, dass ich mir nicht die Knie und Hände aufschlug. Kraftlos ließ ich mich in das Moos sinken. Ich wartete darauf, dass der Schmerz nachließ, doch ich hatte eher das Gefühl, dass er noch schlimmer wurde.

Ich spürte, dass der Kelpie direkt neben mir stand, aber ich konnte mich nicht auf ihn konzentrieren, denn ich war in einem dichten Nebel aus Schmerz gefangen. Lichtpunkte tanzten vor meinen Augen und ich spürte, wie die Kraft aus meinem Körper wich.

»Hallo, Felicity.«

Das war definitiv nicht die Stimme meines Begleiters, das erkannte ich sofort. Die Stimme war eisig und verschlimmerte meine Kopfschmerzen noch um ein Vielfaches. Ein Wimmern kam aus meinem Mund, aber ich war unfähig, mich zu bewegen. Der Schmerz lähmte mich und Angst stieg in meiner Brust auf.

»Bald werden wir uns wiedersehen. Ich freue mich schon sehr darauf. Du hast keine Chance gegen mich, vergiss das nicht. Und diese erbärmlichen Bewohner von Aldean auch nicht. Sie sind so lächerlich schwach. Ich werde diese Welt erobern. Schon sehr bald, wird sie mein sein. Ihr könnt nicht gewinnen.«

Die eisige Stimme schnitt in mein Gehirn und der Schmerz war nicht mehr auszuhalten. Ich schrie. Ich wollte vor dem Schmerz weglaufen, doch noch immer konnte ich mich nicht bewegen. Nach einer gefühlten Ewigkeit wurde ich ohnmächtig und war endlich von der Pein erlöst.

»Felicity? Felicity?«

Ganz langsam drang die Stimme des Kelpies in mein Bewusstsein. Als ich die Augen öffnete, hatte ich das Gefühl, als würde jede Zelle meines Körpers schmerzen. Doch ich biss mir auf die Unterlippe. Ich hatte genug Schwäche gezeigt. Jetzt wollte ich unbedingt wieder stark wirken. Auch wenn der Kelpie wahrscheinlich sowieso wieder in meinem Kopf war und alles mitbekam.

»Hmm.« Ich versuchte, etwas zu sagen, aber es gelang mir nicht.

»Was war denn auf einmal los? Es war, als wären deine Gedanken eingefroren! So etwas habe ich noch nie erlebt.« Die Stimme des Wasserdämons klang richtig besorgt und erneut überraschte es mich, ihn so zu erleben. Er wirkte tatsächlich so, als hätte er Angst um mich gehabt.

Da ich noch immer nicht fähig war, zu erklären, was mit mir passiert war, erinnerte ich mich einfach an die schreckliche Stimme. Ich wusste ja, dass der Kelpie meinen Gedanken folgen würde.

»Das muss jemand aus der Dunklen Welt gewesen sein. Sie scheinen einen Telepaten zu haben. Das erklärt auch, wie sie den einen Grenzwächter dazu überreden konnten, die Grenze nach Aldean für sie zu öffnen.«

Er wirkte nachdenklich.

Vorsichtig und mit zitternden Gliedmaßen, setzte ich mich auf. Ich zog die Feldflasche aus meinem Rucksack, brauchte aber einige Augenblicke, um sie zu öffnen. Meine Hände zitterten heftig und rutschten immer wieder von dem Verschluss ab. Als es mir endlich gelang, einen Schluck zu trinken, seufzte ich erleichtert. Das Wasser war kalt und tat mir gut. Meine Kopfschmerzen ließen etwas nach und ich schaffte es, aufzustehen. Ich atmete einmal tief durch und schloss für einen Moment die Augen.

»Wir … wir müssen ihn aufhalten.«

Meine Stimme brach und ich spürte, wie ich erneut

das Gleichgewicht verlor. Im letzten Moment schaffte ich es noch, mich zu fangen.

»Ruh dich erst einmal aus«, riet mir der Kelpie. Noch immer hörte ich die Sorge in seiner Stimme. Meine Verwunderung darüber hielt an, aber ich drängte sie in den Hintergrund. Es gab jetzt Wichtigeres, als über seine unerwartete Fürsorge nachzudenken.

»Nein!« Ich wollte mich nicht ausruhen, ich musste weiter. Als ich jedoch versuchte, meinen Rucksack aufzuheben, wurde mir erneut schwindelig und ich sank auf die Knie. Ich biss die Zähne zusammen und atmete ein weiteres Mal tief durch, während ich meine körperliche Schwäche verfluchte.

»So kannst du weder reisen noch kämpfen. Oder willst du, dass ich dich trage?« Neugierig blickte der Kelpie mich an.

»Vergiss es, ich setze mich bestimmt niemals auf deinen Rücken!«, keuchte ich. Doch meine Ablehnung war längst nicht mehr so stark, wie ich vorgab.

»Jetzt hab dich doch nicht so. Wie oft soll ich dir denn noch sagen, dass ich dich auf keinen Fall fressen werde? Ich meine, hätte ich es nicht schon längst getan, wenn das wirklich mein Plan gewesen wäre?«

Ich wusste, dass er recht hatte. Schließlich hatte er genug Gelegenheiten dazu gehabt, mich in den Fluss zu entführen. Zum Beispiel, wenn ich geschlafen hatte oder auch, als ich eben ohnmächtig gewesen war.

Ich gab nach und er kniete sich netterweise hin, damit ich auf seinen Rücken klettern konnte. Sein Fell war nass und kalt, doch das störte mich nicht. Die

Kälte vertrieb den letzten Rest Müdigkeit und Schwäche aus meinem Körper und sorgte dafür, dass ich
freier denken konnte.

Aldean war in Gefahr, das wusste ich nun. Ich
musste Jack sagen, dass der Schwarze Orden wahrscheinlich einen Telepaten hatte. Doch wie sollte ich
ihn finden? Bestimmt war er inzwischen auch auf
dem Weg zu einer der Grenzen. Aber zu welcher? O-
der suchte er womöglich nach mir?

»Wenn du von einem Telepaten eine Botschaft
empfangen kannst, heißt das, dass er in Aldean ist.
Die Telepathie funktioniert nur innerhalb der Welten
und nicht über ihre Grenzen hinweg. Das bedeutet,
dass die Schatten gefallen sind und der Schwarze
Orden bereits in Aldean eingedrungen ist. Obwohl
ich nicht weiß, warum er gerade mit dir Kontakt aufgenommen hat. Versteh mich nicht falsch, aber
eigentlich wäre es logischer, solch eine Drohung an
den König zu richten.« Der Kelpie sprach schnell und
ich hatte Mühe ihm zu folgen. Offenbar war ich noch
nicht wieder komplett fit.

»Egal warum, wir müssen zum König.« Meine
Stimme klang noch immer ein wenig brüchig. Nachdenklich sah ich in den Wald hinein. »Hast du vielleicht eine Idee, wie wir ihn finden können?«

»Nun, vermutlich an einem der Grenzposten.
Wahrscheinlich an der Nordgrenze, an der auch sein
Vater gefallen ist. Der Schwarze Orden könnte auf
der anderen Seite einen Stützpunkt haben. Da er dort
schon einmal eingefallen ist, könnte er von da aus
Aldean erneut angreifen.«

Ich wusste nicht, woher der Kelpie seine Informationen hatte, und ich fragte auch nicht nach. In diesem Moment war das nicht wichtig.

»Wie schnell können wir dort sein?«

»Wenn du nichts gegen Geschwindigkeit hast, dann sehr schnell.«

Nein, Tempo hatte mir noch nie etwas ausgemacht. Der Kelpie beschleunigte sofort in einen schnellen Galopp, um gleich darauf den Waldweg zu verlassen und über die schimmernde Wasserfläche des Flusses zu gleiten. Seine Hufe schienen das Wasser gar nicht zu berühren und sein sanfter, wellenartiger Gang gab mir das Gefühl zu fliegen. Es war ein wenig wie auf Mads Rücken und doch vollkommen anders. Ich konnte dieses neue, verrückte, schwebende Gefühl gar nicht in Worte fassen. Es war einfach nur unbeschreiblich schön. Das Unbehagen, das ich dem Kelpie gegenüber empfunden hatte, war von dem brausenden Wind, der mich umgab, davongeblasen worden.

Doch irgendwann forderte der Tag seinen Tribut. Meine Augen wurden immer schwerer und schließlich schlief ich auf dem Rücken des Kelpies ein.

Ich träumte, dass ich an einem See in Schottland stand. Ein langes, altmodisches Spitzenkleid umwehte mich wie eine sanfte Brise, und auch wenn ich es an der Umgebung nicht erkennen konnte, wusste ich doch, dass ich mich im 18. Jahrhundert befand.

Die Sonne neigte sich dem Horizont entgegen. Sie ließ den Himmel in den schönsten Rosa- und Orange-Tönen erglühen, und am Firmament glänzten die ersten Sterne.

Ein platschendes Geräusch lenkte meinen Blick wieder auf den See. Zu meinem Erstaunen tauchte ein Rappe an der Wasseroberfläche auf. Er schüttelte seine wallende Mähne, während er aus dem Wasser an Land stieg, und langsam auf mich zukam. Das Seewasser tropfte aus seinem Fell und er sah mich direkt an. Er kam immer näher und blieb schließlich vor mir stehen.

Ein Lächeln schlich sich auf meine Lippen und ich strich über sein nasses Fell. Dann nahm ich die Zügel in die Hand und schwang mich auf seinen Rücken. Ich wollte die Chance nutzen und nach Hause reiten. Zu Fuß dauerte der Weg einige Stunden und auf einem Pferd würde ich vielleicht ankommen, bevor es vollkommen dunkel war.

Sofort umschlang mich die Mähne und ich schrie auf, während das Tier angaloppierte und mit mir auf seinem Rücken auf den See zu hielt. Schon spritzte das Wasser gegen meine Beine, dann war es an meiner Hüfte, und als es mir bis zum Hals ging, wusste ich, dass es kein Entkommen gab. Ich war die Gefangene eines Dämons. Er würde mich mit in sein dunkles Wasserreich nehmen, wo ich den Tod finden würde.

Das Wasser war überall und ich spürte, dass ich keine Luft mehr bekam. Langsam wich auch das letzte bisschen Luft aus meinen Lungen und mit ihm das Leben aus meinem Körper. Um mich herum wurde es schwarz und eiskalt.

Erschrocken fuhr ich aus dem Schlaf und wäre fast vom Rücken des Kelpies gefallen.

»Hast du wirklich so viel Angst vor mir, dass du schon Albträume bekommst?« Er klang belustigt.

Ich ignorierte ihn und nahm meine Feldflasche aus dem Rucksack, um einen Schluck zu trinken.

Die Abenddämmerung brach langsam über uns herein und ich fragte mich, wie lange ich geschlafen hatte. War es wirklich nur ein Albtraum gewesen oder vielleicht doch wieder eine Vision? Nein, ich war mir sicher, dass mein Traum in der Vergangenheit gespielt hatte, also war er mit hoher Wahrscheinlichkeit Ersteres. Mein Unterbewusstsein beschäftigte sich wohl einfach noch sehr mit den ganzen Geschichten, von denen ich gehört oder gelesen hatte, und das spiegelte sich nun in meinen Träumen wider.

Etwas später lichtete sich der Wald zu unserer Linken und ab und zu zogen einige Dörfer an uns vorbei. Der Kelpie hielt jedoch nicht an und ich bat ihn auch nicht darum. Ich wollte einfach nur so schnell wie möglich zu Jack, wollte an seiner Seite sein, wenn der Krieg begann. Ich wollte an der Seite meines Königs kämpfen. Doch vor allem wollte ich ihn wiedersehen, wissen, dass es ihm gut ging, auch wenn ich Angst davor hatte, was er zu dem toten Gefangenen und meinem Angriff auf den Wächter sagen würde.

Ich hatte ein Verbrechen begangen, das war mir klar. Selbst wenn Jack mich dafür nicht verurteilte, würde er mich in seiner Funktion als König wahrscheinlich bestrafen müssen. Ich hoffte nur, ihn davon überzeugen zu können, dass ich meine Strafe erst nach dem Krieg antreten musste. Wenn ich meine

Eltern und Freundinnen erst gerächt hatte, war mir egal, was mit mir geschah, schließlich hatte ich sonst niemanden mehr. Jack wusste nichts von meinen Gefühlen für ihn und ich glaubte auch nicht, dass er etwas für mich empfand, das über Freundschaft hinausging. Nein, ich war allein in dieser Welt und auch in allen anderen.

21. Kapitel

Am folgenden Nachmittag erreichten wir eine kleine Stadt. Der Fluss lief direkt durch sie hindurch und der Kelpie blieb etwa zweihundert Meter vom Stadtrand entfernt stehen.

»Der König ist hier. Schaffst du es, ihn allein zu finden?«

Ich war verblüfft, wie er es geschafft hatte, den Aufenthaltsort des Königs ausfindig zu machen. Doch ich fragte ihn nicht danach. Dafür war ich viel zu aufgeregt. Endlich würde ich Jack wiedersehen.

»Klar.« Schnell sprang ich vom Rücken des Kelpies herunter.

»Bis nachher.« Er tauchte in die Fluten ab und ich machte mich auf den Weg in die Stadt.

Die Nachmittagssonne schien heiß auf mich herab und ich war froh, als ich den Schatten der Häuser erreichte. Ich hoffte, dass ich Jack schnell finden würde. Jedoch wusste ich nicht, wo ich mit meiner Suche anfangen sollte.

Am Stadtrand kam eine alte Frau auf mich zu und lächelte mich an. »Es ist nicht gut, wenn ein junges Mädchen wie du allein unterwegs ist. Es sind gefährliche Zeiten in Aldean. Gefährliche Zeiten.«

Sie trug ein geflicktes Kleid, doch sonst sah sie gepflegt aus. Ihre Haare waren zu einem ordentlichen Zopf zusammengebunden und sie selbst und ihre

Kleidung waren sauber. In der einen Hand trug sie einen Korb mit Essen. Als sie sah, wie ich es hungrig betrachtete, brach sie ein Stück Brot von einem Laib für mich ab.

Ich schenkte ihr ein dankbares Lächeln, und sie erwiderte es.

»Kann ich dir sonst noch irgendwie helfen?«

»Ist der König hier?«

»Ein junges Mädchen, das allein reist und unseren König sucht ...«, murmelte sie nachdenklich vor sich hin, während ich ungeduldig auf eine Antwort wartete.

»Der König ist im Gasthaus. Ich kann dich hinbringen, Kleines, wenn du willst. Aber bist du dir sicher, dass du in diesen schmutzigen Sachen unserem König gegenübertreten willst?« Sie betrachtete mich prüfend und nun auch mit etwas Abscheu.

»Das ist kein Problem«, versicherte ich ihr und behielt mein freundliches Lächeln.

»Wenn du das sagst. Ist ja deine Sache, wie du dem König unter die Augen treten willst.« Ihre Antwort klang etwas schnippisch, aber die alte Frau reichte mir dennoch eine Flasche Wasser, die ich dankend annahm.

Ich hatte das Gefühl, als hätte sie Mitleid mit mir. Wenn sie wüsste, dass ich den König schon einige Zeit kannte, würde sie sicher Augen machen.

»Komm mit, Mädchen«, forderte sie mich auf und ging voran durch leere Gassen.

»Wo sind denn alle?« Es wunderte mich, dass niemand unterwegs war und einige der Häuser verlassen wirkten.

»Die Männer sind fast alle in den Krieg gezogen und die Frauen und Kinder, die noch hier sind, bleiben lieber in ihren Häusern. Dort ist es sicherer. Ich bin nur hier draußen, weil ich meinen Enkeln etwas zu essen bringen wollte.« Etwas zittrig hob sie ihren Korb hoch, wie um ihre Worte zu bestätigen.

Wenig später blieben wir vor einem Gasthaus stehen, aus dem Stimmen nach draußen drangen. Ich bedankte mich bei der Frau und klopfte an die Tür. Noch bevor die Tür vollständig geöffnet worden war, war die alte Frau schon hinter der nächsten Hausecke verschwunden.

Ich trat ein, brauchte jedoch einen Moment, um mich an das dämmrige Licht im Inneren zu gewöhnen. Die Luft war abgestanden und roch nach Schweiß, Alkohol und gebratenem Fleisch.

»Wie kann ich dir helfen?« Ein älterer Mann mit einem rundlichen Bauch stand vor mir, offenbar der Wirt, und sah mich fragend an.

»Ich suche den König.«

Er hatte keine Zeit, um mir zu antworten, denn eine bekannte Stimme unterbrach ihn. »Felicity?«

Sofort schlug mein Herz schneller, als ich Jack in der Ecke an einem der Tische entdeckte. Die dunklen Ringe unter seinen Augen zeugten davon, dass er schon einige Tage nicht mehr geschlafen hatte, doch als er aufstand und auf mich zu kam, lächelte er und seine Augen strahlten.

»Mein König ...«, begann der Mann, der mich hereingelassen hatte, doch er wurde von Jack unterbrochen.

»Bring dem Mädchen etwas zu essen und auch zu

trinken. Und dann mach ihr ein Zimmer fertig. Und ihr anderen,«, Jack warf den Männern, die mit ihm an dem Tisch gesessen hatten, einen auffordernden Blick zu, »lasst uns allein!«

Mit einer etwas ungelenken Verbeugung humpelte der Wirt, der wohl eine Verletzung an seinem Bein hatte davon. Die Männer am Tisch erhoben sich ebenfalls und verließen den Schankraum.

»Wie kommst du denn hierher?« Jack hatte sich wieder zu mir gewandt und machte eine einladende Handbewegung zu dem freien Tisch.

»Lange Geschichte.«

»Dann bin ich gespannt, sie beim Essen von dir zu hören«, antwortete er, während er sich am Kopf der Tafel niederließ.

Ich wählte den Platz zu seiner Rechten und beobachtete den Wirt, der mit einem Becher und einem Teller zurückgekehrt war und an unseren Tisch trat. Dabei entging mir nicht der abschätzige Blick, den er mir zuwarf. Er stellte das Wasser und den Teller, der mit Fleisch und Brot beladen war, vor mir auf den Tisch und humpelte dann zur Tür, um den Riegel vorzuschieben. Seine Anspannung und die Angst vor einem bevorstehenden Angriff waren deutlich zu spüren.

Da ich schlecht essen und gleichzeitig reden konnte, bat ich Jack, zuerst zu erzählen, was seit meiner »Abreise«, oder besser gesagt, seit meiner heimlichen Flucht aus dem Schloss geschehen war. Als er mir von den Ereignissen an der Nordgrenze berichtete, erschrak ich, besonders als ich hörte, dass Mad dort gewesen war und gekämpft hatte.

»Keine Sorge, es geht ihm gut«, beruhigte mich Jack.

»Und dir ist zum Glück auch nichts geschehen«, flüsterte ich erleichtert, sah aber schnell auf meinen Teller, als ich dem erstaunten Ausdruck seiner braunen Augen begegnete. Ich hörte, wie er sich räusperte, und sah aus den Augenwinkeln, wie er nach seinem Becher griff und einen hastigen Schluck daraus nahm.

»Jetzt bist du dran, Felicity. Erzählst du mir, warum du einfach so verschwunden bist? Ehrlich gesagt, hast du mir einen ziemlichen Schrecken eingejagt.«

»Tut mir leid«, murmelte ich und meinte es auch so. »Ich konnte einfach nicht untätig herumsitzen. Vor allem, nachdem das mit Amelia passiert ist.«

»Darum hast du auch den Wächter niedergeschlagen und das Ordensmitglied getötet?« Jack musterte mich wachsam.

Erst wusste ich nicht, was ich ihm darauf antworten sollte. »Ich hoffe, dem Wachposten geht es wieder gut?«, startete ich einen schwachen Versuch, mich zu entschuldigen. Dass ich den Mann, der nur seine Pflicht getan hatte, hatte verletzen müssen, tat mir immer noch leid, aber ich hatte ja keine Wahl gehabt.

»Ja, er hat seinen brummenden Schädel ziemlich schnell vergessen und ich habe dafür gesorgt, dass er auch alles andere aus seinem Gedächtnis streicht.«

Überrascht sah ich ihn an.

»Es ist niemand in den Kerkern ermordet worden«, teilte er mir mit. »Und jetzt lass uns bitte nie wieder darüber reden. Erzähl mir lieber, wie es dir ergangen ist, nachdem du das Schloss verlassen hast.«

Ich musste schlucken. Jack hatte meinen Mord vertuscht, um mich vor einer Strafe zu bewahren. So etwas tat nur ein wahrer Freund. Vielleicht war ich ja doch nicht so allein, wie ich gedacht hatte. »Danke«, flüsterte ich und schluckte den Kloß hinunter, der sich in meiner Kehle gebildet hatte. Um mich abzulenken, erzählte ich ihm von meiner Reise. Bei der Erwähnung des Kelpies sah ich kurz Sorge in Jacks Gesicht, doch dann lachte er schallend, während ich ihm unsere nervigen Unterhaltungen in aller Ausführlichkeit schilderte.

Überhaupt hörte er geduldig zu und unterbrach mich kein einziges Mal. Als ich schließlich zu meinem unheimlichen Traum und der eisigen Stimme kam, runzelte er die Stirn und wirkte plötzlich sehr ernst. »Du hast mir bestätigt, was wir befürchtet hatten. Sie haben mindestens einen Telepathen auf ihrer Seite. Das macht es nicht gerade leichter für uns, aber wir werden sie trotzdem besiegen.« Jack ballte seine Fäuste und seine Stimme klang jetzt zornig. Als er mich jedoch ansah, wurde sein Ausdruck wieder sanft. »Ich weiß, dass du am liebsten sofort in den Krieg ziehen würdest, aber ich möchte dir einen anderen Vorschlag machen ...«

»Ist dir vielleicht mal aufgefallen, dass du mich sowieso nicht aufhalten kannst?« Jetzt war es an mir, ärgerlich die Stirn zu runzeln.

Wollte er immer noch nicht glauben, dass ich bereit dafür war, ihn und seine Männer in den Krieg zu begleiten? Was hatte er denn jetzt wieder vor? Wollte er mich etwa zurück ins Schloss schicken?

Die Wut stieg in mir auf und ich musste feststellen, dass ich mich inzwischen an dieses Gefühl gewöhnt hatte.

»Würdest du mich bitte ausreden lassen?« In seiner Stimme lag die Autorität eines Königs.

Sofort verstummte ich und senkte den Blick erneut auf meinen Teller.

»Ich wollte dich eigentlich fragen, ob du und der Kelpie uns nicht begleiten wollt. Allerdings halte ich es noch immer für keine gute Idee, euch direkt mit in die Schlacht zu nehmen. Aber ihr könntet etwas anderes Wichtiges für uns tun. Ihr könntet Ordensmitglieder verfolgen, die vor uns fliehen. Nach dem letzten Kampf waren meine Männer und ich unfähig, dies selbst zu tun. Wir waren viel zu sehr damit beschäftigt, uns um die Verwundeten zu kümmern.«

Ich dachte einen Moment über seinen Vorschlag nach und kam zu dem Schluss, dass die Idee gar nicht so schlecht war. »Warum änderst du auf einmal deine Meinung? Ich dachte, du willst mich nicht in diesem Krieg dabeihaben?«

»Wie du selbst schon gesagt hast, ich kann dich sowieso nicht daran hindern, dich einzumischen. Es sei denn«, fügte er mit einem Grinsen hinzu, »ich würde dich einsperren, was ich natürlich nicht vorhabe.« Doch dann wurde er wieder ernst. »Außerdem können wir wirklich jede Unterstützung gebrauchen.«

Sein Sinneswandel freute mich und ich war erleichtert über den Verlauf, den unserer Wiedersehen genommen hatte. Daher nickte ich.

»Ich werde den Kelpie fragen. Ihn betrifft das Ganze ebenfalls. Er riskiert ja schließlich sein Leben, wenn er mir weiterhin hilft.«

»In Ordnung. In den nächsten Tagen werden sich Männer aus der Umgebung hier in der Stadt sammeln, um mit mir in den Krieg zu ziehen, sofern sie sich noch nicht der Armee angeschlossen haben. Eine Stadt hier ganz in der Nähe wurde vom Schwarzen Orden erobert. Inzwischen werden ihnen sicher noch weitere Städte in die Hände gefallen sein. Doch sie ist die einzige, von der wir es ganz sicher wissen und die wir schnell erreichen können.«

Ich nickte wieder.

»Wir werden die Belagerung durchbrechen und die Stadt befreien«, erläuterte Jack mir seinen Plan.

»Und der Kelpie und ich?«

»Ihr reitet mit uns bis zur Stadt. Während des Kampfes wartet ihr außerhalb in eurem Versteck und könnt von da aus unsere Feinde verfolgen, die sich aus dem Staub machen wollen. Bis dahin ruhst du dich hier aus.« Jack machte eine kurze Pause, als würde er darauf warten, dass ich ihm zustimmte.

Doch ich schwieg. Eigentlich hatte ich überhaupt keine Lust, wieder zu warten, denn ich war voller Tatendrang. Aber wahrscheinlich hatte er recht. Ich sollte so ausgeruht wie nur möglich sein, und wer wusste schon, wann ich wieder ein Bett zur Verfügung haben würde.

»Komm, wir fragen den Wirt, ob dein Zimmer fertig ist.«

Jack stand auf und verschwand durch eine Tür im hinteren Teil des Gastraums. Ich erhob mich ebenfalls. Kurz darauf erschien Jack wieder in der Schankstube, gefolgt von seinen Leuten und dem Wirt.

266

Während Jack sich von mir verabschiedete, nahmen die Männer wieder ihre Plätze am Tisch ein und der Wirt ging zur Eingangstür. Er schob den Riegel zur Seite. »Ich bedauere, Miss, aber wir müssen Euch in unserem Haus gegenüber auf der anderen Seite einquartieren. Hier ist alles voll.« Er hielt mir die Tür auf.

Ich warf einen letzten Blick auf Jack, der sich wieder auf seinem Stuhl am Tischende niedergelassen hatte und bereits in ein Gespräch vertieft war, bevor ich dem Mann in die Gasse folgte.

»Ich habe leider keine Zeit, Euch Euer Zimmer zu zeigen. Geht einfach drinnen die Treppe hinauf und dann nehmt die erste Tür links.« Er zeigte auf ein kleines Haus gegenüber. »Bitte denkt daran, den Riegel vorzuschieben, damit niemand zu Euch hineingelangen kann. Die Tür hier werde ich offenlassen. Falls etwas ist.«

Mir fiel auf, wie nervös der Wirt war. Ohne eine Antwort abzuwarten, eilte er zurück ins Gasthaus und ließ mich allein.

Kopfschüttelnd wandte ich mich ab und ging zu dem Haus hinüber. Plötzlich umfassten mich zwei Hände von hinten.

Erschrocken schrie ich auf und wirbelte herum. Noch in der Drehung griff ich nach meinem Schwert, doch ich hatte es erst halb aus der Scheide gezogen, als ich kaltes Metall an meinem Hals spürte. Mein Herz raste und Adrenalin strömte durch meine Adern. Die Angst schnürte mir die Kehle zu, aber ich versuchte, sie zu unterdrücken, während ich in das bekannte Gesicht starrte. Es war die alte Frau, die so nett zu mir gewesen war und mich zum Gasthaus begleitet hatte.

Im Moment verhielt sie sich allerdings alles andere als freundlich, denn sie hielt mir ihr Messer an die Kehle. In ihren Augen lag ein wildes Funkeln, als sie versuchte, mich ins Haus zu drängen.

»Was wollt Ihr von mir?«, zischte ich sie an. Ich schob mein Schwert zurück in die Scheide. Mit einer Klinge an meinem Hals wollte ich sie lieber nicht unnötig provozieren.

Sie schien meine Geste als ersten kleinen Sieg zu deuten, denn sie grinste mich voller Hohn an.

Wut stieg in mir auf und ließ mich meine Vorsicht vergessen. Ich packte ihre Hand, die das Messer hielt, um die Waffe von meinem Hals wegzuschieben. Doch die Alte war überraschend stark. Einige Augenblicke rangen wir keuchend miteinander, dann gelang es mir, die Frau endlich von mir wegzustoßen. Mit Genugtuung sah ich, wie das Lächeln aus ihrem Gesicht verschwand. Bevor ich jedoch mein Schwert ziehen konnte, war sie wieder vor mir und das Messer klebte erneut an meiner Kehle. Diese Frau war eine viel bessere Kämpferin, als es auf den ersten Blick den Anschein hatte.

»Mein Meister will dich unbedingt sehen. So hübsch wie du bist, kann ich ihm das nicht mal verdenken.« Mit ihrer freien Hand strich sie mir über die Wange.

Angewidert drehte ich meinen Kopf weg.

Sie lachte. »Nun da ich dich gesehen habe, kann ich verstehen, dass er dich liebt. Vielleicht willst du es nicht wahrhaben, aber ihr seid füreinander bestimmt, mein Täubchen.«

Sie stand so dicht bei mir, dass ich ihre Worte ohne Probleme hören konnte, obwohl sie nur noch flüsterte. Ich spürte sogar ihren heißen Atem auf meiner Haut, der nach fauligem Obst stank.

Allerdings verstand ich nicht den Sinn ihres wirren Gefasels. Von wem redete sie? Wer war ihr Meister und was wollte er von mir? Die Fragen schwirrten wie in Dauerschleife durch meinen Kopf, doch ich schob sie beiseite und konzentrierte mich lieber darauf, wie ich ihr die Waffe abnehmen konnte.

Ein leises Türenknarren hinter uns veranlasste die Frau, mit mir im Arm abrupt herumzufahren, sodass die Messerklinge schmerzhaft in meine Haut schnitt.

Ich sah Jack aus dem Gasthaus kommen und mit seinem gezogenen Schwert auf uns zustürmen.

»Bleib wo du bist!«, schrie die Frau ihm mit schriller Stimme zu. Sie klang auf einmal richtig panisch.

»Lass das Mädchen los, du alte Hexe«, stieß Jack zwischen zusammengebissenen Zähnen hervor. Er fackelte nicht lange und machte mit seinem Schwert einen Ausfall nach vorn.

Einen Moment vergaß ich zu atmen, denn die Klinge seines Schwerts sauste nur Millimeter an meiner rechten Brust vorbei. Doch er hatte sich nicht verschätzt. Ich spürte, wie der Griff der Alten sich lockerte, und taumelte nach vorn. Als ich mein Gleichgewicht wiedergefunden hatte und mich umdrehte, lag die Frau am Boden. Sie starrte mich aus glasigen Augen an, die Hände auf ihre Brust gepresst, während sich der Stoff ihres Kleides rot färbte.

»Mein Meister wird dich finden, Mädchen! Und er

wird nicht erfreut sein, dass du nicht zu ihm gekommen bist!«

Ein irres Lachen entwich ihren Lippen, das in heftiges Husten überging. Mit einem letzten Röcheln schloss sie die Augen und ihr Kopf kippte auf die Seite.

Jack, der noch immer sein Schwert in der Hand hielt, griff nach meiner Hand und zog mich eilig zum Wirtshaus zurück.

»Mein König ...«

»Verriegele sofort die Tür und lass niemanden herein. Es hat einen Angriff gegeben«, unterbrach Jack den Ritter, der ihm gefolgt war.

Ich wurde von Jack in den Schankraum gezogen und dann eine schmale Treppe hinauf.

Kurz danach fand ich mich in einem Zimmer auf einem Bett wieder. Jack saß neben mir und wischte mit einem sauberen weißen Tuch das getrocknete Blut von meinem Hals.

»Der Schnitt ist zum Glück nicht tief«, hörte ich ihn murmeln.

»Ich dachte, es sei kein Zimmer mehr hier im Gasthaus frei.« Meine Bemerkung war ziemlich schwachsinnig, aber es war das Erste, was mir einfiel.

»Das ist auch so. Das hier ist meins. Ich hoffe, es stört dich nicht.« Er lächelte sein süßes schiefes Lächeln. »Ich meine, ich ... ich schlafe natürlich auf dem Boden. Du hast das Bett also ganz für dich allein.«

Bildete ich mir das nur ein, oder wurde er tatsächlich ein bisschen rot?

»Aber ich habe doch ein eigenes Zimmer. Außerdem ...«, nachdenklich betrachtete ich den Dielenboden, »... ist der Fußboden doch viel zu unbequem.«

»Der Boden ist gar kein Problem. Ich habe schon unter weitaus schlechteren Bedingungen übernachtet. Und du bleibst heute Nacht auf keinen Fall da drüben allein, Felicity.« Jacks Stimme hatte nun wieder seine Königsautorität angenommen, die keinen Widerspruch zuließ. »Wir wissen ja nicht, ob die Frau Helfershelfer hat. Hast du eine Ahnung, was sie überhaupt von dir wollte?«

Ich schüttelte den Kopf. »Sie hat mich einfach angegriffen. Und dann hat sie etwas von irgendeinem Meister gefaselt und gesagt, dass ihr Meister, wer auch immer das ist, mich sehen will und mich ... liebt.«

»Dich liebt?« Jack biss sich auf die Lippen, als ich nickte, und dann fing ich ganz plötzlich an zu zittern. Die Anspannung fiel mit einem Mal von mir ab und erst jetzt wurde mir richtig bewusst, wie nah ich dem Tod gewesen war.

Jack nahm mich in den Arm. »Vergiss, was dieses dumme alte Weib gesagt hat. Wahrscheinlich war sie einfach nur verrückt«, hörte ich ihn murmeln, während ich mich an ihn kuschelte und erschöpft meine Augen schloss.

Wie gern hätte ich geglaubt, dass er damit recht hatte. Aber tief in meinem Inneren wusste ich, dass die Worte doch etwas bedeuteten und dass ich herausfinden musste, was. Doch heute konnte und wollte ich nicht mehr denken. Nur daliegen und mich in Jacks Armen für diesen Augenblick sicher fühlen.

Verschlafen öffnete ich die Augen.

Ich lag allein in dem fremden Bett, vor dem mein Rucksack stand. Irgendwann musste jemand ihn hinaufgetragen haben.

Ich lächelte, als ich mich an Jack erinnerte, und daran, wie ich mich gefühlt hatte, während ich in seinen Armen gelegen hatte. Tatsächlich musste ich wohl auch darin eingeschlafen sein und es war wunderschön gewesen. Doch dann fiel mir der Grund dafür wieder ein.

Abrupt setzte ich mich auf und versuchte, mir die seltsamen Worte der Frau ins Gedächtnis zurückzurufen. Allerdings ergaben sie auch heute Morgen überhaupt keinen Sinn für mich und irgendwann gab ich es auf.

Stattdessen stand ich auf und legte den Riegel von innen vor. Falls Jack zurückkam, musste er mich ja nicht unbedingt in Unterwäsche vorfinden.

Eine halbe Stunde später ging ich gewaschen und mit sauberer Kleidung nach unten, wo ich Jack traf, der mit zwei weiteren Männern an seinem üblichen Platz saß.

Er winkte und ich gesellte mich zu ihnen. Nachdem ich ein üppiges Frühstück verputzt hatte, erklärte Jack, dass er nach seinem Pferd sehen wolle, und ich schloss mich ihm an.

Draußen goss es in Strömen.

»Das ist doch nicht normal«, rief Jack mir zu, während wir zum Stall rannten. Der Regen war so eisig kalt, dass er auf meiner Haut brannte, und obwohl es vom Nebeneingang des Gasthauses bis zum Stall nur wenige Meter waren, durchnässte er unsere Kleider völlig.

Als wir die Stalltür endlich hinter uns schlossen, fiel mir auf, dass die Pferde ungewohnt nervös wirkten. Das laute Prasseln schien ihnen Angst zu machen. Ich war mir sicher, dass die Tiere spürten, dass irgendetwas mit diesem sonderbaren kalten Regen nicht stimmte, der so gar nicht zu dem warmen Wetter der letzten Wochen passte.

»Hier«, hörte ich Jacks Stimme und nahm die Decke, die er mir reichte, dankbar entgegen. Nachdem wir uns halbwegs abgetrocknet und in weitere Decken gehüllt hatten, gaben wir den Pferden Heu, um sie zu beruhigen.

»Was ist das für ein Regen, Jack?«, fragte ich und streichelte einen Wallach. Zu meiner Freude entspannte er sich ein wenig unter meiner Berührung, doch ich konnte weiterhin Furcht in seinen Augen erkennen.

»Ich habe keine Ahnung. So einen Regen gab es in Aldean noch nie. Jedenfalls kann ich mich an keinen erinnern.« Jack trat an meine Seite und sah nachdenklich aus einem der Fenster. »Aber mein Vater hat mir mal eine Geschichte erzählt. In ihr ging es um einen schwarzen Magier, der in der Dunklen Welt eisigen Regen heraufbeschwor, damit die Welt dort nicht von den Vulkanen, die es dort geben soll, verbrannt wurde.« Gedankenversunken setzte er sich ins Stroh.

»Denkst du, die Geschichte ist wahr?« Neugierig ließ ich mich neben ihm nieder.

Er zuckte mit den Schultern und ließ seinen Blick

zur Tür schweifen. »Könnte sein.«

»Ist der Magier dann hier in Aldean? Hat er vielleicht auch dafür gesorgt, dass die Schatten eingestürzt sind?«

»Ich weiß es nicht«, gab Jack resigniert zu. »Es ist alles so verworren. Die fallenden Schatten, der Telepath, der nur zu dir spricht, und dann dieser grässliche Regen ... und natürlich der Angriff gestern auf dich.« Ich spürte seinen Blick auf mir.

Wir hatten heute noch keine Gelegenheit gehabt, um über die Sache zu reden, und eigentlich gab es ja auch nichts dazu zu sagen. Weder Jack noch ich hatten eine Erklärung dafür.

»Komm, lass uns zurück ins Gasthaus gehen.« Jack stand auf und half mir hoch.

Wir rannten wieder durch den Regen, doch kurz bevor wir die Wärme des Gasthauses erreichten, fuhr ein stechender Schmerz durch meinen Kopf. Mit einem Aufschrei brach ich zusammen. Sofort war Jack an meiner Seite und fing mich auf, damit ich nicht auf den harten Boden stürzte.

»Felicity? Felicity! Ist alles in Ordnung?« Dumpf vernahm ich seine besorgte Stimme, aber ich war unfähig ihm zu antworten.

»Gefällt euch der Regen?«

Die eisige Stimme lachte schadenfroh in meinen Gedanken und ließ mir das Blut in den Adern gefrieren.

»Ich hoffe, ihr habt warme Sachen. Obwohl ... eigentlich ist es doch viel amüsanter, wenn die Bewohner Aldeans frieren. Oh wie gemein von mir!«

Wieder hämisches Gelächter. »Ihr zittert doch schon vor lauter Angst vor dem mächtigen Schwarzen Orden, aber nun lasse ich euch auch noch vor Kälte erbeben. Ach, Felicity, ich freue mich noch immer darauf, dich endlich wiederzusehen. Ich warte auf dich.« Die Stimme zog sich aus meinem Kopf zurück und wieder wurde alles schwarz.

Als ich wieder zu mir kam, lag ich in Jacks Bett und er saß an meiner Seite und betrachtete mich besorgt.

»Endlich bist du wach. Wie geht es dir?«

Seine Stimme war sanft und vorsichtig half er mir auf.

Ich trank einen Schluck von dem Wasser, das er mir reichte, und zuckte dann mit den Schultern, um ihm seine Frage zu beantworten. Ich hatte immer noch leichte Kopfschmerzen, doch sonst war ich in Ordnung.

»Was ist passiert?« Er nahm mir den leeren Becher ab.

Erneut zuckte ich mit den Schultern. »Dieser Telepath war wieder in meinem Kopf.«

»Was hat er gesagt?«

Ich konnte Neugierde und Wut in seiner Stimme hören.

»Er hat gefragt, ob uns der Regen gefällt. Dann hat er behauptet, dass die Bewohner von Aldean schon vor Angst zittern würden und dass sie nun auch noch vor Kälte bibbern. Das macht ihm Freude.« Ich verzog das Gesicht.

Dass er wieder ein Treffen zwischen uns erwähnt hatte, verschwieg ich. Ich wollte nicht, dass Jack sich meinetwegen noch mehr Sorgen machte. Er hatte genug Dinge, um die er sich Gedanken machen musste, da wollte ich ihn nicht auch noch damit belasten, dass ich scheinbar irgendeine Verbindung zu dem Telepathen hatte. Auch wenn ich nicht im Geringsten wusste, woher sie kommen sollte.

Wollte dieser Telepath mich vielleicht psychisch fertigmachen? Wenn ja, dann würde ihm das sehr bald gelingen.

22. Kapitel

Der eisige Regen hielt an, und als wir zwei Tage später aufbrachen, hüllten wir uns in dicke Umhänge. Doch selbst die hielten den Regen nur für kurze Zeit ab und schon nach wenigen Minuten waren wir alle komplett durchnässt.

Immer wieder schüttelten sich unsere Pferde, um die Nässe aus ihrem Fell zu bekommen. Einige von ihnen wurden in dem unnatürlichen Regen unruhig. Sie tänzelten umher und machten immer wieder kleine Hüpfer zur Seite oder nach vorn und wirbelten dabei Schlamm auf. Andere schlugen mit den Köpfen oder zerrten an den Zügeln.

Ich ritt an Jacks Seite. Nach dem Angriff der Frau wollte er mich nicht mehr allein lassen. Ich hatte zwar immer wieder beteuert, dass ich selbst auf mich aufpassen konnte, aber das schien er mir noch immer nicht zu glauben.

»Wie weit ist die Stadt entfernt?« Obwohl ich direkt neben ihm ritt, musste ich schreien, um den tosenden Regen zu übertönen.

Ich saß auf einem hübschen dunkelbraunen Wallach, der aus dem königlichen Gestüt stammte und im Gegensatz zu seinen Artgenossen sehr entspannt war.

»In etwa einer Stunde werden wir angreifen.« Auch Jack musste gegen den Regen anbrüllen.

277

Er hatte Mühe, sein Pferd ruhig zu halten. Es schien mit jeder Minute panischer zu werden und ich sah dem Tier an, dass es am liebsten sofort geflohen wäre.

»Ist es nicht besser, wenn wir uns erst einen Überblick verschaffen?«, brüllte ich zurück, denn so wie ich ihn verstand, beabsichtigte er, sofort beim Eintreffen loszuschlagen.

Jack schüttelte energisch den Kopf. »Der Regen schwächt uns mit jeder Minute. Je länger wir warten, desto erschöpfter sind unsere Männer und Pferde.«

Ich wusste, dass es ihm widerstrebte, ohne eine gute Vorbereitung anzugreifen, doch diesmal ging es nicht anders.

»Willst du nicht auf deinen Kelpie umsteigen?«

Jack war so sehr um meine Sicherheit besorgt gewesen, dass er mir eins von seinen Pferden gegeben hatte. Doch nun, da wir nicht mehr weit von der Stadt entfernt waren und die Schlacht unmittelbar bevorstand, schien es ihm sicherer, mich bei dem Kelpie zu wissen.

Außerdem bemerkte ich nicht weit von uns entfernt den Fluss. Praktischerweise lief er direkt auf die Stadt zu, die dem Schwarzen Orden in die Hände gefallen war. Dies war ein Zufall, der uns sehr gelegen kam, da der Kelpie sich nicht weit vom Fluss entfernen wollte. Bei Kämpfen, die nicht in der Nähe des Flussufers stattfanden, wäre er uns keine Hilfe, aber so …

Ich hielt mein Pferd an, schwang mich aus dem Sattel und drückte Jack die Zügel in die Hand.

»Der Kelpie und ich sehen uns um und geben dir

dann Bescheid, in Ordnung?«

Jack nickte. »Dann bis gleich.«

»Bis gleich.« Ich wandte mich ab und ging auf das Flussufer zu, während das Heer hinter mir weiterzog.

Der Kelpie hatte meine Gedanken natürlich mitbekommen und tauchte auf, kaum dass ich die Böschung des Flusses erreicht hatte. Er kam aus dem Wasser und kniete sich hin.

Schnell stieg ich auf seinen Rücken. Als ich mich umdrehte, stellte ich fest, dass Jack mir gefolgt war.

»Felicity?«

»Ja?«

»Versprichst du mir etwas?«

Ich sah ihn überrascht an. »Was denn?«

»Dass du vorsichtig bist und nichts mit deinem Kelpie riskierst.« Jacks Mund lächelte, doch seine Stirn war sorgenvoll gerunzelt, während der Regen über sein Gesicht strömte.

»Sag ihm, dass ich nicht dein Kelpie bin«, verlangte der Wasserdämon in meinen Gedanken.

Ich ignorierte ihn und nickte lieber, um Jack zu beruhigen. »Und du genauso, okay?«

Auch er nickte, dann wendete er sein Pferd und schloss im Galopp zu seinen Truppen auf, die sich bereits ein gutes Stück entfernt hatten.

»Also wirklich, findest du es gut, dass der König denkt, ich würde dir gehorchen?«, empörte sich der Kelpie.

»Das ist doch vollkommen egal.« Aus reiner Gewohnheit schrie ich gegen den brausenden Regen an, damit meine Worte zu hören waren, obwohl ich wusste, dass es gereicht hätte, sie zu denken. Der

Kelpie hörte sie so oder so, aber wenn man in der Menschenwelt aufgewachsen war, war es gar nicht so einfach, sich an Telepathie zu gewöhnen.

Inzwischen war ein eisiger Wind aufgekommen, der die Luft noch viel kälter erscheinen ließ. Ich hatte das Gefühl, als würde ich gleich erfrieren und auch der Kelpie strahlte mit seinem nassen Fell keine Wärme aus. Ein Zittern durchfuhr meinen Körper und ich wünschte mir in diesem Moment nichts sehnlicher, als trockene Kleidung zu tragen.

»Das ist nicht egal! Ich bin frei! Ich gehöre niemandem!« Jacks Worte ließen dem Wasserpferd scheinbar keine Ruhe.

»Jetzt reg dich doch nicht so auf. Dafür haben wir jetzt wirklich keine Zeit. Sieh lieber zu, dass wir zur Stadt kommen und dem König Bericht erstatten können, bevor er dort ist.«

Offenbar sah der Kelpie jetzt endlich ein, wie sinnlos unsere Diskussion war, denn ich spürte, wie er augenblicklich unter mir beschleunigte. Wir jagten über den Fluss hinweg und ich beugte mich tief über seinen Hals, um so wenig wie möglich von dem Wind abzubekommen, der uns entgegenpeitschte.

Wehmütig dachte ich an mein Zuhause in der Menschenwelt. Daran, wie meine Mutter mir im Winter immer einen Kakao gekocht hatte, wenn ich aus der Kälte nach Hause gekommen war. Das Heimweh kam und mit ihm auch die Trauer, über das, was ich alles verloren hatte. Doch ich verbot mir die Gefühle, schüttelte beides ab. Es war nicht die richtige Zeit, um an meine Familie und mein altes Zuhause zu denken.

Aldean befand sich im Krieg und ich war mittendrin. Ich musste zur belagerten Stadt und mir einen ersten Eindruck verschaffen. So konnte ich vielleicht verhindern, dass Jack und seine Männer in einen Hinterhalt gerieten. Aldeans König und seine Armee waren auf mich angewiesen, und meine Mission konnte über Sieg oder Niederlage entscheiden. Für Gefühle war da kein Platz.

Als die Stadt in Sicht kam, verlangsamte der Kelpie seine Schritte. »Am besten, wir bleiben dort in der kleinen Baumgruppe.« Er deutete mit seinem Kopf auf einige Bäume, die direkt am Ufer des Flusses wuchsen. Über meine Gedanken gab ich dem Kelpie zu verstehen, dass ich damit einverstanden war.

Die Bäume schützten uns zwar nicht vor dem eisigen Regen, doch in ihrer Mitte war wenigstens der Wind nicht so stark zu spüren wie auf der freien Ebene. Ich lehnte mich auf dem Rücken des Kelpies nach vorn und beobachtete das Geschehen vor dem Haupttor der belagerten Stadt.

Die Mitglieder des Schwarzen Ordens hatten Zelte aufgebaut, vor denen Lagerfeuer brannten. Der eisige Regen schien den Feuern nichts anzuhaben. Ich war mir sicher, dass sie verzaubert waren, um den Kriegern Wärme und Kraft zu spenden, etwas, was uns immer mehr fehlte.

Allerdings waren kaum Mitglieder des Schwarzen Ordens vor den Zelten. Die meisten schienen in ihnen Schutz vor dem Wind und der Nässe zu suchen. Die wenigen, die draußen waren, mussten Wachposten sein. Ich betrachtete die Gestalten, die an den Feuern saßen, genauer.

Sie trugen lange schwarze Umhänge, deren Kapuzen ihre Gesichter verbargen. Doch während ich sie musterte, bemerkte ich, dass es beinahe so aussah, als würden sie gar keine Gesichter haben, und das ließ sie noch unheimlicher erscheinen, ebenso wie die merkwürdigen Zeichen, die auf ihre Brustpanzer gemalt waren.

»Der Wind kommt aus Richtung der Stadt«, überlegte der Kelpie. »Wenn der König seine Krieger hier postiert, kann er einen Überraschungsangriff starten, ohne dass der Schwarze Orden uns kommen hört. Das Rauschen des Windes wird mit etwas Glück den Hufschlag der Pferde überdecken.«

»Die Wachen könnten den Angriff aber kommen sehen.«

Der Kelpie schüttelte seinen pechschwarzen Kopf. »Wir werden sie ablenken.«

»Und wie willst du das machen?«

Ich war skeptisch.

»Ich renne einfach einmal an der Stadtmauer entlang, dann wenden sie sich hoffentlich mir zu. Aber ohne dich, denn mit einem Reiter auf meinem Rücken würden sie sofort angreifen.« Er sagte das so, als würde er das täglich tun.

»Guter Plan«, lobte ich in Gedanken, und im Handumdrehen waren wir auf dem Weg zurück zum König.

Während ich Jack über unseren Plan in Kenntnis setzte, schwang ich mich wieder auf den Rücken des braunen Wallachs, auf dem ich die Stadt verlassen hatte.

Anscheinend erzählte man sich hier in Aldean

dieselben Geschichten über Kelpies wie in der Menschenwelt. Ich stellte nämlich fest, dass die Anwesenheit des schwarzen Dämons, der neben uns trabte, die meisten Soldaten nervös machte.

Jack schien als Einziger nicht beunruhigt. Offenbar vertraute er mir und meinem Urteilsvermögen, und ich war davon überzeugt, dass der Kelpie keinen der Männer Aldeans fressen würde. Schließlich standen wir alle auf derselben Seite in diesem Krieg. Unser gemeinsamer Feind war der Schwarze Orden.

Kurz darauf erreichten wir die kleine Baumgruppe und der Kelpie verließ uns, um seinen Plan in die Tat umzusetzen.

Ich sah, wie er einen weiten Bogen um die Zelte schlug und dann aus einiger Entfernung wieder auf diese zugaloppierte. Als er die Stadtmauer erreichte, fiel er in einen langsamen Trab, sodass die Feinde ihn gut erkennen konnten.

Die Rufe der Mitglieder des Schwarzen Ordens drangen mit dem Wind leise zu uns. Sie versammelten sich vor ihren Zelten und versuchten, das vermeintliche Pferd einzufangen.

Ein kalter Schauer lief mir den Rücken herunter, als ich daran dachte, dass sie vielleicht Pferde aßen, denn noch nie hatte ich einen von ihnen reiten sehen. Eigentlich konnten sie nur aus diesem Grund ein Interesse daran haben, den Kelpie einzufangen.

Doch ich hatte keinen Grund, mir Sorgen um meinen Gefährten zu machen. Er war extrem geschickt darin, ihnen auszuweichen und jedes Mal zu entwischen. Je länger ich zusah, desto mehr bekam ich den Eindruck, als würde ihm die Verfolgungsjagd sogar

Spaß machen. Für ihn schien es ein lustiges Spiel zu sein.

Schließlich musste ich mir sogar eine Hand auf den Mund pressen, um nicht laut loszulachen, als einer seiner Verfolger ausrutschte und der Länge nach in eine Pfütze fiel. Mit einem Sprung zur Seite landete der Kelpie mit allen vier Hufen auf dem Rücken des Mannes.

Mir war klar, dass das kein Versehen gewesen war, sondern pure Absicht. Ich hörte die empörten Schreie der Mitglieder des Schwarzen Ordens und sah sie ihre Waffen ziehen.

Mit einer Handbewegung gab Jack seinen Männern das Zeichen zum Angriff. Die Pferde preschten vorwärts. Ihr Hufschlag war auf dem weichen Boden kaum zu hören, aber die Hufe wirbelten Schlamm auf und immer wieder bekam ich Matschklumpen ins Gesicht.

Da der König mir nicht befohlen hatte, zurückzubleiben, ritt ich mit den Soldaten. Doch selbst wenn, ich hätte mich seinem Befehl und auch einer Bitte von ihm widersetzt. Ich wollte kämpfen. Ich wollte endlich meine Rache!

Kurz darauf griffen wir an. Unsere Überrumpelungstaktik war aufgegangen. Der Überfall kam so überraschend für die Mitglieder des Schwarzen Ordens, dass sie wie die Fliegen zu Boden fielen, während wir über ihr Lager hinwegpreschten.

Auch mir gelang es, einige Angreifer zu Boden zu kämpfen und ich hatte sogar noch Zeit, nach dem Kelpie zu schauen. Die Männer, die ihn eigentlich mit ihren gezückten Schwertern hatten angreifen wollen, wandten nun dem vermeintlichen Pferd den Rücken zu. Dass das keine gute Idee war, mussten sie sofort feststellen. Der Kelpie gab den beiden Männern so kräftige Huftritte, dass sie ein Stück durch die Luft flogen und vor der Stadtmauer leblos ins Gras plumpsten.

Fasziniert und entsetzt zugleich beobachtete ich, wie er den Kopf des noch verbliebenen Mannes am Boden mit seinem Maul packte und ihn einfach abriss. Eigentlich war es unmöglich, in dem Kampflärm um mich herum irgendetwas anderes wahrzunehmen, doch ich glaubte tatsächlich, das Knacken des Schädels zu hören, als der Kelpie ihn mit seinen Zähnen zermalmte.

In seinen milchigen Augen konnte ich dabei ein merkwürdiges Glitzern sehen und mir wurde klar, dass ihm das Töten gefiel. Auch wenn er sich mir und den Kriegern Aldeans gegenüber freundlich verhielt, waren seine Instinkte doch auf das Töten ausgelegt. In diesem Moment wurde mir bewusst, dass ich nicht anders war.

Ich hatte erwartet, dass es ein unangenehmes Gefühl sein würde, mit meinem Schwert nicht mehr zu trainieren, sondern wirklich Feinde zu töten. Aber zu meiner Überraschung machte es mir nicht das Geringste aus. Diese Männer waren dafür verantwortlich, dass Bonnie, meine Eltern, Amelia und auch Jacks Vater gestorben waren. Sie verdienten es nicht, zu leben, und es war ein erhabenes Gefühl, mit meinem Schwert ihre Hälse wie Butter durchzuschneiden. Ich steigerte mich immer mehr in diese Euphorie hinein. Jagte und tötete und vergaß alles um mich herum, bis mir irgendwann die Gegner ausgingen.

Beinahe enttäuscht sah ich mich auf dem Schlacht-feld um und stellte fest, dass mit einem Mal überall Schattengestalten erschienen waren, während der Kampfplatz selbst mit Leichen bedeckt war.

Ein kalter Schauer lief meinen Rücken hinab, der die Kälte des Regens noch übertraf. Was hatte es mit diesen seltsamen Gestalten nur auf sich? Noch immer hatte ich nichts über sie erfahren, und aus dem Ver-halten der anderen Soldaten schloss ich, dass sie sie nicht sehen konnten. Keine wirkliche Überraschung!

Plötzlich legte jemand eine Hand auf meine Schul-ter und ich fuhr erschrocken herum. Fast erwartete ich, eine der Schattengestalten zu sehen, doch es war nur Jack.

»Ich wollte dich nicht erschrecken, entschuldige.«

Ich bemerkte, dass seine Hand noch immer auf dem Griff seines Schwerts ruhte und er das Schlachtfeld während unserer Unterhaltung keine Sekunde aus den Augen ließ.

Ich konnte ihm seine Vorsicht nicht verdenken. Auch ich hatte mit weitaus mehr Widerstand und einem schwierigeren Kampf gerechnet. Doch nie-mand rührte sich und ich hatte auch keinen der Feinde fliehen sehen. Ich hoffte wirklich, dass wir alle getötet hatten, die die Stadt belagert hatten, wäh-rend ich Jacks Lächeln erwiderte.

»Das hast du nicht«, behauptete ich schnell.

Der Wind war inzwischen zu einer leichten Brise abgeschwächt und wir mussten endlich nicht mehr schreien, um uns zu unterhalten.

»Wie könnte ich auch eine so tapfere Kriegerin

erschrecken.« Sein Lächeln wurde noch ein wenig breiter. »Du hast dich wirklich großartig geschlagen, Felicity! Ich gratuliere.«

Mein Herz klopfte bei seinem Lob etwas schneller und Stolz breitete sich in meiner Brust aus. Jetzt würde er mich gewiss nicht mehr vom Kämpfen abhalten, sondern mir vertrauen, dass ich es wirklich konnte. »Haben wir sie alle getötet?« Ich lenkte mein Pferd neben seines.

»Ich hoffe es«, antwortete er mir und sah sich ein weiteres Mal um. Seine Männer waren von ihren Pferden gestiegen. Sie rissen die Zelte nieder und löschten die unnatürlichen Feuer.

Durch den Überraschungsangriff hatten wir nur wenige Verluste zu beklagen. Zwei Ritter waren im Kampf gefallen und drei weitere waren leicht verletzt. Den anderen Männern ging es gut, von der Kälte einmal abgesehen, unter der wir alle litten. Endlich hatte auch die Armee des Königs eine Schlacht gewonnen.

Jack ließ mich allein, um mit jemandem auf der Mauer am Stadttor zusprechen. Doch ich hatte schnell neue Gesellschaft.

»Die sind alle erledigt.« Der Stolz in der Stimme des Kelpies war deutlich herauszuhören, als er an meine Seite trat.

Ich sah den Wasserdämon an. »Hat das Fangenspielen Spaß gemacht?«, wollte ich wissen und musste lachen, als ich seinen begeisterten Blick sah.

»Aber sicher, was denkst du denn? Es ist ewig her, dass ich so schön kindisch sein konnte. Aber die Mitglieder des Schwarzen Ordens sind ganz schöne

Spielverderber. Was kann ich denn dafür, wenn einer von ihnen zu doof zum Laufen ist und ich auf ihn trete?«

Wieder musste ich lachen. »Ich glaube, es war ziemlich offensichtlich, dass du absichtlich auf ihn gesprungen bist.«

»Oh nein. Ich kann nichts dafür, wenn er im Weg liegt. Er hätte ja auch direkt wieder aufstehen können.« Die Stimme in meinem Kopf klang unschuldig, doch seine nächsten Worte bewiesen, dass es ihm alles andere als leidtat. »Und geschmeckt hat er gar nicht mal schlecht. Oh ...«, er wandte nun ebenfalls den Kopf zum Stadttor, »... es sieht so aus, als würdet ihr in die Stadt gelassen werden.«

Tatsächlich öffnete sich gerade das große Tor und Jack winkte in unsere Richtung.

»Ich warte im Fluss auf dich. Ich glaube nicht, dass es eine gute Idee ist, wenn ich mit euch in die Stadt komme«, meinte der Kelpie und ich nickte.

»Bis später.« Noch ehe ich den Satz ganz beendet hatte, hatte er sich auch schon umgedreht und war in Richtung des Flusses verschwunden.

Ich trieb mein Pferd an und gesellte mich zu Jack. Einige Männer aus der Stadt begrüßten den König jubelnd und jemand nahm uns unsere Pferde ab, nachdem wir abgestiegen waren.

Nach einigen Schulterklopfern und Dankesbekundungen führte man uns endlich aus der Kälte und dem Regen in eines der Häuser. Es tat gut, wieder ein Dach über dem Kopf zu haben, auch wenn wir die andere Stadt erst vor wenigen Stunden verlassen hatten. Mir war unser Ritt wegen des ungemütlichen

Wetters wie eine Ewigkeit vorgekommen.

Eine junge Frau kam auf uns zu und verbeugte sich tief vor Jack. Dann lächelte sie mich an. »Komm mit. Ich gebe dir trockene Kleidung.«

Dankbar erwiderte ich ihr Lächeln und folgte ihr eine Treppe hinauf. Oben angekommen, öffnete sie gleich die erste Tür und ließ mich zuerst eintreten.

In dem Zimmer gab es ein Bett, eine Truhe, einen kleinen Tisch, zwei Stühle und eine Kommode, auf der eine Waschschüssel und ein Krug standen.

Doch am meisten freute mich, dass ein knisterndes Feuer im Kamin neben der Tür brannte. Nach der eisigen Kälte draußen hatte ich das Gefühl, als würde meine Haut in der Wärme ebenfalls Feuer fangen. Aber es tat mehr als gut.

»Ich bin Kara«, stellte sich die junge Frau vor und musterte mich neugierig.

»Felicity«, erwiderte ich höflich. Auch ich betrachtete sie nun etwas genauer. Sie musste ungefähr in meinem Alter sein und hatte ebenfalls schwarze Haare. Doch ihre Haare waren glatt und zu einem ordentlichen Zopf geflochten.

Im Gegensatz zu meiner zerrissenen schwarzen Hose, der blutbefleckten Bluse und meinem durchnässten Umhang war ihr elegantes rotes Kleid sauber, nagelneu und sogar mit Gold bestickt. Anscheinend gehörte ihre Familie der reichen Bürgerschicht dieser Stadt an und plötzlich fühlte ich mich in meiner schäbigen Kleidung ziemlich unwohl und fehl am Platz. Doch bei Karas nächsten Worten änderte sich das.

»Hast du wirklich an der Seite des Königs gegen den Schwarzen Orden gekämpft?« In ihrer Stimme schwang Bewunderung mit. »Wir haben von den Männern, die die Stadtmauern gesichert haben, gehört, dass eine Frau viele Feinde getötet haben soll.«

»Ich war dabei ... ja«, erwiderte ich etwas verlegen.

»Dann danke ich dir«, sagte das Mädchen und drückte zu meiner Verblüffung meine Hand. »Die Belagerung war einfach schrecklich und wir fürchteten schon, sie vielleicht nicht zu überleben. Mein Vater ist der Verwalter der Stadt, weißt du? Darum war er immer über alles so genau informiert. Er redet gerade mit dem König, um ihm mitzuteilen, dass sich viele Männer aus unserer Stadt der Armee des Königs anschließen werden, wenn sie es noch nicht getan haben. Nachdem die Feinde unsere Stadt besetzt hatten, konnten wir nicht mehr nach draußen, und so sind hier noch viele kampffähige Männer.«

Während Kara sprach, trat sie zu der Truhe. Sie öffnete sie, nahm etwas heraus und kam zu mir zurück. In den Händen hielt sie ein Kleid. Genau wie ihr Taftkleid war auch dieses mit glitzernden Goldfäden bestickt, aber aus dunkelblauem Samt und wunderschön.

»Das würde ich dir gern schenken. Keine Angst, es ist noch nie getragen worden«, beeilte sie sich, mir zu erklären.

Ich starrte sie mit offenem Mund an. »Das ... das kann ich unmöglich annehmen«, stotterte ich schließlich. »Ich meine, das ist wirklich furchtbar nett von dir«, setzte ich schnell hinzu, denn ich bemerkte ihren enttäuschten Blick, »aber es ist viel zu kostbar. Ein einfaches Kleid genügt vollkommen.«

Es kam mir nicht richtig vor, so ein teures Kleid

anzunehmen.

»Oh nein, für die zukünftige Königin nur das Beste.« Ihre schönen dunklen Augen musterten mich wissend und sie drückte mir das Kleid einfach in die Hand.

Wieder hatte sie mich auf dem falschen Fuß erwischt. »Zukünftige Königin?«, echote ich irritiert.

»Ja, so vertraut wie du mit dem König bist ...« Sie lächelte breit und trat dann zum Kamin, um Holz nachzulegen.

»Da läuft gar nichts zwischen dem König und mir. Wir sind nur Freunde und ... und Waffengefährten«, widersprach ich. Schnell zog ich meine nasse Kleidung aus, wusch mich und nahm dann das Handtuch entgegen, das Kara mir reichte.

»Im Moment vielleicht nicht«, nahm sie den Faden unseres Gesprächs erneut auf, »aber wenn der Krieg erst einmal vorbei ist, wird da sicher mehr sein. Unser schönes Aldean bekommt dann eine großartige Hochzeit«, prophezeite sie mir, während ich nun doch in das herrliche Kleid schlüpfte. Dabei fragte ich mich tatsächlich, ob es Jack wohl gefallen würde, mich darin zu sehen. War es wirklich so offensichtlich, dass ich in ihn verliebt war? Oder war Kara nur darauf gekommen, weil wir zusammen angekommen waren? Ich hoffte, dass Jack bis jetzt noch nicht gemerkt hatte, welche Gefühle ich für ihn hatte. Das wäre einfach zu peinlich gewesen.

Nachdem ich mich umgezogen hatte, gingen wir wieder nach unten. Kara führte mich zurück in die Halle und dann in einen geräumigen, gemütlich eingerichteten Wohnraum, wo wir uns an einem großen runden Tisch niederließen. Ich war dankbar, als ein Diener erschien und mir aus einem Krug Wasser einschenkte. Erst jetzt merkte ich, wie durstig ich war, und ich trank einen großen Schluck.

»Ich werde mal nachsehen, wie weit unsere Köchin mit dem Abendessen ist.« Kara stand auf.

Während sie sich auf den Weg in die Küche machte, hing ich meinen Gedanken nach. Ich fragte mich, ob der Telepath, wer auch immer er war, schon von dem Tod der Belagerer gehört hatte. Wenn es so war, hatte er offenbar trotzdem keinen Grund gesehen, wieder mit mir Kontakt aufzunehmen. Vielleicht blieb es ja so und er hielt sich in Zukunft aus meinem Kopf heraus? Ich konnte auf diese schrecklichen Schmerzen und die Bewusstlosigkeit danach jedenfalls sehr gut verzichten. Obwohl das Schlimmste eigentlich seine eisige Stimme war, die mir das Blut in den Adern gefrieren ließ.

Plötzlich klopfte es und ich zuckte erschrocken zusammen. Ich war vollkommen in Gedanken versunken gewesen. Ein Diener öffnete die Tür und fragte nach Kara. Ich erklärte ihm, dass sie in die Küche gegangen war, als ich plötzlich hinter ihm im Türrahmen ein bekanntes Gesicht entdeckte.

»Niall?« Erfreut sprang ich auf, rannte zu dem völlig durchnässten Mann und warf mich in seine Arme.

»Hallo Felicity.« Er erwiderte meine stürmische Umarmung herzlich und ich spürte, wie mein Kleid ebenfalls feucht wurde, doch das störte mich nicht. »Schön, dich zu sehen«, murmelte ich.

»Ihr kennt euch?«

Kara war hinter uns aufgetaucht und klang ziemlich überrascht.

»Ja«, antwortete ich knapp und ließ den Jäger los.

»Wir haben uns im Schloss des Königs kennengelernt.« Scheinbar hielt Niall es nicht für nötig, der Tochter des Stadtverwalters zu erzählen, dass ich aus der Menschenwelt kam und wir uns dort kennengelernt hatten.

Ich erinnerte mich daran, wie ich bei unserem ersten Treffen gesehen hatte, wann Niall sterben würde. Ein eisiger Schauer lief mir über den Rücken, als mir bewusst wurde, dass dieser Tag nicht mehr fern war. Sofort waren die Schuldgefühle wieder da und ich atmete einmal tief durch, um sie zu vertreiben. Ich wollte nicht, dass der Jäger mir ansah, dass etwas nicht stimmte. »Und was tust du hier, Niall?«, fragte ich deshalb schnell.

Doch Kara kam ihm mit der Antwort zuvor. »Kurz bevor unsere Stadt belagert wurde, kam ein Jäger zu uns. Er warnte meinen Vater und erzählte, dass die Schatten endgültig gefallen sind und der Schwarze Orden in Aldean eingezogen ist.«

»Und das warst du.« Ich sah Niall an und er nickte und ergänzte: »Und nun habe ich gehört, dass der König hier ist, und wollte mich ihm anschließen.«

»Das freut mich zu hören«, ertönte Jacks Stimme von der Treppe. »Wir können jeden Mann brauchen.«

Er kam in Begleitung eines Mannes auf uns zu, der Kara so ähnlich sah, dass er nur ihr Vater sein konnte.

Doch der Stadtverwalter beachtete mich gar nicht, sondern wandte sich erneut Jack zu und nahm die

Unterhaltung mit ihm wieder auf, die sie wohl unseretwegen unterbrochen hatten.

»Wie ich Euch bereits sagte, mein König, morgen werde ich meine Männer zusammenkommen lassen. Sicher werden sich sehr viele von ihnen Euren Truppen anschließen wollen. Doch bis dahin seid ihr alle in unserem Haus willkommen. Meine Tochter wird sich jetzt darum kümmern, dass das Abendessen aufgetragen wird.« Er wechselte einen Blick mit Kara, die nickte und sofort wieder Richtung Küche verschwand. »Währenddessen genießt doch bitte den besten Wein, den mein Keller zu bieten hat, mein König. Ich werde mich inzwischen darum kümmern, dass dieser junge Mann hier ebenfalls aus seinem nassen Zeug herauskommt.« Er sah Niall an, der erleichtert nickte.

Während die beiden Männer gemeinsam die Treppe hinaufstiegen, gingen Jack und ich in den Wohnraum. Ich setzte mich wieder an den Tisch und Jack nahm neben mir Platz.

»Wir werden schon bald wieder aufbrechen. Weiter unten am Fluss liegt eine Stadt, die vermutlich ebenfalls belagert wird. Zumindest hat der Verwalter schon lange nichts mehr von seinen dortigen Händlern gehört. Ich denke, dass die Mitglieder des Schwarzen Ordens in Aldean so viele Städte einnehmen werden, wie sie können. Wahrscheinlich ist es erst möglich, sie wirklich zu bezwingen, wenn wir ihren Anführer besiegen«, brachte er mich auf den neuesten Stand der Dinge.

»Also müssen wir den Magier ausschalten?«

Als Jack nickte, musste ich daran denken, wie mir

die Stimme gedroht hatte, dass wir uns schon bald begegnen würden. Auf solch ein Treffen konnte ich wirklich gut verzichten, doch ich wusste, dass ich mich nicht davor drücken würde. Ich konnte es gar nicht, denn ich würde für Aldean kämpfen. Und für Aldeans König, den Mann, den ich liebte.

»Ich werde auch die Grenzwächter zu mir rufen lassen. An den Grenzübergängen können sie ohnehin nichts mehr ausrichten und ich würde sie in der Schlacht gern an meiner Seite wissen ...«

Wir wurden unterbrochen, denn Kara und zwei Dienstboten kamen ins Zimmer und brachten Teller und Platten mit Fleisch, Fisch, verschiedenen Gemüsen und Kartoffeln.

Nachdem auch der Stadtverwalter mit Niall zurückgekehrt war, setzten sich alle und wir begannen, von den vielen Speisen zu probieren. Das Essen war wirklich köstlich und der Wein löste die Zungen. Alle plauderten angeregt miteinander und ich fing langsam an, mich zu entspannen und eine Weile auszublenden, dass wir uns in einem Krieg befanden.

Doch leider brachte Kara das Thema wieder viel zu schnell auf die Schlacht vor den Stadttoren. »Was war das eigentlich für ein Pferd, das an der Mauer entlanggelaufen ist? Einer der Wächter ist der Sohn unserer Köchin. Sie haben eben in der Küche darüber geredet.« Neugierig sah sie mich an.

Ich fing Jacks warnenden Blick auf, aber mir war auch so klar, dass es nicht klug war, die Wahrheit über den Kelpie herumzuerzählen.

»Wahrscheinlich einfach ein Tier, das irgendwo ausgebrochen ist«, mischte sich Jack ein.

Ich nickte schnell. »Es muss in Panik geraten sein, als die Mitglieder des Schwarzen Ordens versucht haben, es einzufangen, und hat die Männer umgerannt und dadurch wohl verletzt.« Ich hoffte, dass der Wachmann in dem Chaos vielleicht nicht mitbekommen hatte, dass der Kelpie den Kopf des Mannes als vorzeitiges Abendessen genutzt hatte.

Kara gab sich mit unseren Erklärungen zufrieden und Jack zwinkerte mir kurz zu, bevor er sich dem Stadtverwalter zuwandte. »Es wäre gut, wenn Ihr noch heute Boten zu den Grenzwächtern schicken könntet. Ich will sie zu mir rufen.« Entschlossen ballte er die Fäuste.

»Bei diesem fürchterlichen Regen? Die Boten werden erfroren sein, noch bevor sie die Wächter erreicht haben.« Der Verwalter sah seinen König skeptisch an.

Es überraschte mich, dass der Mann Jack einfach so widersprach. Vielleicht hatten noch nicht alle Untertanen ihn als ihren neuen König akzeptiert?

»Er soll sich warm anziehen und sich beeilen. Ich bin selbst ein gutes Stück im eisigen Regen gereist und dieses Mädchen«, Jack nickte zu mir hinüber, »ebenfalls. Also werden Eure Leute es wohl auch schaffen.« Seine Stimme klang kühl und mir entging nicht, wie er nach seinen Worten ärgerlich die Lippen zusammenpresste.

Der Stadtverwalter musste es auch bemerkt haben, denn er stand auf und deutete eine Verbeugung an. »Natürlich, mein König, ich werde meine Boten umgehend benachrichtigen.« Ich konnte den Widerwillen in seiner Stimme hören, aber ihm schien klar zu sein, dass er dem König gehorchen musste.

Er verschwand aus dem Raum.

Jack erhob sich ebenfalls und sah Niall und mich an. »Wir sollten uns schlafen legen. Wer weiß, wann wir wieder Zeit zum Ausruhen haben werden.«

Wir nickten und standen ebenfalls auf. Erst jetzt wurde mir bewusst, wie erschöpft ich war. Der Aufenthalt im Regen und meine erste Schlacht hatten mich geschafft.

»Kommt mit, ich bringe Euch zu Euren Zimmern.« Kara war bereits an der Tür.

Als wir ein Stockwerk höher vor der Tür des Zimmers standen, in dem ich mich umgezogen hatte, verabschiedete sich Kara von uns, und auch Jack und Niall, die die beiden Zimmer gegenüber von meinem bewohnten, wünschten mir eine gute Nacht.

Schnell schlüpfte ich aus dem eleganten Kleid, legte es über die Truhe und ließ mich, nur mit Unterwäsche bekleidet, in die Decken sinken. Schon wenig später war ich eingeschlafen. In dieser Nacht blieb ich von Visionen und eisigen Stimmen verschont.

23. Kapitel

Es schien so, als hätten sich alle Männer der Stadt versammelt, um mit dem König in den Krieg zu ziehen.

Ich stand am Rand der Straße und beobachtete Jack, wie er einigen Kriegern und Rittern Befehle gab.

Danach kam er zu mir. »Wir werden gleich aufbrechen. Willst du schon mal zum Fluss gehen und deinen Kelpie rufen?« Er achtete darauf, dass nur ich ihn hören konnte.

»Folgen wir weiter dem Verlauf des Flusses?«, wollte ich genauso leise von ihm wissen.

Er nickte. »Schon ein ziemlicher Zufall, dass das so gut klappt. Mein Vater hat manchmal gesagt, dass manche Dinge so unwahrscheinlich sind, dass nur das Schicksal eine Erklärung dafür sein kann.«

Er lächelte, doch ich konnte auch die Trauer in seinen Augen sehen. Mir wurde bewusst, wie sehr er seinen Vater immer noch vermisste und darauf brannte, ihn zu rächen.

»Dann seien wir dem Schicksal dankbar. Ohne den Kelpie wären wir ziemlich aufgeschmissen.«

Ich lächelte ebenfalls und hob meinen Rucksack auf, der neben mir an der Hauswand lehnte. Auf die Erwähnung seines Vaters ging ich aus Höflichkeit nicht ein, denn ich war mir sicher, dass er genauso ungern über ihn sprach wie ich über meine Eltern.

»Wir sehen uns.«

»Spätestens im Kampf.« Jack schwang sich in den Sattel seines Pferdes und grinste mir noch einmal zu, bevor er wieder zu seinen Männern ritt.

Der eisige Regen hatte meine Kleidung schon vollständig durchnässt, doch ich achtete nicht darauf. Stattdessen lief ich an den berittenen Männern vorbei und trat durch das große Stadttor. Als ich außer Sichtweite war, rief ich in meinen Gedanken nach dem Kelpie. Fast im gleichen Augenblick sah ich, wie er aus den Fluten auftauchte und am Ufer stehenblieb. Seine nasse Mähne wehte trotz vollkommener Windstille und auf jeden anderen hätte das unnatürlich und gruselig gewirkt. Doch inzwischen machte mir das nicht mehr das Geringste aus. Ich freute mich vielmehr, ihn zu sehen.

»Dieser Regen ist unerträglich.« Er schüttelte sich.

Ich sah ihn überrascht an. »Wie kann dich denn der Regen stören? Du bist doch ein Wasserdämon.« Ich war noch ein Stück von ihm entfernt, aber ich wusste ja, dass er mich ausgezeichnet hören konnte.

»Regen ist auch toll. Ich liebe Regen. Aber diesem hier merkt man seine schlechte Magie an.«

Ich erreichte ihn und schwang mich auf seinen Rücken. »In den Geschichten heißt es, dass Kelpies böse sind.«

»Aus der Sicht der Menschen sind wir das auch. Jedoch ist die Magie aus der Dunklen Welt etwas so Böses, dass sie selbst uns zu schaffen macht. Ich will gar nicht wissen, wie schlimm dieser Regen für Menschen sein muss. Hier in Aldean kommt man noch relativ gut mit Magie klar und kann auch von der schlechten einiges wegstecken. Aber bei euch in der Menschenwelt gibt es schon lange nichts mehr, was wirklich magisch ist. Die Magie ist aus eurem Leben verschwunden.«

»Denkst du, dass der eisige Regen auch in der Menschenwelt fällt?«

»Ich glaube, Menschen würden diesen Regen nicht lange aushalten. Aber ich bin mir eigentlich ziemlich sicher, dass die Mitglieder des Schwarzen Ordens sich gar nicht für die Menschen interessieren. Eigentlich interessiert sich niemand für die Menschen. Nicht mal die Menschen selbst tun das, so wie ich das sehe. Sonst würden sie sich ja nicht immer nur bekriegen. Jedenfalls wird der Schwarze Orden seine Kraft nicht mit ihnen verschwenden. Also mach dir keine Gedanken.«

»Ich habe in der Menschenwelt sowieso niemanden mehr ...« Ich musste an meine Eltern denken und Trauer stieg in mir auf. Sofort versuchte ich, sie zu verdrängen, versuchte eine Mauer in meinem Kopf zu bauen, um die Gefühle zu blockieren. Sie störten mich im Kampf und ich konnte keine Ablenkung gebrauchen. Also konzentrierte ich mich darauf, was der Kelpie gesagt hatte.

Der Schwarze Orden wollte Aldean vernichten. Alle, die mit dieser Welt zu tun gehabt hatten, waren schon lange aus der Menschenwelt nach Aldean zurückgekehrt. Also gab es wirklich keinen Grund, die Menschen anzugreifen.

»Was passiert jetzt, wo die Schatten gefallen sind, wenn ein Mensch einen Grenzübergang findet und nach Aldean kommt?«

Der Kelpie lachte in meinem Kopf. »Du machst dir wirklich viel zu viele unnötige Gedanken. Die Übergänge sind ausgezeichnet versteckt. In alten Parks, in Ruinen, an all den Orten, die die Menschen heutzutage nicht mehr wirklich interessieren. Ich denke nicht, dass irgendwer einen der Grenzübergänge finden wird.«

Ich hatte es getan, ich war in den Park gegangen.

»Du bist ja auch kein richtiger Mensch. Eigentlich bist du überhaupt kein Mensch.«

»Richtig, ich bin ja ein Geist«, spottete ich. »Aber das ist Blödsinn. Ich trage zwar das Blut der Banshees in mir und damit das Erbe von Aldean. Doch all meine anderen Verwandten sind Menschen. Also, bin ich auch ein Mensch.« Plötzlich wurde ich wieder wütend, ohne mir den Grund dafür wirklich erklären zu können.

»Felicity, beruhige dich.« Ich konnte die Unruhe in der Stimme des Kelpies hören, und das machte mich nur noch wütender. Ich spürte, wie er anhielt, und erst jetzt wurde mir bewusst, dass wir bis vor wenigen Sekunden unterwegs gewesen waren. Ich hatte gar nicht mitbekommen, wie er losgelaufen war.

»Ich muss dir etwas sagen.« Seine Stimme klang, wie eine Entschuldigung und das machte mich neugierig.

Schnell glitt ich von seinem Rücken herab, um ihm ins Gesicht sehen zu können, und dort entdeckte ich zu meinem Erstaunen so etwas wie Reue. Doch wieso? In meine Wut mischte sich Verwirrung. »Was ist los?« Eine Unruhe breitete sich in mir aus und ich strich mir die nassen Locken aus dem Gesicht. Ich trat ungeduldig von einem Fuß auf den anderen, weil mir schrecklich kalt in meinen durchnässten Sachen war.

»Wir haben dir nicht die ganze Wahrheit erzählt. Es stimmt nicht, dass du das Blut der Banshees über Generationen vererbt bekommen hast ...« Der Kelpie sah mir nicht in die Augen, sondern blickte auf den Boden vor meinen Füßen. »Vor vielen Jahrhunderten lebte zwar eine Banshee in Schottland. Doch du stammst nicht von ihr ab ... du bist sie.«

»Bitte was?« Meine Wut gewann wieder die Oberhand und am liebsten wäre ich dem Kelpie an die Gurgel gesprungen. Doch ich zwang mich, ihm zuzuhören.

»Vor vielen Jahrhunderten, ich lebte damals ebenfalls in der Menschenwelt, kam eine junge Frau an meinen See. Es war ein wunderschöner See, mitten in den schottischen Highlands. Sie stand dort am Ufer und die Sonne ging unter. Ich hatte Hunger, großen Hunger, und daher stieg ich aus dem Wasser empor und zeigte mich ihr. Sie kletterte auf meinen Rücken, sichtlich froh, ein Reittier gefunden zu haben, das sie nach Hause bringen konnte. Du kennst ja die alten Geschichten, Felicity. Ich nahm sie mit in den See, glücklich darüber, endlich wieder etwas fressen zu können.«

»Und was habe ich damit zu tun?«

»Doch etwas an dieser Frau war anders. Während sie ertrank, löste sich ihre Seele.« Der Kelpie ging gar nicht auf meine Frage ein. »Etwas ging in ihr vor, was ich mir in diesem Moment nicht erklären konnte, aber ihre Seele wurde damals unsterblich und sie zu

einer Banshee. Davor hatte ich Banshees nur in Aldean gekannt, doch nun hatte sich vor meinen Augen
eine Menschenfrau in eine transformiert. Ich wunderte mich zwar, doch ich nahm den Körper, der nun
nur noch eine leere Hülle war, mit mir an den Grund
des Sees und dachte nicht weiter darüber nach. Doch
am nächsten Tag traf ich erneut auf sie und ich verstand. Sie war nun ein Geist, wie ich es von Banshees
kannte. Und sie war verflixt wütend auf mich, weil
ich sie getötet hatte.«

Ich ballte meine Fäuste. Oh ja, das konnte ich mir
vorstellen.

»Ich hatte Mitleid mit ihr und machte ihr deshalb
ein Geschenk. Ich verlieh ihr die Gabe der unendlichen Wiedergeburt, wobei es einen Haken gab. Doch
sie nahm mein Geschenk mit der Einschränkung an
und so lebte sie viele Jahrhunderte verschiedene
Leben in verschiedenen Körpern. Immer wenn ihr
alter Körper starb, suchte sie sich ein menschliches
Baby aus und lebte ihr neues Leben in diesem
Menschenkind. Allerdings vergaß sie dann alle Erinnerungen an ihr früheres Leben. Das war der besagte
Haken.«

»Woher weißt du das?« Ich glaubte ihm kein Wort.

»Ich habe sie in all ihren Leben begleitet. Auf die
eine oder die andere Art. Irgendwie hatte ich das Gefühl, für diese ganz besondere Banshee verantwortlich zu sein. Allerdings wurde sie nur ein einziges
Mal auch tatsächlich als Banshee wiedergeboren. Bis
sie, ich meine du, dann vor ein paar Jahren dieses Leben gewählt hast. Plötzlich zeigten sich deine Gaben
ein weiteres Mal, und das machte dann natürlich die

Krieger von Aldean und den Schwarzen Orden auf dich aufmerksam. Das, Felicity, ist die wahre Geschichte. Und das ist auch der Grund, warum du mit siebzehn Jahren deine Gaben zum ersten Mal bemerkt hast. In diesem Alter bist du in diesem See in Schottland gestorben und hast dich in eine Banshee verwandelt. Du bist eine alte Seele in einem jungen Körper.«

Ich schnappte nach Luft. »Nein! Nein, du lügst!« Ich war nicht irgendein Monster, das von unschuldigen Babys Besitz ergriff. Ich war kein Geist!

Wütend starrte ich ihn an, wollte nicht glauben, dass an seiner Geschichte etwas dran war.

»Es ist die Wahrheit.«

»Und warum hast du mir das alles nicht schon längst erzählt?«

Der Kelpie legte seinen Kopf schief. »Als wir uns in Aldean begegnet sind, hast du gedacht, ich wollte dich fressen. Hättest du mir da etwa mehr geglaubt als jetzt?«

Wohl kaum. Aber ... »Und Jack?«

»Die Könige von Aldean wussten immer aus den alten Überlieferungen über Menschen mit außergewöhnlichen Gaben Bescheid. Ich denke, Jack wollte es mir überlassen, dir davon zu erzählen. Außerdem musstest du schon so viel Neues verarbeiten«, versuchte der Kelpie, mich zu besänftigen.

Doch ich schnaubte nur und wirbelte herum. Noch immer wütend, stapfte ich auf den Wald zu. Sie hatten gelogen, mir erzählt, dass ich ein altes Erbe in mir trug. Doch ich war ein Geist, ein Monster, das vor Jahren den Körper eines Babys in Besitz genommen hatte. War ich wirklich Felicity?

»Du bist du, Felicity. Du bist zwar eine Banshee, aber trotzdem bist du kein Monster. Als du in deinen neuen Körper gegangen bist, hast du auch eine neue Persönlichkeit entwickelt, genau wie es alle Babys tun. Wer sagt dir, dass nicht auch Menschen wiedergeboren werden?«

Ich ignorierte ihn. Sie hatten mich angelogen. Jack und der Kelpie. Und wahrscheinlich steckte Mad auch mit ihnen unter einer Decke.

»Was macht es denn für einen Unterschied?« Der Kelpie klang verwundert.

Fassungslos drehte ich mich zu ihm um. Offenbar verstand er mein Problem nicht. »Was das für einen Unterschied macht?«

»Ja. Felicity. Du bist dennoch die Tochter deiner Eltern und trägst gleichzeitig das Erbe von Aldean in dir. Selbst wenn sich niemand erklären kann, wie du überhaupt zur Banshee werden konntest. Aber das alles ist doch vollkommen egal! Du bist Felicity. Du bist die Banshee, die den Magier besiegen wird, und zusammen werden wir diese Welt retten!«

»Denkst du wirklich, ich würde noch einmal freiwillig auf deinen Rücken steigen? Du bist mein Mörder!«

»Das kann man so sehen, aber man kann auch sagen, dass ich dich erst zu dem gemacht habe, was du bist.«

Ich schnaubte erneut verächtlich und stürmte an ihm vorbei in den Wald hinein. Ich wollte nur weg von ihm. Allein sein. Während ich vor ihm davonrannte, dachte ich aber über das nach, was der Kelpie gesagt hatte. Machte es wirklich einen Unterschied oder hatte er vielleicht doch recht? Wenn ich nach dem Tod alles vergaß, dann wurde ich doch wirklich jedes Mal zu einem neuen Menschen.

Ich hatte schon von Reinkarnationen gehört. Manchmal gab es sogar Menschen, die sich an ein früheres Leben erinnern konnten. Da war das, was ich angeblich tat, eigentlich nichts anderes. Es war nichts anderes als eine Wiedergeburt. Warum regte ich mich also so auf? Die Antwort lag auf der Hand: Weil ich von allen, denen ich vertraut hatte, belogen worden war.

Nach einer Weile bekam ich heftiges Seitenstechen und verlangsamte meine Schritte. Plötzlich hörte ich ein Rascheln hinter mir und meine Hand glitt automatisch zum Griff meines Schwerts. Doch es war nur der Kelpie, der mir gefolgt war.

Bei seinem Anblick erschrak ich dennoch. So weit vom Fluss entfernt sah er gar nicht mehr gut aus. Sein Fell trocknete bereits aus und er wirkte schwach und gebrechlich.

»Felicity, es tut mir so leid, dass ich dir die Wahrheit bis jetzt verschwiegen habe.« Seine Stimme klang brüchig.

Plötzlich überkam mich Mitleid mit ihm, obwohl dieses Wesen genaugenommen mein Mörder war. Trotzdem war er mir in den letzten Tagen auch zu einem guten Freund geworden. Es war paradox, aber es fiel mir schwer, ihm böse zu sein. Aber ganz so leicht wollte ich es ihm dann doch nicht machen.

»Was machst du hier?«, schnauzte ich ihn an, im Versuch weiterhin so zu tun, als wäre ich immer noch richtig sauer auf ihn.

Er antwortete mir nicht.

»Du bringst dich noch selbst um, wenn du nicht zurück zum Fluss gehst.« Mein Versuch, die Sorge aus meiner Stimme zu verdrängen, scheiterte kläglich.

»Vielleicht habe ich das ja verdient.«

Niedergeschlagen senkte der Kelpie seinen Kopf.

Meine Wut verschwand mit einem Mal vollkommen, wie eine Seifenblase, die jemand berührte.

»Nein! Nein, hast du nicht«, rief ich schockiert aus.

»Komm.« Entschlossen packte ich seine Zügel, aber ich musste ihn förmlich zum Fluss zurückziehen.

»Ich will nicht, dass du zornig auf mich bist«, hörte ich seine matte Stimme in meinem Kopf. »Das soll keine Ausrede sein, aber damals konnte ich doch nicht wissen, zu was das führen würde.«

»Ist ja gut«, meinte ich beruhigend und verfluchte mich selbst.

Wir befanden uns im Krieg und ich hatte nichts Besseres zu tun, als mich mit einem meiner Freunde zu streiten. Ich wusste, dass ich auch mit Jack und Mad, sollte er wirklich von allem gewusst haben, auf Dauer nicht böse sein konnte. Das war scheinbar kein Charakterzug, den ich mitbekommen hatte.

Inzwischen war ich endgültig zu dem Schluss gekommen, dass es keinen Unterschied machte. Ich war weiterhin Felicity und ich würde im Krieg gegen die Mitglieder des Schwarzen Ordens kämpfen und den Tod meiner Eltern und Freundinnen rächen.

Auch waren meine Eltern noch immer meine Eltern. Mein Körper war außerdem durchweg menschlich, nur eben meine Seele nicht.

Nachdenklich sah ich zu, wie der Kelpie in den Fluss eintauchte und mich allein am Ufer zurückließ. Nein, die ganze Sache war den Streit nicht wert. Irgendwann, bei einer passenden Gelegenheit, würde ich noch einmal mit dem Kelpie und auch mit Jack und Mad darüber sprechen, aber jetzt war der Krieg wichtiger. Wir mussten gemeinsam den Schwarzen Orden aus Aldean vertreiben und den Magier töten, der uns den grauenhaften Eisregen geschickt hatte, der ununterbrochen auf uns herunterprasselte.

In Gedanken rief ich nach dem Kelpie, denn nun machte ich mir Sorgen, weil er so lange unter der Oberfläche blieb.

Doch kaum hatte ich meinen Gedanken zu Ende gedacht, erschien er wieder.

»Besser?«, fragte ich ihn und ließ ihn über meine Gedanken wissen, dass ich nicht mehr böse auf ihn war.

»Viel besser«, antwortete er und stieg zu mir an Land.

»Darf ich?« Ich war besorgt, dass er noch zu schwach war, um mich zu tragen. Doch er machte eine einladende Bewegung und ich schwang mich auf seinen Rücken. Sein Fell war nun wieder nass und glitschig und er schien sich tatsächlich vollständig erholt zu haben.

»Übrigens, dass du immer so schnell wütend wirst, liegt auch daran, dass du eine Banshee bist«, hörte ich ihn in meinem Kopf. Ich hatte mit meiner Vermutung also recht gehabt. Früher, in meiner Kindheit, war ich nur sehr selten so zornig geworden, aber ich war ja erst mit siebzehn zur Banshee geworden.

»Nein, es macht wirklich keinen Unterschied«, murmelte ich, während der Kelpie und ich zum nächsten Schlachtfeld zogen.

Wieder kamen wir vor der Armee des Königs bei der Stadt an.

Auch hier hatte der Schwarze Orden Zelte aufgebaut und belagerte den Ort. Doch hier schienen die Feinde die Stadt bereits angegriffen zu haben. Noch immer regnete es, doch ich sah Rauch aus den Stadtmauern aufsteigen und Einwohner, die versuchten, aus der Stadt zu fliehen. Ihre Flucht wurde jedoch durch Mitglieder des Ordens gestoppt. Die meisten wurden zurück in die Stadt getrieben, wie Schafe, die aus ihrem Pferch entkommen waren. Aber einige Männer schleppten sie in die Zelte und ich hatte die schreckliche Vermutung, dass sie dort gefoltert oder sogar getötet wurden.

»Wir müssen etwas tun«, flüsterte ich dem Kelpie zu. Wir hielten uns im Dickicht am Ufer des Flusses versteckt, doch ich wollte hier nicht länger tatenlos rumstehen. Das konnte ich den Mitgliedern des Schwarzen Ordens einfach nicht durchgehen lassen. Sie konnten mit den unschuldigen Bewohnern von Aldean nicht tun, was sie wollten.

»Ohne die Armee des Königs? Das wäre nicht sehr klug. Sie müsste ja bald hier sein. Am besten warten wir noch ein bisschen.« Im Gegensatz zu mir blieb der Kelpie vernünftig.

Ich hasste es, untätig herumzustehen. Doch es war wirklich keine sonderlich gute Idee, die Mitglieder des Schwarzen Ordens allein anzugreifen.

Es kam mir vor, als würden wir eine Ewigkeit warten, doch so weit waren wir der königlichen Armee gar nicht voraus und endlich entdeckte ich die ersten Reiter am Horizont. Ungeduldig klopfte ich mit den Fingern auf den Griff meines Schwerts.

Sie kamen immer näher und ich erwartete die Ankunft von Jack mit gemischten Gefühlen. Ich hatte nicht vergessen, dass er mich angelogen hatte. Trotzdem freute ich mich auch darauf, ihn zu sehen, obwohl wir gar nicht so lange getrennt gewesen waren.

Jack ritt an der Spitze der Streitmacht und begrüßte mich mit einem Lächeln. Dann wandte er sich an den Kelpie. »Machen wir es so wie bei dem letzten Angriff?«

Ich sah, wie der Kelpie einen Moment lang nachdachte und dem König dann antwortete, jedoch wusste ich nicht, was er ihm sagte. Jack nickte und schien dann ebenfalls in Gedanken etwas zu erwidern.

Es frustrierte mich, nicht zu wissen, worüber sie sprachen. Am liebsten hätte ich den beiden gesagt, dass sie mich und die anderen auch an dem Gespräch teilhaben lassen sollten, aber ich beherrschte mich.

»Okay«, meinte Jack schließlich und wandte sich nun an alle. »Wir werden direkt angreifen, wir alle. Das Risiko, dass der Schwarze Orden von unserem letzten Angriff gehört hat, ist zu groß. Es ist fraglich, ob wir ein zweites Mal den Überraschungsmoment durch die Ablenkung des Kelpies auf unserer Seite haben würden.«

Ich sah, wie der Wasserdämon zustimmend nickte,

bemerkte aber auch die skeptischen Blicke der Soldaten. Es war offensichtlich, dass sie dem Kelpie trotz seiner Unterstützung im letzten Kampf noch immer nicht vertrauten. Doch für irgendwelche Befindlichkeiten war jetzt keine Zeit.

»FÜR ALDEAN!«, brüllte Jack und die Männer stimmten in seinen Ruf ein. Sie trieben ihre Pferde in einen schnellen Galopp und hielten auf die Belagerer zu.

Der Kelpie blieb an der Seite des Königs, während ich mein Schwert zog. Ich spürte, wie sich die Mähne des Wasserdämons um meine Hüfte schlang, doch das störte mich nicht im Geringsten. Inzwischen vertraute ich ihm und hatte auch keine Angst mehr davor, dass er mich fressen könnte. Auch nicht nach dem, was er mir über meine ... unsere Vergangenheit erzählt hatte. Ich war mir sicher, dass er das nur tat, um mir im Kampf zusätzlichen Halt zu geben.

Es schien nur einen Augenblick zu dauern, bis wir die ersten Zelte erreichten. Von überall her erklangen die Kriegsrufe beider Seiten und nun stimmte auch ich in sie ein. Ich schwang mein Schwert und enthauptete ein Mitglied des Schwarzen Ordens. Ich musste den Kelpie nicht lenken, er brachte mich von einem Feind zum nächsten und so konnte ich mich vollkommen auf das Kämpfen konzentrieren. Immer mehr Mitglieder des Schwarzen Ordens gingen zu Boden, aber immer wieder sah ich auch Männer des Königs fallen. Verletzt oder tot stürzten sie von ihren Pferden, die dann panisch das Schlachtfeld verließen, um sich in Sicherheit zu bringen. Aus der Stadt kamen nun ebenfalls Männer und der Schwarze Orden wurde von Aldeans tapferen Kämpfern eingekesselt.

»Felicity, pass auf!«, hörte ich eine Stimme neben mir. Ich duckte mich gerade noch rechtzeitig auf den Hals des Kelpies, da hörte ich auch schon, wie ein Schwert über mir die Luft zerschnitt.

Sofort wirbelte der Kelpie herum und brachte mich in Angriffsposition. Es dauerte nur Sekunden, bis unser Gegner regungslos am Boden lag. Auch dieses Mal war es ein befriedigendes Gefühl, zu spüren, wie mein Schwert durch das Fleisch der Feinde schnitt, und zu sehen, wie ihr Blut den Boden tränkte.

Unsere zweite Schlacht dauerte nicht lange, aber es blieben viele Verletzte und Tote zurück. Freund und Feind lagen beinahe einträchtig nebeneinander. Jacks Männer stiegen von ihren Pferden und gingen zwischen ihnen entlang. Sie töteten die Mitglieder des Schwarzen Ordens, die noch am Leben waren, und halfen ihren verletzten Kampfgefährten.

Zwischen ihnen bemerkte ich die vielen Schattengestalten. Es mussten Hunderte sein, aber inzwischen bereitete mir ihr Anblick keine Angst mehr. Irgendwie hatte ich mich wohl an sie gewöhnt, auch wenn ich noch immer nicht wusste, was es mit ihnen auf sich hatte.

Wenig später versammelte Jack seine Getreuen um sich. Auch viele Einwohner aus der Stadt waren gekommen. Sie halfen den Verletzten und begannen damit, die Toten Aldeans ehrenvoll zu bestatten.

Jack wandte sich ihnen zu.

»Ihr habt sehr tapfer gekämpft. Nicht alle von uns haben es geschafft, doch unsere Kämpfer sind als Helden gefallen!«, rief er laut über das Schlachtfeld.

»Wir werden die Verletzten in die Stadt bringen und neue Kräfte sammeln, um dann wieder zuzuschlagen. Die Grenzwächter sollten bald zu uns stoßen und dann werden wir gemeinsam unsere Suche nach den Mitgliedern des Ordens fortsetzen. Wir werden den Tod unserer Kameraden und unseres Königs rächen und den Schwarzen Orden vernichten.«

Die Männer stimmten ihm mit lauten Rufen zu. Kurz darauf löste sich die Menge auf.

»Wir sollten uns wieder trennen«, vernahm ich die Stimme des Kelpies in meinem Kopf und ich stimmte ihm wortlos zu. Ich ließ mich von seinem Rücken gleiten und schwang mich in den Sattel eines reiterlosen Pferdes, das in der Nähe graste. Ich sah meinem Freund nach, bis er in den Fluten des Flusses verschwunden war, dann machte ich mich auf die Suche nach Jack.

Wenig später ritt ich zusammen mit ihm an der Spitze seiner Truppen in die Stadt ein. Wir wurden von den Einwohnern mit lauten Jubelrufen empfangen. Die verletzten Männer brachte man in die Häuser und auch wir anderen wurden von den Bewohnern freundlich aufgenommen. Jack und mich führte man in ein kleines Haus direkt hinter der Stadtmauer. Wir bekamen Decken und trockene Kleidung.

Eine alte Frau brachte mich in eine winzige Kammer, in der es nur ein Bett und einen Stuhl gab, damit ich mich umziehen konnte. Ich bedankte mich bei ihr für die Kleidung, die wohl ihrer Tochter gehörte.

Sie strahlte mich an und reichte mir etwas zu trinken. »Es ist mir eine Ehre, der Armee des Königs helfen zu können. Falls Ihr noch etwas braucht, gebt mir

Bescheid.« Sie nickte mir noch einmal zu, dann ließ sie mich allein.

Erschöpft ließ ich mich auf die Bettkante sinken und stellte den Wasserbecher auf dem Boden ab.

Es klopfte.

»Ja?«

Jack steckte den Kopf zur Tür herein. »Darf ich?«

»Komm rein.«

Er zog sich den Stuhl zum Bett heran und warf mir dann einen prüfenden Blick zu. »Wie geht es dir?«

Ich zuckte mit den Schultern und nahm das Brot entgegen, das er mir reichte. »Danke.«

»Komm schon, sag, ist alles in Ordnung mit dir?«

»Na ja ... ich weiß nicht ... Der Kelpie hat mir die Wahrheit über mich erzählt.« Endlich sprach ich das Thema an, das mir auf der Seele lag, und sah ernst zu ihm auf.

»Es tut mir leid, dass ich das nicht getan habe, aber ich ...« Jack wich meinem Blick aus und ich hatte das Gefühl, dass es ihm wirklich leidtat. »... ich war der Meinung, dass es damals genug Neues für dich zu verkraften gab. Und dann, dann war nie die richtige Gelegenheit, um dir die ganze Wahrheit zu erzählen.« Er sah mich entschuldigend an.

»Jetzt weiß ich es ja.« Ich konnte ihm einfach nicht böse sein und in Zeiten wie diesen, in denen Krieg herrschte, war es wirklich keine gute Idee, seine Energie mit Streit zu verschwenden.

»Bist du sehr wütend auf mich?«

Jack sah mir direkt in die Augen.

Ich schüttelte sofort den Kopf, wandte den Blick jedoch schnell von ihm ab.

»Ich glaube, ich hätte genauso gehandelt.«

Wir verfielen in Schweigen und ich sah ihm an, dass er genauso wenig wusste, was er noch dazu sagen sollte, wie ich.

»Mein König?«

Wir sahen beide auf. In der Tür, die Jack offensichtlich nicht richtig geschlossen hatte, stand einer seiner Krieger und verbeugte sich vor Jack. »Die Grenzwächter sind soeben in der Stadt eingetroffen«, informierte er den König und warf mir einen neugierigen Blick zu.

»Gut. Schick Madenion zu mir«, wies Jack ihn an. »Und hol Niall dazu! Mit ihm will ich ebenfalls sprechen.«

Ich runzelte die Stirn. Im Blick des Kriegers hatte sich etwas verändert, als Jack Nialls Namen erwähnt hatte. Der Mann räusperte sich, senkte den Kopf und sprach die nächsten Worte so leise, dass ich Mühe hatte, ihn überhaupt zu verstehen. »Verzeiht, mein König. Niall ist im Kampf gefallen.«

Mir blieb die Luft weg und in eben diesem Moment wurde mir bewusst, dass der Tag heute sein Todestag gewesen war, den ich in meiner Vision gesehen hatte. Die ganze Zeit über war ich so mit anderen Dingen beschäftigt gewesen, dass ich nicht mehr über meine Vision von Nialls Tod nachgedacht hatte. Doch nun fühlte ich mich schuldig. Hätte ich ihn vielleicht irgendwie retten können? Oder war das, was ich sah, in Stein gemeißelt?

Wenn es so war, musste ich in Zukunft noch mehr darauf achten, niemandem mehr in die Augen zusehen. Aldean befand sich im Krieg und viele würden sterben. Doch ich wollte nicht wissen, wann es bei meinen Freunden so weit wäre. Auf solche Informationen konnte ich getrost verzichten.

Tränen stiegen mir in die Augen. Zwar hatte ich Niall kaum gekannt, jedoch hatte ich ihn gern gehabt. Ich musste daran denken, wie er und Amelia mich aus der Menschenwelt geholt hatten, kurz bevor die Grenzen geschlossen worden waren. Nun leben sie beide nicht mehr, dachte ich verzweifelt und begann, leise zu weinen. Um Niall, um Amelia und um all die anderen, die in diesem Krieg schon gefallen waren.

Ich spürte, wie Jack sich neben mich setzte und mich in seine Arme nahm. Kraftlos lehnte ich mich gegen ihn. Es war das erste Mal seit Langem, dass ich meinen Gefühlen freien Lauf ließ und die Mauer in meinem Kopf brach.

Erst eine ganze Weile später beruhigte ich mich endlich. Der Krieger hatte sich rücksichtsvoll zurückgezogen und Jack und mich allein gelassen.

»Danke, dass du für mich da warst«, murmelte ich und löste mich aus seinen Armen.

»Das werde ich immer, Felicity. Ich meine, wenn du willst ... ich denke, wenn der Krieg vorbei ist ... vielleicht könnten wir dann ...« Ein lautes Klappern von Hufen auf der Treppe unterbrach Jack und Sekunden später polterte Mad in den Raum.

Ich sprang auf und schlang dem Grenzwächter meine Arme um den muskulösen Hals.

»Meine kleine Felicity, ich freue mich dich zu sehen«, hörte ich ihn in meinem Kopf flüstern. Auch seine Stimme war nicht mehr so fröhlich wie einst. Der Krieg hatte ihm ebenso zugesetzt wie uns, und

317

ich war mir sicher, dass auch er um gefallene Freunde trauerte.

»Ich bin so froh, dass du da bist, Mad. Ich habe dich vermisst.« Meine Tränen sickerten in sein weiches Fell.

»Ich habe dich auch vermisst, kleine Banshee!« Mad richtete seinen Kopf auf, sodass ich meine Umarmung lösen musste. Er sah zwischen Jack und mir hin und her und mir wurde bewusst, dass er zu uns beiden sprechen wollte.

»Es kommen immer mehr Mitglieder des Schwarzen Ordens über die Grenzen. Den anderen Wächtern und mir ist es inzwischen gelungen, vier der fünf Grenzen wieder vollkommen zu verriegeln. Allerdings werden sie nie mehr begehbar sein, sie sind vollständig vernichtet. Bei dem letzten Übergang ist uns das allerdings nicht gelungen. Es scheint, als würde ein Zauber ihn offenhalten. Anderseits wollen wir aber diesen letzten Grenzposten auch nicht komplett verschließen, denn dann würde es überhaupt keine Verbindung mehr zwischen den Welten geben. Auch keinen Übergang in die Menschenwelt.« Mad sah mich an.

»Kann man die Schatten dort irgendwie wiederherstellen?« Jack hatte seine Stirn in Falten gelegt und schien angestrengt zu überlegen.

»Theoretisch ja, aber das braucht eine riesige Menge magischer Energie, und die steht uns leider in dieser Konzentration nicht zur Verfügung.«

Ich konnte die Frustration in der Stimme des Pegasus hören.

»Der Magier«, rief ich.

Sie sahen mich beide verdutzt an. Hastig versuchte ich, ihnen meine Idee zu erklären. »Der Magier aus der Schwarzen Welt, der, der uns diesen grässlichen, eisigen Regen schickt ... Was wäre, wenn wir ihn an der Grenze töten? Könntet ihr dann seine Energie für die Wiederherstellung der Schatten verwenden?«

Beide sahen mich nachdenklich an.

»Das könnte möglicherweise funktionieren.«

Mad schien von meiner Idee angetan.

»Ich fürchte nur, ihr beide vergesst etwas«, dämpfte Jack unsere Begeisterung. »Wie kriegen wir den Magier an die Grenze? Er kann doch überall im Land sein oder sogar in der Dunklen Welt.«

Mad schüttelte den Kopf. »Den Regen kann er von überall erzeugen. Das ist nur ein billiger Taschenspielertrick. Doch um diesen Übergang gegen die geballte magische Energie aller Wächter offenzuhalten, muss er unvorstellbar viel Magie aufbringen. Ich bin mir ziemlich sicher, dass er dafür in der Nähe bleiben muss.«

Jack wirkte noch immer nicht restlos überzeugt. »Und wie sollen wir ihn töten?«

»Das werden wir schon schaffen. Ich meine, wir müssen es schaffen!« Ich wusste, dass der Kelpie uns zur Seite stehen würde. Vielleicht würde es uns ja gemeinsam irgendwie gelingen, den Magier zu überlisten. Mad und der Kelpie hatten ganz besondere Kräfte, Jack war ein ausgezeichneter Kämpfer und ich hatte mich ebenfalls gut geschlagen, wenn wir all das vereint gegen den Magier einsetzten ...

»Wenn Ihr es erlaubt, mein König, dann werde ich die anderen Grenzwächter noch heute an den offenen

Grenzposten schicken. Nur einer von uns ist mit einem Heer von Rittern dort geblieben. Ich bin mir sicher, dass sie bei der Verteidigung Hilfe gebrauchen können. Ich selbst würde bleiben und mit Euch gehen.« Mad sah Jack an.

»In Ordnung.« Jack nickte zustimmend.

Der Pegasus verbeugte sich und verließ uns dann, um mit den anderen Grenzwächtern zu reden.

»Und was machen wir jetzt?« Fragend sah ich Jack an.

»Wir sollten versuchen, etwas zu schlafen, bevor wir morgen früh weiterziehen.« Er stand auf und ich bemerkte, dass auch er sehr müde aussah.

Er hatte recht, wenn wir dem Magier die Stirn bieten wollten, mussten wir ausgeruht und bei Kräften sein. Nachdem er mich allein gelassen hatte, zog ich mich aus. Während ich unter die Decke schlüpfte, fielen mir die Worte ein, die er kurz vor Mads Erscheinen zu mir gesagt hatte. Dass er immer für mich da sein würde. Und er hatte davon gesprochen, was nach dem Ende des Krieges sein würde.

Ja, was würde dann sein? Mad hatte ihn davon abgehalten, weiterzusprechen, und so spann ich selbst den Faden weiter. Was, wenn wir wirklich in der Lage waren, den Krieg zu beenden und den Magier zu besiegen? Was, wenn ausgerechnet wir Aldean retten würden? Würde ich dann in mein altes Leben in der Menschenwelt zurückkehren und so weiterleben, als wenn nie etwas passiert wäre? Nein, das war nicht möglich, immerhin waren meine Eltern tot. Mein altes Leben war vollständig zerstört. Gab es hier in Aldean vielleicht eine Zukunft für mich?

Als ich die Augen öffnete, war es noch dunkel und zuerst wusste ich gar nicht, warum ich überhaupt aufgewacht war. Irgendwie hatte ich das Gefühl, kaum geschlafen zu haben. Ich war noch immer müde, und darum dauerte es wohl einen Moment, bis mir bewusst wurde, dass der Boden bebte.

Ich sprang aus dem Bett. Mein Schwert lag griffbereit auf dem Boden und ich schnappte es mir, bevor ich aus dem Zimmer stolperte. Mühsam torkelte ich den Flur entlang und hielt mich an der Wand fest, um von dem Beben nicht von den Füßen geworfen zu werden. Wo war Jack? Und was war hier los? Ich war mir ziemlich sicher, dass es sich um ein Erdbeben handelte, und dachte sofort, dass es nicht natürlich sein konnte. Der Magier musste ebenso wie bei dem unheimlichen Regen seine Finger im Spiel haben.

»Felicity!«

Ich drehte mich um und sah Jack auf mich zukommen. Auch er musste sich an der Wand abstützen, um nicht zu stürzen.

»Was passiert hier, Jack?«, rief ich ihm zu und blieb stehen, um auf ihn zu warten.

»Ein Erdbeben, wir müssen so schnell wie möglich hier raus.«

Gemeinsam taumelten wir weiter.

»Passiert das oft in Aldean?«, keuchte ich, während wir nach draußen wankten.

Er schüttelte den Kopf und zog mich die Straße entlang. Nervös beobachteten wir, wie die Gebäude um uns herum schwankten. Immer wieder fielen Ziegel von den Dächern oder es brachen Steine aus den Wänden. Panisch rannten die Einwohner der Stadt durcheinander und versuchten, ihre Familien und ihr Hab und Gut in Sicherheit zu bringen.

Wir entdeckten einen Jungen, der Pferde aus einem Stall befreite. Rasch halfen Jack und ich ihm und brachten vier der Tiere auf dem schnellsten Weg aus der Stadt heraus.

Sogar die massiven Stadtmauern schwankten bedenklich und ich war erleichtert, als wir das Tor hinter uns ließen. Schnell übergab ich die Pferde einer Frau und rannte trotz der Gefahr zurück. Ich hatte das Gefühl, mich auf einem Schiff zu bewegen und seekrank zu werden. Noch nie zuvor hatte ich ein Erdbeben erlebt und auf diese Erfahrung hätte ich gut verzichten können. Doch ich musste den Menschen und Tieren helfen, aus der Stadt heraus und in Sicherheit zu kommen, egal wie sehr mir mein Instinkt befahl, zu fliehen.

Als ich wenig später mit zwei weiteren Pferden das Stadttor passierte, wurde ich von einer besonders starken Erschütterung umgerissen. Ich schlug hart auf der Erde auf und ließ die Stricke der Pferde los. Panisch galoppierten sie davon und ich beeilte mich, wieder auf die Füße zu kommen. Die Häuser, die dem Tor am nächsten standen, stürzten hinter mir in sich zusammen. Ich hörte Frauen, Männer und Kinder schreien und die, die noch in der Stadt waren, rannten um ihr Leben. Die Erde riss auf und ganze Gebäude verschwanden in den Spalten, die sich im Boden auftaten.

»Felicity!«

Ich wirbelte herum und sah Jack auf mich zulaufen. So schnell ich konnte, rannte ich zu ihm und wir fielen uns in die Arme. Schockiert hielten wir uns fest und sahen aus sicherer Entfernung zurück zur Stadt. Das Erdbeben vernichtete sie innerhalb von Augenblicken und ich war mir nun endgültig sicher, dass dies das Werk des Magiers sein musste. Nichts anderes konnte so schnell eine ganze Stadt zum Einsturz bringen und in der Erde verschwinden lassen.

Neue Spalten taten sich vor der Stadt auf. Erneut erklangen Schreie und immer mehr Menschen fielen in die Spalten, wenn sich diese direkt unter ihren Füßen auftaten. Die Panik schien sich mit jeder Sekunde zu verstärken und ich wusste nicht, was ich tun sollte, um zu helfen. Ein Blick zu Jack zeigte mir, dass er ebenso verzweifelt war wie ich.

Als sich direkt neben uns ein gigantischer Spalt öffnete, konnte ich nicht anders. Wie gebannt starrte ich hinein. Er schien endlos tief in die Erde zu gehen, doch als ein Beben erneut den Boden erschütterte, sprang ich zurück, um nicht hineingeworfen zu werden. »Was ist dort unten?«

»Das weiß niemand so genau. Noch nie hat jemand in die Erde gebohrt, wie bei euch in der Menschenwelt, und natürliche Spalten im Boden gibt es hier in Aldean nicht. In den Sagen heißt es, dass es unter der Oberfläche ein riesiges Labyrinth gibt, in dem eine Schildkröte lebt. Das sind jedoch nur Geschichten, schließlich war ja noch nie jemand dort. Oder falls doch, ist er nicht zurückgekehrt, um es zu erzählen.«

Mir kam ein beunruhigender Gedanke. Was, wenn uns jetzt die Mitglieder des Schwarzen Ordens angreifen würden? Wir wären ihnen schutzlos ausgeliefert!

Sofort vergewisserte ich mich, dass mein Schwert noch an meinem Gürtel hing, und fragte: »Und was machen wir jetzt?«

»Das wirst du gleich hören.« Jack winkte einen Krieger zu sich, der in der Nähe stand, und wies ihn an, alle Kämpfer von Aldean zu versammeln, die das Erdbeben überlebt hatten.

Die Männer bildeten einen Kreis um ihren König und warteten schweigend darauf, dass er das Wort ergriff.

»Wir werden heute noch zu dem offenen Grenzposten ziehen! Dort werden wir uns unserem letzten Kampf stellen. Wir werden den Schwarzen Orden endgültig aus unserer Welt vertreiben und den Frieden zurück nach Aldean bringen!« Er hob sein Schwert in die Höhe und schrie: »Für Aldean!«

»Für Aldean!« Wir alle stimmten in den Schlachtruf des Königs ein und die Spalten in der Erde warfen ihn tausendfach zurück.

»Alles nähert sich dem Ende.«

Ich drehte mich um und sah den Kelpie auf mich zukommen. In Gedanken stimmte ich ihm zu.

»Es wird nicht mehr lange dauern, bis wir dem Magier gegenübertreten werden, nicht wahr?« Die Stimme meines Gefährten klang besorgt, aber auch entschlossen.

Ich nickte und schwang mich auf seinen Rücken. Wir würden zusammen in diesen letzten Kampf ziehen. Gemeinsam würden wir gegen den Magier antreten und ihn hoffentlich auch besiegen.

Jack trat zu uns.

»Der Fluss führt doch genau bis an die Grenze,

oder?«, vergewisserte ich mich bei ihm.

Er nickte kurz, dann wandte er sich an einen seiner Ritter, den ich schon oft gesehen hatte, weil er sich meistens in Jacks Nähe aufhielt, Ich vermutete, dass er einen hohen Rang in der Armee bekleidete.

»Ich möchte, dass du die Truppen anführst.«

»Warum denn ich, mein König?«

Nicht nur der Mann war überrascht darüber, dass der König die Armee nicht selbst führen wollte.

»Ich werde mit der Banshee, Madenion und dem Kelpie vorausreiten. Wir werden vor euch ankommen, und können so verhindern, dass die Truppen Aldeans in eine Falle laufen.«

»Das ist sicher eine gute Idee. Ich danke Euch für die Ehre, mein König. Ich werde mich ihrer würdig erweisen.« Der Ritter verbeugte sich.

»Gut, dann wollen wir keine Zeit verlieren. Schick Madenion zu mir.«

Nachdem der Mann fortgegangen war, wandte sich Jack wieder mir und dem Kelpie zu. »Was ich gerade gesagt habe, war nur die halbe Wahrheit. Mein neuer Oberbefehlshaber muss ja nicht unbedingt wissen, dass der Telepath des Schwarzen Ordens in deinen Gedanken war, Felicity. Ich mache mir Sorgen, dass er vielleicht spüren kann, dass du kommst, und darum wollte ich euch beide«, er sah mich und den Kelpie an, »nicht allein losschicken.«

Bevor ich etwas sagen konnte, landete Madenion neben dem Kelpie und verbeugte sich flüchtig vor Jack.

»Wir brechen sofort auf.« Jack schwang sich auf den Rücken des Pegasus, der sich augenblicklich in die Lüfte erhob. Der Kelpie wirbelte herum und galoppierte zurück zum Fluss. Ich war mir sicher, dass er wieder seinem Verlauf folgen wollte. Madenion flog nun mit Jack auf seinem Rücken direkt über uns.

24. Kapitel

Das Erdbeben schien ganz Aldean heimgesucht zu haben.

Die Dörfer, an denen wir vorbeizogen, lagen in Trümmern. Einige Feuer trotzten noch eine Weile dem eisigen Regen, bevor sie erloschen.

Immer wieder kamen wir an Truppen des Schwarzen Ordens vorbei und jedes Mal verbargen wir uns vor ihnen. Am liebsten hätte ich gegen sie gekämpft, doch ich wusste, dass wir zu viert im Kampf gegen sie keine große Chance hatten. Dafür waren es einfach zu viele Gegner.

Mittlerweile hatte ich das Gefühl, als wären Nässe und Kälte schon zu einem Teil von mir geworden, und ich konnte mir nicht vorstellen, dass mir jemals wieder warm sein würde. Der Regen sollte uns sicher schwächen, uns Angst machen, uns vielleicht sogar bei dem Magier um Gnade betteln lassen. Doch ich wusste, dass das ganz sicher niemand tun würde.

Jack würde seine Welt niemals in die Hände des Schwarzen Ordens geben und ebenso wenig würden seine Krieger oder seine Ritter um Gnade bitten. Und die anderen Bewohner Aldeans? Vielleicht standen sie nicht alle zu hundert Prozent hinter dem König, aber doch würden sie ihn und ihr Land nicht verraten. Die Alte, die mich angegriffen hatte, war sicher eine Ausnahme.

Der Kelpie preschte mit den Fluten des Flusses in Richtung Grenze und seine gleichmäßigen Bewegungen sorgten dafür, dass ich immer müder wurde. Nach einer Weile ließ ich mich auf seinen Hals sinken und schloss die Augen. Er würde mich nicht fallen lassen, da war ich mir sicher. Ich vertraute ihm. Mittlerweile war es mir egal, dass er mich angelogen hatte. Ich wusste, dass er auf mich aufpassen würde und mir ein guter Freund war. Nur das zählte.

So dauerte es nicht lange, bis ich eingeschlafen war, aber selbst im Schlaf spürte ich die Kälte des Regens.

»Felicity?«

Als ich erwachte, spürte ich sofort, dass der Kelpie angehalten hatte.

»Was ist los?« Ich richtete mich auf.

»Wir machen Pause«, erklärte mein Träger, während Mad vor uns landete.

Jack sprang von seinem Rücken und kam auf uns zu. Er wirkte etwas steif und zitterte vor Kälte, aber dennoch schaffte er es, zu lächeln. »Hier in der Nähe gibt es eine kleine Höhle. Dort finden wir bestimmt Schutz vor dem Regen.«

Die Höhle war zwar nicht weit vom Fluss entfernt, doch der Kelpie blieb trotzdem lieber dort und verschwand in den Tiefen des Wassers.

Zu dritt machten wir uns auf den Weg zu dem Unterschlupf und fanden ihn tatsächlich trocken vor. Die Höhle verschwand in einem riesigen Felsen und die ersten Meter führte eine breite Treppe hinauf. Selbst der eisige Regen hatte dadurch keine Chance, in die Höhle zu gelangen.

Erleichtert und erschöpft ließ ich mich auf den harten Boden sinken und lehnte mich gegen die Wand.

Jack setzte sich neben mich und holte etwas von dem Proviant aus seinem Rucksack.

»Geht es dir gut?« Er reichte mir Brot und eine Flasche Wasser.

Mein Herz schlug in seiner Nähe schneller und ich spürte seinen Blick auf mir ruhen, doch ich wich ihm aus. Ich wollte ihm nicht in die Augen sehen, denn dann würde ich wahrscheinlich erfahren, wann er sterben würde.

»Ohne Regen würde es mir besser gehen.« Nein, es ging mir nicht gut, aber nicht nur wegen des Regens. Ich vermisste meine Eltern, Bonnie, Amelia und Niall. Würden noch mehr meiner Freunde in diesem Krieg fallen? Was, wenn Jack sterben würde? Der Gedanke schnürte mir die Kehle zu. Oder einer meiner anderen Gefährten?

Ich beobachtete Mad, der sein nasses Fell schüttelte und versuchte, seine Flügel mit stetigem Schlagen zu trocknen. Schließlich kam er zu Jack und mir und legte sich vor uns auf den Steinboden. »Du hast dich verändert«, hörte ich seine Stimme in meinen Gedanken.

»Wie meinst du das?« Ich vermied den direkten Blick in seine roten Augen, die er nun auf mich gerichtet hatte.

»Als ich dich kennengelernt habe, wusstest du noch nicht lange, dass du eine Banshee bist. Das alles war neu für dich und doch hast du es mit solch einer Gelassenheit aufgenommen, dass ich mich manchmal gefragt habe, ob du es nicht vielleicht doch schon

länger wusstest. Vielleicht tief in deinem Unterbewusstsein? Aber Aldean hat dich endgültig verändert. Nicht negativ, das will ich damit nicht sagen,
aber doch hat diese Welt dich stark beeinflusst. Du
hast mit jedem Tag an Stärke gewonnen. Mental und
auch körperlich. Du bist nun wahrhaftig eine echte
Banshee. Ich weiß, dass es nicht immer leicht für dich
war, wir alle haben Freunde im Krieg verloren, aber
trotzdem gibst du nicht auf. Das bewundere ich an
dir.«

Die Worte des Grenzwächters verschlugen mir die
Sprache und meine Augen füllten sich mit Tränen.
Ich wusste einfach nicht, was ich sagen sollte. Schnell
stand ich auf und umarmte ihn.

Vorsichtig legte er seine Flügel um mich.

»Meine kleine Banshee«, hörte ich die stolze
Stimme meines geflügelten Freundes, »aus dir ist
wirklich eine der talentiertesten Kriegerinnen geworden, die ich je getroffen habe.«

»Danke«, flüsterte ich und drückte ihn noch einmal, bevor ich mich von ihm löste und mich wieder
neben Jack setzte.

Die leichte Verwirrung in seinem Blick zeigte mir,
dass er das Gespräch zwischen Mad und mir nicht
mitbekommen hatte.

Während ich mir noch etwas Brot und ein Stück
Käse nahm, fragte ich mich, ob man es irgendwann
wissen würde, wenn ein telepathisch begabtes Wesen
zu mehreren Personen sprach. Mir war es nur einmal
durch Mads direkten Blickkontakt mit Jack und mir
aufgefallen.

»Wie weit ist es noch bis zur Grenze?«, erkundigte

ich mich bei Jack zwischen zwei Bissen.

»Nicht mehr weit, wir sollten übermorgen dort eintreffen.« Er stand auf und ich sah zu ihm auf.

»Was hast du vor?«

»Ich war vor vielen Jahren schon einmal hier und habe trockenes Holz hinten in der Höhle gelagert. Damals habe ich es nicht verbraucht. Vielleicht haben wir Glück und es ist noch da.«

Jack verschwand im hinteren Teil der Höhle. Ich hörte seine Schritte, konnte ihn jedoch nicht mehr sehen.

Nach einigen Minuten kam er zurück und brachte tatsächlich Holz mit. Schnell entfachte er ein herrlich prasselndes Feuer und ich spürte, wie die Wärme langsam die Kälte vertrieb. Wahrscheinlich würde das kleine Feuer mich nicht komplett aufwärmen, jedoch trocknete es meine Kleidung ein wenig und die Kälte, die in die Höhle kroch, war besser auszuhalten.

»Warum warst du damals hier in der Höhle?«

»Ich bin zum Grenzposten gereist, um in die Menschenwelt zu gehen. Damals bin ich das erste Mal für längere Zeit dort gewesen und sogar zur Schule gegangen. Ich weiß nicht mehr, wie der kleine Ort hieß, in dem ich gewohnt habe, aber es war wunderschön dort. Viel schöner als in Glasgow. Weißt du, wenn man hier in Aldean aufgewachsen ist, sind menschliche Großstädte anfangs sehr anstrengend. Es dauert, bis man sich an die Technik und die Lautstärke gewöhnt hat. Ich liebe beide Welten, aber ich könnte niemals nur in der Menschenwelt leben. Dort ist es mir einfach zu stressig. Mir fehlt die Ruhe. Ich vermisse es, mit einem Pferd von einem Ort zum anderen zu reiten. In dieser Hinsicht kann ich mich einfach nicht an die Menschenwelt gewöhnen. Autos sind nicht meins.«

Er lachte und auch ich musste lächeln.

Unsere Unterhaltung lenkte mich von den Gedanken an den Krieg und die ungewisse Zukunft ab, was mir in diesem Moment guttat.

»Jedenfalls wurde ich damals von einem Unwetter überrascht. Ich suchte Schutz und fand diese Höhle. Über Nacht blieb ich hier und am nächsten Tag reiste ich weiter. Selbst mein Pferd konnte ich problemlos mit in diese Höhle nehmen, darum wusste ich, dass hier genug Platz für Madenion sein würde. Auch wenn ich nicht unbedingt daran gedacht habe, eines Tages zurückzukommen, habe ich mir den Standort der Höhle gemerkt. Man weiß ja nie, wann man mal einen Unterschlupf braucht, und es ist immer gut, einen sichereren Ort zu kennen.« Zufrieden legte er noch einen Ast ins Feuer, bevor er mich erneut ansah. »Gehst du zurück in die Menschenwelt, wenn der Krieg vorbei ist?«

Diese Frage war nicht leicht zu beantworten.

»Ich weiß es nicht«, gestand ich.

Ich liebte Aldean inzwischen und fühlte mich hier wohl. Diese Welt war so wunderschön und außergewöhnlich, trotz des Krieges. Hier wurde ich akzeptiert und hier hatte ich eine Aufgabe, jedenfalls im Moment. Aber was würde nach dem Krieg sein? Eigentlich konnte ich mir nicht mehr vorstellen, nach Glasgow zurückzukehren und jeden Tag zur Schule zu gehen. Außerdem würde ich bestimmt in einem Heim oder bei einer Pflegefamilie landen, bis ich in ein paar Monaten achtzehn wurde, denn ich hatte ja kein Zuhause mehr.

Der Gedanke an meine Eltern brach mir das Herz. Ich hatte sie einfach auf unserer Türschwelle zurückgelassen, hatte mich nicht richtig von ihnen verabschiedet und war nicht zu ihrer Beerdigung gegangen. Ich fühlte mich schlecht, das hatten sie nicht verdient. Ihre Tochter hätte sie auf ihrem letzten Weg begleiten sollen. Doch ich war nach Aldean geflohen.

»Ich weiß nicht, was ich nach dem Krieg machen soll.« Ich sah Jack an, vermied es jedoch, ihm direkt in die Augen zu sehen. »Irgendwie liegt das Ende des Krieges für mich noch in weiter Ferne. Ich kann mir gar nicht vorstellen, was danach kommt.« Noch vor Kurzem war ich ein einfaches Mädchen gewesen. Ich war umgezogen, zur Schule gegangen und dann hatte sich alles so schnell verändert. Dieser Krieg war wirklich noch nicht lange im Gange, und wenn man ihn mit manchen Kriegen in der Menschenwelt verglich, war er eher kurz, doch er war zu meinem Lebensinhalt geworden. Er war meine Aufgabe!

Ich fragte mich, ob es normal war, dass man sich so schnell an ein neues Leben gewöhnte. Oder ging das nur mir so? Mad irrte sich nicht, ich hatte mich verändert. Auch wenn die Veränderungen positiv waren, so würden sie doch mein weiteres Leben beeinflussen. Ich würde all das, was geschehen war und noch geschehen würde, nie vergessen. Ich konnte einfach nicht mehr in das Leben zurückkehren, das ich vorher gelebt hatte, und das nicht nur, weil es dieses Leben gar nicht mehr gab, sondern weil ich eine andere war.

Erschöpft lehnte ich den Kopf an die kalte Felswand. Obwohl ich lange auf dem Rücken des Kelpies geschlafen hatte, überkam mich nun wieder die Müdigkeit. Ich schob es auf das nasse und kalte Wetter. Irgendetwas daran schien mich zu schwächen.

Eine Zeit lang kämpfte ich gegen die Müdigkeit an. Was, wenn der Schwarze Orden diese Höhle fand und uns im Schlaf tötete? Doch dann beruhigte ich mich. Jack und Mad würden auf mich aufpassen, wenn ich schlief. Die beiden würden niemals zulassen, dass wir schutzlos waren oder dass mir etwas geschah.

Eigentlich fand ich es nicht fair ihnen gegenüber, wenn ich schon wieder schlief. Schließlich hatte Mad sich auf der Reise um einiges mehr angestrengt, und ich wusste nicht, wie lange es her war, dass Jack sich das letzte Mal ausgeruht hatte.

»Du kannst ruhig schlafen.« Jack lächelte mich erneut an.

Ich schüttelte den Kopf. »Ist schon in Ordnung, ich kann Wache halten, schließlich habe ich mich vorhin erholt, als wir unterwegs waren.«

»Trotzdem bist du müde. Leg dich einfach hin und mach die Augen zu. Ich werde dich in ein paar Stunden wecken, dann kannst du die nächste Wache übernehmen.«

Erleichtert nahm ich mir eine der nassen Decken und breitete sie neben dem Feuer auf dem Boden aus. Ein Blick auf Mad zeigte mir, dass der Grenzwächter ebenfalls schlief. »Danke, dass du die erste Wache übernimmst«, sagte ich leise zu Jack. Ich war mir sicher, dass ich jetzt keine komplette Wache durchgestanden hätte.

Er sagte nichts, sondern nickte nur und schenkte mir ein weiteres Lächeln.

Vielleicht kam es mir nur so vor, aber ich hatte das Gefühl, dass er lange nicht mehr so viel gelächelt hatte wie an diesem Tag. War er vielleicht ebenso glücklich wie ich? Obwohl wir auf einer gefährlichen Mission waren, genoss ich es, mit Jack zusammen zu sein. Vielleicht hatte Kara doch recht.

Als wir am nächsten Morgen die Höhle verließen, prasselte der Regen mit unveränderter Stärke vom Himmel. Ein Sturm war aufgezogen und ich hatte Probleme, mich auf den Beinen zu halten.

»Willst du wirklich fliegen?«, wollte ich von Mad wissen. Ich musste schreien, damit meine Worte nicht im Rauschen des starken Windes untergingen.

»Ja. Das wird schon klappen.« Der Grenzwächter war um einiges optimistischer als ich.

»Aber wenn ihr zu Fuß gehen würdet, wäre das ...«

»... viel zu langsam. Ich bin nicht gut auf den Beinen. Meine Flügel sind wahnsinnig schwer. Ich kann zwar kurze Strecken laufen, aber die Luft ist nun mal mein Element.«

»Madenion schafft das schon.«

Auch Jack klang zuversichtlich, als er sich auf Mads Rücken schwang.

In Gedanken rief ich nach dem Kelpie und fast augenblicklich tauchte er aus den Fluten des Flusses auf.

Ihm schien das Wetter von uns allen die geringsten Probleme zu bereiten. Ich lief ihm entgegen und er kniete sich hin, damit ich auf seinen Rücken klettern konnte. Dort fühlte ich mich sofort viel sicherer und auch mächtiger. Ich hatte das Gefühl, dass mir der Sturm nichts mehr anhaben konnte.

Zurück am Fluss beschleunigte der Kelpie, doch heute war sein Galopp viel langsamer.

Hatte ich mich getäuscht und dieses Unwetter hatte doch Einfluss auf ihn? »Macht dir der Sturm auch so zu schaffen?«, fragte ich deshalb, während mir meine nassen Locken vom Wind ins Gesicht gepeitscht wurden. Energisch strich ich sie mit einer Hand zurück, aber es war vergebens.

»Nein, ich merke ihn kaum, aber wenn ich so schnell wie sonst laufe, hängen wir die anderen schon nach ein paar Minuten total ab. Schau mal nach oben.«

Ich hob den Kopf, kniff aber sofort die Augen zusammen, weil mir die eisigen Regentropfen direkt ins Gesicht fielen. Verschwommen konnte ich Mad erkennen, der etwas hinter uns flog. Er kam nur mit großer Mühe vorwärts und schwankte im Sturm. Konnte ein Pegasus abstürzen? Ich machte mir Sorgen um meine Freunde, doch ich wusste, dass ich ihnen nicht helfen konnte.

»Ist alles in Ordnung, Mad?«, fragte ich in meinen Gedanken.

»Alles in Ordnung, ist nur ziemlich anstrengend«, antwortete er mir mit erschöpfter Stimme.

»Wenn du eine Pause machen willst, musst du nur Bescheid sagen«, bot ich ihm an.

»Es geht schon, außerdem wollen wir doch vorankommen.«

Ich wusste, dass der Grenzwächter sich nicht zu

etwas zwingen lassen würde, daher ließ ich die Entscheidung über eine Pause seine Sache sein. Er wusste sicher am besten, wie lange er bei dem Sturm fliegen konnte. Trotzdem blickte ich immer wieder besorgt nach oben, um mich zu vergewissern, dass die beiden noch über uns waren.

Je näher wir der Grenze kamen, desto stärker wurde der Sturm. Immer mehr Spalten durchzogen den Boden. Es sah so aus, als hätte das Erdbeben hier noch stärker gewütet als in der Stadt, in der wir davon überrascht worden waren. Der Regen wurde ebenfalls immer heftiger, wenn das überhaupt möglich war. Inzwischen war es, als hätte jemand einen riesigen Wasserhahn über uns aufgedreht. Ich fragte mich, ob der Magier uns einschüchtern und von der Grenze fernhalten wollte.

Ich war froh, dass der Telepath nicht mehr in meinen Kopf eingedrungen war. Doch ich hatte Angst, dass es jede Minute wieder passieren könnte. Außerdem machte es mich nervös, nicht mehr nach Jack und Mad sehen zu können, aber es war mir einfach unmöglich nach oben zu gucken, wenn ich nicht in diesem grauenvollen Regen ertrinken wollte.

»Entspann dich doch mal«, hörte ich die Stimme des Kelpies in meinem Kopf.

Doch ich machte mir zu große Sorgen. Was, wenn Jack und Mad abgestürzt waren und der Kelpie und ich es nicht mitbekommen hatten?

»Es ist alles in Ordnung«, versuchte der Kelpie noch einmal, mich zu beruhigen.

»Woher willst du das wissen?«

Der Wasserdämon sah nach oben und ihn schien

der Regen dabei überhaupt nicht zu stören.

Plötzlich sah ich ein Bild in meinem Kopf, bei dem ich mir sicher war, dass der Kelpie es mir schickte, auch wenn er das noch nie zuvor getan hatte.

»Danke«, murmelte ich, ehe ich mich ganz auf das Bild konzentrierte. Mad schwankte in den Böen und ich sah, dass er langsam müde wurde. Trotzdem flog er tapfer weiter. Jack hatte sich tief über den Hals des Grenzwächters geduckt und klammerte sich an der nassen Mähne fest. Er schien Mühe zu haben, sich auf Mads glitschigem Rücken zu halten.

Von nun an schickte der Kelpie mir immer wieder in Gedanken das, was er sah. Ich war froh darüber, doch meine Sorge um die anderen minderte es nicht. Was, wenn der Sturm die beiden abstürzen ließ? Ich war mir sicher, dass sie einen Fall aus dieser Höhe nicht überleben würden. Verzweifelt presste ich meine Lippen aufeinander, denn ich wollte weder Jack noch Mad verlieren.

»Mad? Lass uns bitte eine Pause machen«, dachte ich. Ich hielt es vor lauter Panik kaum noch aus. Am liebsten wäre es mir gewesen, wenn die beiden nicht über, sondern direkt neben mir geflogen wären.

Erst dachte ich, dass er mich nicht gehört hätte. Doch dann vernahm ich endlich seine Stimme.

»Wir müssen keine Pause machen, es ist alles gut. Wir müssen nur so schnell wie möglich vorankommen. Der Sturm hält uns schon genug auf.«

Er klang verbissen und ich wusste, dass ich ihn nicht würde umstimmen können. Der Pegasus war stur wie ein kleines Kind.

Ich wischte mir das Wasser aus dem Gesicht, was

allerdings nicht das Geringste brachte. Meine Gedanken richteten sich wieder an den Kelpie. »Wie lange dauert es noch, bis wir an der Grenze ankommen?«

»Es könnte schon noch etwas länger dauern als gedacht. Kommt darauf an, ob der Sturm zunimmt oder wieder schwächer wird und ob wir weiterreisen oder rasten.« Seine Stimme war nüchtern und ich wusste, dass er sich keine größeren Sorgen um unsere beiden Gefährten machte. Offenbar waren sie ihm ziemlich egal.

»Ich bin der Meinung, dass wir eine Pause machen sollten.«

»Du kannst die beiden nicht dazu zwingen, wenn sie es nicht wollen, und ich brauche keine. Du weißt, dass ich lange laufen kann. Weder der Regen noch der Sturm bremsen mich aus.«

»Aber Jack ... und Mad ... die beiden scheinen immer mehr an Kraft zu verlieren.«

»Mach dir nicht so viele Gedanken, Felicity. Es wird schon alles gut werden.«

Auch wenn seine Worte mich nicht beruhigen konnten, versuchte ich, mich zusammenzureißen. Doch das fiel mir schwer. Auch mir ging es nicht gut. Ich zitterte vor Kälte und war ganz steif. Es kam mir vor, als wäre der Regen in der letzten Zeit noch eisiger geworden. Sehen konnte ich nicht viel, nur die Dinge, die direkt vor oder neben uns waren.

»Was passiert da oben?«, wollte ich kurz darauf schon wieder von dem Kelpie wissen. Ich sah, wie er den Kopf hob und Sekunden später ließ er mich wieder durch seine Augen sehen.

Der Pegasus schwankte immer heftiger in der Luft

und die Böen brachte ihn ständig von seinem Weg ab oder drückten ihn ein Stück nach unten. Auch Jack kam gefährlich ins Schwanken und manchmal sah es für mich so aus, als wäre der Sturm ein Monster, das die beiden ganz gezielt angriff. Doch sie kämpften tapfer dagegen an. Ich konnte ihren Willen, die Grenze zu erreichen, fast schon spüren.

Doch dann passierte das, wovor ich schon die ganze Zeit Angst gehabt hatte. Der Pegasus wurde erneut vom Sturm mit einem heftigen Ruck aus seiner Bahn zur Seite geworfen. Aber dieses Mal schaffte Jack es nicht, sich auf seinem Rücken zu halten. Er verlor den Halt und ich musste mit ansehen, wie er fiel.

»NEIN!« Mein Schrei wurde von dem Heulen des Sturms und dem Prasseln der Regentropfen auf dem Fluss übertönt. Der Kelpie raste auf den fallenden Jack zu. Tränen schossen in meine Augen, während Mad in einen steilen Sinkflug ging, um Jack einzuholen. Doch der Sturm bremste den Pegasus und Jack fiel viel zu schnell. Plötzlich rauschte es direkt über uns. Es war Mad. Die Übertragung des Kelpies brach ab und ich sah, wie Jack nur wenige Meter von uns entfernt in eine Spalte stürzte und im Inneren der Erde verschwand.

Es war, als würde mir jemand das Herz aus der Brust reißen. Schreiend vergrub ich mein Gesicht in der Mähne des Kelpies. Das konnte einfach nicht sein.

»Felicity ...« Mads Stimme erklang in meinem Kopf, aber ich antwortete ihm nicht, wollte nicht mit ihm reden.

Jack war tot. Ich würde ihn nie wiedersehen, nie mehr mit ihm sprechen können und ich würde niemals erfahren, wie es gewesen wäre ihn zu küssen.

In mir breitete sich eine entsetzliche Leere aus. Es war, als wäre meine komplette Welt zusammengebrochen. Er konnte einfach nicht tot sein. Jack durfte nicht tot sein! Ich brauchte ihn doch!

Der Kelpie blieb schnaufend am Rand der Spalte stehen. Ich starrte von seinem Rücken aus in den Abgrund, hoffte trotz allem, dass Jack jeden Moment aus dem Spalt klettern und auf uns zukommen würde. Ich konnte einfach nicht glauben, dass er, der König von Aldean, der Mann, den ich liebte, tot sein sollte.

Vor meinem inneren Auge sah ich ihn tatsächlich zurückkehren, doch mein Verstand sagte mir sofort, dass er diesen Sturz unmöglich überlebt haben konnte. Die Minuten verrannen und irgendwann wusste ich es: Er würde nicht mehr aus dieser schwarzen und unendlichen Tiefe zu mir zurückkommen.

Unfähig mich zu bewegen, hockte ich da und weinte. Meine Tränen vermischten sich mit dem eisigen Regen, und wie durch einen Schleier nahm ich wahr, wie Mad neben uns landete.

»Es tut mir so schrecklich leid. Das ist alles meine Schuld.«

Ich konnte die Trauer in Mads Stimme hören und plötzlich erwachte eine unfassbare Wut in mir. Ich war wütend auf den Grenzwächter, weil er Jack nicht hatte retten können. Ich war wütend auf mich selbst, weil ich nicht auf einer Pause bestanden hatte. Doch hauptsächlich galt meine Wut dem Magier.

Er hatte Aldean den Krieg gebracht. Er war für all das Leid und Jacks Tod verantwortlich, denn er hatte diese Spalten durch das Erdbeben erst in den Boden gerissen und hatte gewiss auch diesen Sturm heraufbeschworen. Warum war er nicht in der Dunklen Welt geblieben? Warum hatte er in Aldean einmarschieren müssen?

»Felicity?«, hörte ich Mads Stimme wieder in meinem Kopf. Doch ich war noch immer unfähig, etwas zu sagen. Langsam drehte ich den Kopf und begegnete seinen roten Augen. Sie blickten mich traurig und verzweifelt an und ich spürte, dass er, genau wie ich, um den König trauerte.

Ein gequälter Schrei entwich meinen Lippen, als ich all diesen Kummer, all diesen Schmerz sah, den auch ich empfand. Doch da war noch etwas anderes, eine Zahl flackerte vor meinen Augen auf. Eine Zahl, wie ich sie bei Niall gesehen hatte.

Plötzlich wurde alles um mich herum schwarz und ich spürte, wie ich fiel.

Der Magier stand am Grenzübergang, die Hände erhoben.

Er war riesig, über zwei Meter groß und in einen dunklen Umhang gehüllt. Er ließ mit einer Handbewegung den Boden unter sich erzittern und sah dann auf. Seine Augen waren weiß und starrten mich geradewegs an, als wäre ich wirklich dort.

»Bald werden wir uns treffen und ich freue mich, dich endlich wiederzusehen. Ich bin gespannt, wie lange du im Kampf durchhältst, nicht länger als fünf Minuten, wette ich.« Seine eiskalte Stimme war voller Spott und Vorfreude und ging mir durch Mark und Bein.

Mit Schrecken wurde mir bewusst, dass ich diese Stimme schon einmal gehört hatte – in meinem Kopf. Der Telepath war keine zweite Person, er war der Magier! Sie waren ein und dieselbe Person! Aber was wollte er von mir? Und warum breitete sich das schreckliche Gefühl in mir aus, dass ich ihn kannte? Diese weißen Augen ... ich hatte sie schon einmal gesehen, aber ich konnte mich beim besten Willen nicht daran erinnern, wo.

»Felicity?«

Langsam kehrte das Bewusstsein in meinen Körper zurück und ich bemerkte, dass ich in einer Pfütze auf dem Boden lag. Ich setzte mich auf.

Mad und der Kelpie betrachteten mich und ich konnte sehen, dass sie Angst um mich hatten.

Doch das brauchten sie nicht, ich war stark. Ich würde auch ohne den König zur Grenze reisen und dort würde die Banshee den Magier besiegen. Jetzt wo ich wusste, dass er auch derjenige gewesen war, der sich in meinem Kopf herumgetrieben hatte, wollte ich ihn noch mehr tot sehen.

Als ich an Jack dachte, kamen mir erneut die Tränen, aber ich drängte sie zornig zurück. Wir mussten unsere Reise fortsetzen und den Krieg beenden, damit sein Opfer nicht umsonst gewesen war.

Später würden wir noch genug Zeit haben, die zu beweinen, die gefallen waren. Und die, die in diesem Kampf noch sterben würden.

Der Kelpie wusste inzwischen wahrscheinlich auch

schon, was ich über Mads Tod erfahren hatte, schließlich war er ständig in meinem Kopf. Der Grenzwächter respektierte da meine Privatsphäre viel mehr. Er beachtete meine Gedanken nur, wenn ich nach ihm rief. Trotzdem musste ich mein Wissen über seinen Tod gut vor ihm verbergen. Und ich musste verhindern, dass er überhaupt umkam. Ich wollte nicht noch einen Freund verlieren. Es waren schon zu viele gestorben.

»Felicity?«, wiederholte der Pegasus unsicher, dann trat er einen Schritt auf mich zu, beugte sich zu mir herunter und umschloss mich mit seinen Flügeln.

Ich schlang meine Arme um ihn und vergrub mein Gesicht in seinem nassen Fell. Meine Wut auf ihn war schon längst verflogen. Er war nicht daran schuld, dass der Magier den Sturm auf uns losgelassen hatte und noch weniger hatte er Anteil daran, dass eben dieser Sturm Jack in den Spalt geworfen hatte.

»Was sollen wir jetzt machen?« Mad wirkte ratlos.

Ich machte mich von ihm los. »Wir folgen unserem ursprünglichen Plan, gehen zur Grenze und besiegen den Magier!« Ich blickte zur Spalte und flüsterte: »Für Jack!«

Mad folgte meinem Blick und ich hörte seine Stimme in meinem Kopf. »Für meinen König!«

»Genau, lasst uns aufbrechen«, ergänzte der Kelpie, während ich aufstand.

»Und für Aldean gewinnen!«, ergänzte ich und schwang mich wieder auf den Rücken des Wasserdämons.

25. Kapitel

»Wir sind schon sehr nah an der Grenze. Morgen müssten wir sie erreichen«, informierte mich der Kelpie, als wir am nächsten Abend unser Lager am Ufer des Flusses aufschlugen.

Ich ließ mich auf den nassen Boden sinken und wünschte mir, die Nacht wieder in einer Höhle verbringen zu können. Aber hier in der Gegend gab es nicht einmal einen Wald, der uns Schutz bieten konnte. Die Dörfer waren Ruinen und nur einige Baumstümpfe ragten hier und dort aus dem Boden.

»Schlaf jetzt, Felicity«, hörte ich die Stimme des Wasserdämons in meinem Kopf.

Ich nickte und wickelte mich in eine der nassen Decken, doch sie hielt die Kälte nicht ab. Der Kelpie verschwand in den Fluten des Flusses, die über die Spalten flossen. Ich wusste nicht, warum das Wasser nicht in ihnen verschwand. Hatte der Magier gar nicht erst versucht, den Fluss zum Versiegen zu bringen? Oder war es ihm nicht gelungen? Ich überlegte, ob auf dem Fluss vielleicht ein Zauber oder etwas Ähnliches lag, das ihn schützte.

Mad blieb an meiner Seite und legte einen seiner Flügel schützend über mich, um den Regen ein wenig abzuhalten. Ich war ihm dankbar dafür, dass er an meiner Seite war und ich immer auf ihn zählen konnte. Doch jedes Mal, wenn ich ihn ansah, musste ich wieder daran denken, dass ich gesehen hatte, wann er sterben würde, und das machte mich fertig. Ich verfluchte meine Gabe. Sie brachte mir nur Schmerz und ließ mich Dinge wissen, bei denen es am besten war, wenn man sie vorher nicht wusste. Es brach mir das Herz, dass eine gute Seele wie Mad nur noch so wenig Zeit hatte. Wieder musste ich an Jack denken und sah sein Gesicht deutlich vor mir. Tränen rannen über meine Wangen und es dauerte lange, bis ich völlig erschöpft vom Weinen in einen traumlosen Schlaf sank.

Am nächsten Morgen war der Sturm noch stärker geworden und ein weiteres Erdbeben verzögerte unseren Aufbruch. Doch wir ließen uns davon nicht einschüchtern. Wir wollten den Krieg endlich beenden, egal was es uns kostete.

Mit jeder Stunde, die wir unterwegs waren, wurde der Regen stärker und gegen Mittag setzte erneut ein Erdbeben ein. Der Fluss war vom Regen angeschwollen und ich spürte, wie sich das Wasser unter uns bei jeder Erschütterung noch stärker bewegte. Es war für mich ein Wunder, dass der Kelpie sich überhaupt noch auf den Beinen halten konnte. Auch der Sturm nahm weiterhin zu und Mad hatte noch größere Schwierigkeiten als am Vortag, seine Geschwindigkeit und seine Flugroute beizubehalten.

Weitere Spalten taten sich im Boden vor uns auf, doch uns machten sie nichts aus. Der Fluss rauschte mit einer enormen Geschwindigkeit dahin, und falls Risse den Grund des Gewässers durchzogen, so schoss das Wasser wahrscheinlich einfach über sie hinweg. Es war ein großes Glück, dass wir in der Luft und auf dem Wasser reisten und nicht um jede Spalte einen Bogen machen mussten. Wäre das der Fall gewesen, hätten wir wahrscheinlich Wochen gebraucht, um zur Grenze zu kommen. Ich war mir sicher, dass es das Ziel des Magiers war, so die Truppen Aldeans aufzuhalten, und wahrscheinlich hatte er damit auch Erfolg.

Dass uns die Armee helfen würde, darauf konnten wir nun nicht mehr bauen. Wir waren auf uns allein gestellt, aber ich hatte die Hoffnung, dass der Magier vielleicht noch nicht wusste, dass wir ihm schon so nahe waren.

Aber ganz egal, was er noch vorhatte, wir würden uns nicht mehr einschüchtern lassen. Selbst die eisige Stimme, die mich jedes Mal hatte ohnmächtig werden lassen, würde mich jetzt nicht mehr davon abhalten, den Magier anzugreifen und ihn zu töten. Alles in mir schrie nach seinem Blut und nach Rache für das, was er mir und dieser Welt angetan hatte.

Es dauerte noch eine Weile, doch dann kam endlich die Grenze in Sicht. Am Horizont konnte ich durch den Grenzposten hindurch die Landschaft der Dunklen Welt erkennen. Hoffentlich mussten wir sie nicht betreten. Freiwillig würde ich keinen Fuß in diese grauenvolle Umgebung setzen. Sicher, auch Aldean war nicht mehr das wunderschöne Land, das es bei meinem ersten Besuch gewesen war, und ich musste mich anstrengen, um durch den dichten Regen zu erkennen, wo die eine Welt aufhörte und die andere begann. Aber dennoch ... Aldean war es wert, dafür zu kämpfen.

»Bald sind wir da, ich kann den Magier bereits sehen«, hörte ich Mads Stimme in meinen Gedanken.

Ich blickte zu ihm auf. Auch wenn er von dem Sturm hin und her gewirbelt wurde, brannte er genau wie der Kelpie und ich darauf, den Krieg so schnell wie möglich zu beenden. Ausruhen konnten wir, wenn alles vorbei und dieser letzte, alles entscheidende Kampf gegen den Magier vorbei war.

Wir kamen der Grenze immer näher und nun konnte ich den Magier ebenfalls sehen. Er sah genauso aus wie in meiner Vision. Hunderte Mitglieder des Schwarzen Ordens standen um ihn herum. Mit einem Mal schlugen uns Flutwellen entgegen und ich schrie erschrocken auf. Doch ich hatte mich umsonst gesorgt. Mit einem eleganten Sprung setzte der Kelpie darüber hinweg und ließ sich nicht weiter von den Wellen beeindrucken.

Jetzt war es also so weit. Ich stand dem Magier, dem Anführer des Schwarzen Ordens gegenüber, und weit und breit konnte ich kein Mitglied der königlichen Armee sehen. Der Kelpie, Mad und ich waren wie erwartet auf uns allein gestellt.

Ich zog mein Schwert und spürte, wie der Wasserdämon unter mir immer mehr beschleunigte. Mad setzte zu einem Sturzflug an und war gleich darauf neben dem Kelpie. Gemeinsam jagten wir dem Magier entgegen und mit meinem Schwert tötete ich alle Feinde, an denen wir vorbeikamen.

Der Kelpie erwischte sie mit seinen Hufen und Mad kämpfte mit Hufen und Flügeln gleichzeitig.

Immer schneller preschte der Kelpie vorwärts. Mein Blick suchte den des Magiers. Seine weißen

Augen bohrten sich förmlich in meine, doch ich hielt ihm stand.

»Für Aldean und unseren König!«, erscholl ein Ruf aus Hunderten von Kehlen.

Als ich meinen Blick von dem Weiß löste und zum Horizont wandern ließ, entdeckte ich die Krieger des Königs und Hoffnung breitete sich in meinem Herzen aus. Ich hatte keine Ahnung, wie es ihnen gelungen war, so schnell herzukommen, aber wenn der Kelpie, Mad und ich es schafften, die Feinde lange genug aufzuhalten, dann würden uns unsere Verbündeten schon bald unterstützen können.

26. Kapitel

»Da bist du ja, Felicity. Es ist schön, dich zu sehen. Und jetzt mach dich bereit, zu sterben!«

Wieder hörte ich die eisige Stimme des Magiers in meinem Kopf, doch dieses Mal machte sie mir keine Angst, sie spornte mich nur noch mehr an.

Endlich war die Zeit gekommen, mich zu rächen. Endlich war die Zeit gekommen, den Krieg zu beenden. Und endlich war die Zeit gekommen, den Magier zu töten.

Ich dachte gar nicht mehr daran, auf die Armee des Königs zu warten. Das hier war die beste Chance, die sich bot, um das Wesen zu vernichten, das so viel Leid über das Land gebracht hatte. Außerdem würde er mich töten, wenn ich ihm nicht zuvorkam.

Mad flog über uns im Kreis und griff jeden Feind an, der sich dem Kelpie und mir näherte.

»Willst du mal was Tolles sehen?«, fragte mich der Kelpie fröhlich und gleich darauf gingen Wellen der Energie von ihm aus, die alle in der Nähe tot zu Boden fallen ließen.

»Wie hast du das gemacht?«

»Kelpiegeheimnis«, lautete seine stolze Antwort.

Und dann, standen wir dem Magier gegenüber. Er lachte. Gegen ihn konnte die Energie des Kelpies anscheinend nichts ausrichten, doch davon ließ sich mein Gefährte nicht im Geringsten beeindrucken.

Er bäumte sich zu voller Größe auf und ich griff hastig in seine Mähne, um nicht von seinem Rücken zu rutschen. Sofort schlang sich seine Mähne um mich und ich war froh darüber, denn so hatte ich die Hände wieder frei, als der Magier sein riesiges schwarzes Schwert zog. Er war noch größer, als er mir in meiner Vision erschienen war.

Ich war mir sicher, dass er an die drei Meter groß war. Dadurch war er aber auch viel schwerer als wir. Als der Magier seinen ersten Angriff startete, tauchte der Kelpie geschickt unter dem Schwert hindurch und huschte an die andere Seite unseres Gegners.

Leider war er nicht schnell genug gewesen, denn die Kante des Schwerts streifte meine Schulter und ich musste einen Schmerzensschrei unterdrücken.

Als ich hinuntersah, entdeckte ich Blut, das aus einem langen Schnitt lief. Er war zwar nicht tief, doch jede Bewegung meines Armes tat nun weh, auch weil das eisige Regenwasser in der Wunde brannte. Mit Tränen in den Augen biss ich mir auf die Lippen, um den Schmerz zu unterdrücken. Ich musste nun stärker sein denn je und konnte es mir nicht erlauben, Schwäche zu zeigen.

So schnell ich konnte, schlug ich nun selbst mit meinem Schwert zu und verpasste dem Feind einen Schnitt quer über den Oberschenkel.

Wütend schrie der Magier auf und ließ die Erde unter uns heftig erbeben. Ich spürte, dass nun selbst der Kelpie Probleme hatte, sich auf den Hufen zu halten, doch er kämpfte tapfer um sein Gleichgewicht und es gelang ihm, nicht zu stürzen.

»Denkst du wirklich, du könntest es mit mir

aufnehmen? Du warst schon immer naiv, Liebste, aber das hier übertrifft wirklich alles«, erklang die hämische Stimme des Magiers erneut in meinem Kopf.

Wütend schrie ich auf. Was wollte er von mir und warum nannte er mich Liebste?

Sekundenbruchteile nachdem mein Schrei abgeklungen war, schien der Boden um uns herum erneut aufzureißen, doch es erschienen keine Risse, sondern dunkler Rauch. Er kroch aus dem Boden und bildete schließlich die Schattengestalten, die ich schon so oft gesehen hatte.

Für einen Moment standen sie regungslos da, bevor sie auf unsere Feinde zustürmten und sie angriffen. Sie waren auf unserer Seite. Allerdings hatte ich keine Zeit, darüber nachzudenken, ob ich sie mit meinem Schrei gerufen hatte oder warum sie sonst erschienen waren und was es mit ihnen auf sich hatte, denn der Magier ließ erneut sein Schwert über meinen Kopf sausen.

»Komm mit mir, Liebste«, forderte er mich auf, »dann können wir diesen lächerlichen Kampf beenden.«

»Niemals!«, schrie ich und umklammerte den Griff meines Schwerts fester, was dazu führte, dass der brennende Schmerz in meiner Schulter erneut aufflammte.

Der Kelpie begann den Magier zu umkreisen und wurde dabei immer schneller. Der Feind drehte sich mit uns, jedoch war er um einiges langsamer und nicht so wendig wie das Wasserpferd. Für uns war das ein Vorteil und es gelang mir, ihm noch einige weitere Schnitte zuzufügen. Dunkles Blut lief aus seiner Haut und vermischte sich mit dem Regen.

Die Schattengestalten hielten uns den Rücken frei, indem sie eine Barriere rund um uns bildeten und die Mitglieder des Schwarzen Ordens abwehrten, die versuchten, sich uns zu nähern.

Endlich erreichte uns auch die Armee des Königs und die Krieger stürzten sich sofort in den Kampf, ebenso die Zivilisten.

Doch zu meinem Schrecken bemerkte ich, dass viele Rittern einen Moment zögerten und sich dann den Mitgliedern des Schwarzen Ordens anschlossen. Was war da los? Warum waren sie ihrem König nicht länger treu?

»Da staunst du nicht schlecht, was? Meine Männer haben ganze Arbeit geleistet und eure Reihen infiltriert. Scheinbar waren die meisten Ritter mit eurem neuen König nicht so ganz zufrieden. Sie haben sich uns jedenfalls gern angeschlossen«, spottete der Magier und grinste gehässig.

Mit einem Mal ergab alles Sinn: Der Ritter, der Lucius ermordet hatte, war ein Anhänger des Schwarzen Ordens gewesen, und wahrscheinlich hatten andere Ritter auch den Mann, den ich getötet hatte, in die Nähe des Königs gelassen. Der Feind hatte die Armee des Königs von innen heraus schwächen wollen, und das war ihm gelungen.

Die anderen Kämpfer von Aldean brauchten einen Moment, bis sie begriffen, dass sich ihre Kameraden gegen sie gewandt hatten. Für viele von ihnen wurde das zum Verhängnis. Mann um Mann fielen sie von den Pferden, ermordet von den Schwertern der Ritter, bis sie endlich begriffen und sich gegen sie wandten.

Ich widmete meine Aufmerksamkeit wieder dem Magier, der das Treiben auf dem Schlachtfeld belustigt beobachtete.

Erneut begann der Kelpie, unseren Feind zu umkreisen, und ich gab mein Bestes, ihn so oft wie möglich mit meinem Schwert zu treffen. Langsam wurde mein verletzter Arm taub, aber das hielt mich nicht davon ab, weiterzukämpfen. Einige der Schattengestalten waren mir inzwischen zu Hilfe geeilt, doch sie verpufften in kleinen Wölkchen, wenn der Magier auf sie trat oder sie mit seinem Schwert berührte.

Erneut schrie ich auf, voller Wut und Angriffslust. Zufrieden stellte ich fest, dass wieder Schattengestalten aus dem Boden auftauchten und sich mir anschlossen. Es war mir egal, was sie waren und es war mir auch egal, warum ich die Macht hatte, sie zu rufen. Alles was zählte, war, dass sie auf meiner Seite waren und mich im Kampf gegen den Magier unterstützten. Alle anderen Fragen würde ich später klären, wenn ich diesen Tag überleben sollte.

Mit der Zeit ließ jedoch die Kraft meines Gefährten nach, der den Feind noch immer umrundete. Er keuchte unter mir.

Triumphierend brüllte der Magier auf und hieb erneut mit seinem Schwert nach uns. Er traf die Hinterhand des Kelpies und ich spürte, wie er unter mir zur Seite kippte.

Als wir beide zu Boden fielen, schlug ich mit meiner verletzten Schulter zuerst auf und für einen Moment ließ der Schmerz alles vor meinen Augen verschwimmen.

Doch ich kämpfte darum, nicht die Besinnung zu verlieren, und rappelte mich auf. Als ich mich umdrehte, ragte der Magier bedrohlich vor mir auf und hob sein Schwert, um mich endgültig zu erledigen.

Zu meinem Glück war jedoch auch der Kelpie wieder auf den Beinen und ich schwang mich sofort zurück auf seinen Rücken. Keinen Augenblick zu früh. Sekundenbruchteile später drang das Schwert des Magiers dort in die Erde, wo ich noch kurz zuvor gelegen hatte.

Erneut schlang sich die Mähne des Kelpies um mich und ich hob das Schwert, um gegen einen Angriff des Magiers gewappnet zu sein. Der Kelpie hinkte und ich spürte, dass jeder Schritt ihm große Schmerzen bereitete. Doch er ließ sich nicht ausbremsen und lief weiter um den Magier herum. Wir beide waren von der Reise vollkommen ausgelaugt, doch nun mobilisierten wir unsere letzten Kräfte, um noch eine Chance auf den Sieg zu haben. Allerdings kamen wir nie nah genug an unseren Feind heran, um ihn zu töten.

Aus den Augenwinkeln bemerkte ich Mad, der aus der Luft hinab schnellte und einen Ritter in der Nähe tötete. In Gedanken rief ich ihn.

Er flog einen Bogen und bezog über dem Kopf des Magiers Stellung, ohne, dass dieser ihn bemerkte.

»Ich werde ihn für einen Moment ablenken, versuch du, ihn zu töten.«

Ich hörte die Angst in seiner Stimme, doch er schien fest entschlossen zu sein, uns zu helfen.

Die Mähne lockerte sich und zog sich dann ganz zurück, damit ich mich bewegen konnte. Mit meinem

Schwert in der Hand zog ich die Beine an und kniete mich erst auf dem Rücken des Kelpies und dann stand ich auf. Ich war überrascht, wie leicht es war, das Gleichgewicht zu halten. Als ich nach unten sah, wurde mir auch klar, warum. Mein Kampfgefährte hatte nun meine Füße und Waden mit seiner Mähne umschlungen. So konnte ich nicht mal bei den Erdbebenstößen, die auch den Körper des Kelpies erschütterten, herunterfallen.

Doch nicht nur die heftigen Beben machten ihm zu schaffen. Seine Schmerzen waren inzwischen so stark geworden, dass er sich kaum noch auf den Beinen halten konnte, aber für mich und für unseren Kampf hielt er tapfer durch.

Und nun bekamen wir durch Mad Unterstützung. Der Pegasus flog auf das Gesicht des Magiers zu und griff ihn an. Mit seinen Hufen trat er ihm in die Augen. Der wütende Schmerzensschrei war wahrscheinlich kilometerweit zu hören.

Ich nutzte die Chance, umgriff den Knauf meines Schwerts fest mit beiden Händen und sprang in dem Moment ab, in dem sich die Mähne des Kelpies wieder von meinen Beinen löste. Die Schmerzen in meiner Schulter waren vergessen. Mit aller Kraft rammte ich das Schwert mitten in das Herz des Magiers und riss es mit einem Siegesschrei wieder heraus.

Mad fing mich aus der Luft auf und setzte mich sanft auf dem Rücken des Kelpies ab.

Ich konnte es nicht fassen. Wir hatten es geschafft!

Der Magier ging zu Boden und mit seinem Blut wich auch das Leben aus seinem Körper.

»Felicity, ich werde dich immer lieben, auch im

Tod«, erklang die eisige Stimme in meinem Kopf. »Als einer meiner Handlanger mir gesagt hat, dass meine Banshee in Aldean ist, wusste ich, dass ich dich wiedersehen muss. Ich habe versucht, Kontakt mit dir aufzunehmen, und du warst es wert, für dich einen Krieg anzufangen. Ich hatte gehofft, dass du dich mir wieder anschließen würdest, dass wir wieder zusammen sein würden, aber da habe ich mich wohl geirrt. Du erinnerst dich vielleicht nicht daran, dass auch du mich einst geliebt hast. Ich bedauere nichts. Durch dein Schwert ist es wenigstens ein schöner Tod.« Die Stimme des Magiers war auf einmal ganz sanft, bevor sie schließlich leiser wurde und dann für immer verstummte.

Seine Worte verschlugen mir den Atem und alles verschwamm vor meinen Augen, vor Schock und wahrscheinlich auch vor Erschöpfung. Plötzlich schienen sich im Regen Bilder zu formen. Ich sah mich selbst, wie ich durch eine blühende Landschaft lief ... und der Magier war an meiner Seite. Er wirkte kleiner als auf dem Schlachtfeld und hatte seinen Arm um mich gelegt. Wir blieben stehen und er drehte sich zu mir um. Seine weißen Augen waren sanft und voller Liebe. Ich konnte kaum glauben, dass ich den Feind, den ich eben getötet hatte, so vor mir sah.

Er beugte sich zu mir. »Ich werde dich immer lieben, bis in alle Ewigkeit«, flüsterte er, ehe er seine Worte mit einem Kuss bekräftigte.

Die Bilder verschwanden so schnell, wie sie gekommen waren. Keuchend sank ich vom Rücken des Kelpies.

Jetzt ergab all das einen Sinn. Ich war mir sicher, dass die Vision mir eines meiner früheren Leben gezeigt hatte. Egal wie sehr es mich anwiderte, ich musste wohl oder übel akzeptieren, dass ich mit dem Magier gelebt und ihn auch geliebt hatte. Ihn, der mein altes Zuhause und auch meine neue Heimat zerstört hatte.

Aber das war die Vergangenheit! In diesem Leben war ich eine andere Person gewesen. In diesem hatte ich ihn getötet. Den Feind, der für den Tod meiner Freunde verantwortlich war. Und in gewisser Hinsicht war ich schuld an alledem. Wenn es stimmte, was der Magier gesagt hatte, dann hatte er diesen Krieg nur meinetwegen angezettelt. Ich fühlte mich schrecklich und wusste nicht, ob ich mit dieser Schuld leben konnte. Meine Eltern und meine Freunde waren meinetwegen gestorben. Diese wunderschöne Welt war zerstört worden, weil ich mich nicht an mein früheres Leben hatte erinnern können. Ich versuchte, mir einzureden, dass ich mich gerächt hatte und dass es egal war, was ich nun über meine Vergangenheit erfahren hatte, aber es gelang mir nicht wirklich. Ich war so verwirrt.

Meine früheren Reinkarnationen hatten vielleicht nichts mit meinem jetzigen Leben zu tun, aber sie hatten dennoch Auswirkungen auf dieses. Und trotzdem: Ich trug zwar die Seele der Banshee in mir, aber dennoch war ich Felicity. Die Felicity, die noch immer Jack, den gefallenen König, liebte und nicht die Banshee von damals, die die Geliebte des Magiers gewesen war, auch wenn er das gern so gehabt hätte.

Mit einem Mal kam noch ein Gedanke in mir auf.

359

Ich musste wissen, wie mein Leben mit dem Magier gewesen war. Mad und der Kelpie konnten es mir bestimmt sagen.

»Was ist in meinem Leben mit dem Magier passiert?«

Ich sah von einem zum anderen, doch es dauerte einen Moment, bis ich die Stimme des Kelpies in meinem Kopf hörte.

»Mad kannte dich damals noch nicht, und ich weiß nicht so viel darüber. Ich habe dir zwar erzählt, dass ich in jedem deiner Leben an deiner Seite gewesen bin, aber in diesem einen hast du mich ausgeschlossen. Du wolltest nichts mit mir zu tun haben. Also konnte ich dich nur aus der Ferne beobachten, als deine Seele in einen Körper in der dunklen Welt geboren wurde. Dazu musst du wissen, dass diese Welt damals Aldean noch sehr ähnlich war ...«

Ich erinnerte mich wieder an die Bilder im Regen. Ich mit dem Magier ... »Und wieso sieht sie heute so furchtbar aus?«

»Ich konnte es erst jetzt im Kopf des Magiers sehen. Wie du weißt, ist dein Körper sterblich und nur deine Seele unsterblich. Du bist gealtert und schließlich gestorben. Der Magier konnte das nicht verkraften. Er richtete seine Welt aus Trauer zugrunde und sie wurde zu dem, was sie jetzt ist. Aber auch er wusste um die Unsterblichkeit deiner Seele. Also schwor er sich, dich wieder an seine Seite zu bringen, egal in welcher Welt deine Seele landen würde. Er gründete den Schwarzen Orden, um dich zu finden. Seit diesem Tag haben sie nach allen Menschen mit außergewöhnlichen Gaben gesucht ... bis jetzt.«

Der Kelpie sah mich unverwandt an, während er mir all das erzählte, und schien gespannt auf meine Reaktion zu warten.

»Hat er mich jemals zuvor gefunden?«, entfuhr es mir und es war mir egal, dass ich ihn schon wieder unterbrach.

»Nein, denn du warst ja stets nur ein gewöhnlicher Mensch. Der Magier konnte dich so nicht finden, aber er hat nie aufgehört, dich zu lieben. In seiner maßlosen Wut, weil er dich nicht aufspüren konnte, ließ er viele Menschen ermorden, die außergewöhnliche Fähigkeiten hatten. Das führte zur Feindschaft zwischen den Mitgliedern des Ordens auf der einen Seite und den außergewöhnlich Begabten und Kriegern von Aldean auf der anderen Seite. Als der Magier dich nun endlich gefunden hatte, nahm die Gewalt überhand. Vielleicht hatte er Angst, du würdest nicht zu ihm kommen, wenn du noch so viele Bindungen in der Menschenwelt hast, und er hat deshalb deine Eltern und das Mädchen aus deiner Schule ermorden lassen.« Der Kelpie machte eine kurze Pause und ich sah ihn schockiert an.

»Woher weißt du das alles?« Meine Stimme war leise, kaum mehr als ein Flüstern, aber mein Gefährte verstand meine Frage ohne Probleme.

»Als du noch in Dublin gelebt hast, war ich nie weit weg von dir. Das war möglich, weil ihr in der Nähe eines Gewässers gelebt habt. In Glasgow war das anders. Ich konnte dir nicht nahe sein, aber ich konnte immer sehen, was in deinem Kopf vorging. Außer wenn du mich bewusst ausgesperrt hast, so wie in der Zeit, als du in der Dunklen Welt gelebt hast.«

Ich bemerkte, wie er Luft holte.

»Als deine Eltern ermordet wurden, konnte ich dir nicht helfen. Ich musste alles mit ansehen, aber ich war zu weit weg, um euch zu helfen. Dich so leiden zu sehen, brach mir das Herz.« Seine Stimme klang tieftraurig und auch meine Augen füllten sich mit Tränen.

»Ihr Tod, Bonnies, Amelias, Nialls und Jacks Tod Alles meine Schuld, weil der Magier das alles nur getan hat, um mich wiederzubekommen«, stieß ich verzweifelt hervor.

»Nein«, riefen der Kelpie und Mad gleichzeitig. Dann kam der Kelpie auf mich zu und legte mir den Kopf auf die Schulter. Ich schlang meine Arme um ihn und hielt mich an ihm fest. Wie froh war ich, dass er bei mir war.

»Warum hat mich der Schwarze Orden nicht einfach mitgenommen, nachdem er meine Eltern getötet hat?«, schluchzte ich.

»Ich weiß es nicht, Felicity. Wir werden es wohl niemals erfahren. Aber es ist auch unwichtig. Wichtig ist nur, dass du nichts dafür kannst. Der Magier war einfach wahnsinnig und hat all das nur deswegen getan. Doch du hast ihn durch deinen Mut besiegt und Aldean gerettet.«

Ich sah, wie Mad energisch nickte. »Ja, sieh nur, Felicity, der Schwarze Orden fällt ...«

Ich drehte mich um und ließ meinen Blick über das Schlachtfeld schweifen.

Um uns herum fielen die Anhänger des Ordens zu Boden und starben. Offenbar war es ihnen nicht möglich, ohne den Magier zu überleben.

Meine Freunde konnten mich nicht überzeugen, dass ich nicht einen großen Teil der Schuld am Krieg trug, aber das war nicht mehr zu ändern. Ich musste es akzeptieren, auch wenn es noch so schwer war. Aber mit einem hatten sie doch recht. Der Magier war tot und er würde nie mehr meinetwegen jemandem Leid zufügen können.

Doch wie würde es nun weitergehen? Der Krieg war zwar vorbei, doch Aldean ging gebrochen aus ihm hervor. Innerhalb kürzester Zeit waren zwei Könige gestorben und mit ihnen auch viele andere, sowohl Krieger als auch Zivilisten. Außerdem war die einst so schöne Landschaft von Aldean zerstört worden. Ich bezweifelte, dass es in dieser Welt jemals wieder so friedvoll werden würde wie vor dem Krieg.

»Felicity?«, unterbrach Mad meine düsteren Gedanken. »Wie wir schon vermutet hatten, lassen sich die Schatten wiederherstellen. Noch ist ein Großteil der magischen Energie im Körper des Magiers, aber sie versiegt mit jeder Minute. Wir müssen uns beeilen.«

»Dann kannst du die Schatten wieder aufbauen?« Hoffnungsvoll sah ich in seine roten Augen.

Er nickte und wandte sich dem Magier zu.

Gespannt sah ich in die Richtung, in der einmal die Schatten gewesen waren. Es dauerte einige Minuten, doch schließlich begann die Luft zu wabern und mit einem Mal waren die Schatten wirklich wieder da.

»Du hast es geschafft!« Ich wirbelte herum und wollte meinen Freund umarmen, doch es war, als wäre er überhaupt nicht mehr da. Zwar konnte ich ihn noch sehen, doch meine Hände griffen ins Leere.

Erschrocken taumelte ich zurück und starrte in Mads rote Augen, die vor Schrecken und Erstaunen geweitet waren.

Das war das Letzte, was ich von meinem Freund sah. Der Knall, mit dem der Pegasus explodierte, ließ es in meinen Ohren tosen. Fassungslos starrte ich in tausende schwarze Wolken, die hinüber zu den Schatten schwebten, um eins mit ihnen zu werden.

Der Schrei blieb mir in der Kehle stecken, meine Beine gaben unter mir nach und ich stürzte zu Boden. Nicht auch noch Mad! Nicht auch noch er! Tränen strömten über meine Wangen und vermischten sich mit dem Regen, der immer schwächer wurde.

Eine schreckliche Leere breitete sich in mir aus. Ohne es zu wollen, stieß ich ein lautes Wehklagen aus. Ich schrie vor Wut darüber, dass ich auch diesen Freund nicht hatte retten können. Was brachte es, wenn der Krieg vorbei war, wenn niemand mehr an meiner Seite war?

»Ich bin doch auch noch da«, empörte sich der Kelpie und ich sah zu ihm auf. Er ging in die Knie und ließ sich neben mir auf den durchweichten Boden sinken. Erneut schlang ich meine Armee um ihn, vergrub mein Gesicht in seiner Mähne und schluchzte hemmungslos.

Lange lagen wir so da, bis meine Tränen langsam versiegten und ich mich von meinem letzten verbliebenen Freund löste.

Mir wurde bewusst, dass es mir nichts brachte, wenn ich in Trauer versank. Ich musste nach vorn sehen und an die Zukunft denken, an eine Zukunft ohne meine Eltern, Bonnie, Amelia, Mad und Jack.

Bei diesem Gedanken drohte mich der Schmerz erneut zu überwältigen. Doch ich bezwang ihn und sah schnell den Kelpie an.

»Was wird jetzt aus Aldean? Was wird aus uns?«

»Die Toten werden begraben werden, die Truppen ziehen heim und die königliche Familie wird darüber entscheiden, wer der neue König von Aldean wird. Ich weiß nicht, was du vorhast, aber ich werde in meinen Fluss hier in Aldean zurückkehren.«

Für den Kelpie schien alles, was nun kam, irgendwie selbstverständlich zu sein, doch für mich war es das nicht. Aldean war zwar für mich zu einer Heimat geworden, aber in diesem Moment war ich mir nicht mehr sicher, ob es hier irgendetwas gab, was mich hielt. Doch was zog mich in die Menschenwelt? Dort gab es ebenfalls niemanden, der mich liebte. Hier in Aldean würde ich wenigstens noch den Kelpie haben, meinen letzten Freund.

Ich hatte mir vorgenommen, tapfer zu sein, aber wieder musste ich an alles denken, was ich verloren hatte. Der Krieg gegen den Schwarzen Orden hatte mein Leben komplett zerstört. Ich hatte alle verloren, die mir etwas bedeutet hatten.

Nie wieder würde ich mich mit Bonnie, Amelia und Niall unterhalten können. Nie wieder würde ich mit meinen Eltern reden können, gemeinsam mit ihnen am Tisch sitzen und essen.

Nie wieder würde ich mit Mad darüber streiten, ob nun er oder alle anderen einen schrecklichen Modegeschmack hatten. Nie wieder würde ich auf seinem Rücken durch die Schatten zwischen den Welten fliegen.

Und ich würde nie mit Jack zusammensein können.

Ich fühlte mich schrecklich allein. Einmal in meinem Leben hatte ich Freunde gehabt, doch viel zu schnell hatte ich sie alle wieder verloren.

»Felicity?«

Ich fuhr herum und erschrak. Hinter mir stand eine der Schattengestalten, die ich schon so oft gesehen hatte, aber es war das erste Mal, das eine von ihnen zu mir sprach und sogar meinen Namen nannte. Da uns die Schatten gegen den Magier geholfen hatten, konnte sie eigentlich nicht böse sein, trotzdem fühlte ich mich seltsam, als ich mich mit ihr unterhielt. »Was bist du? Wer bist du?«, flüsterte ich.

»Wir sind Geister. Oder zumindest so etwas Ähnliches.« Die Gestalt näherte sich mir, wenn auch nur sehr langsam. Fast hatte ich das Gefühl, als wollte sie mich diesmal nicht erschrecken. Einen halben Meter vor mir, verharrte sie schließlich.

»Wir sind nur noch Schatten unserer selbst. Doch wir sind an dich gebunden und werden es immer sein. Wir sind deine Freunde und deine Angehörigen aus all deinen vergangenen Leben. Immer wenn du dich einsam fühlst, sind wir für dich da, um dir in schweren Stunden zur Seite zu stehen. Für immer!«

Die Gestalt verstummte. Ich wusste nicht, was ich dazu sagen sollte. Ihre Worte hatten mir die Sprache verschlagen.

»Warum kann ich erst jetzt mit dir sprechen?«, wollte ich nach einigen Minuten des Schweigens wissen.

»Du hast erst vor Kurzem wirklich akzeptiert, dass all deine vergangenen Leben auf eine gewisse Art und Weise ein Teil von dir sind und es immer sein werden, so wie auch wir ein Teil von dir sind.« Mit diesen Worten verschwand die Gestalt so plötzlich, wie sie gekommen war.

Ich starrte noch eine ganze Weile auf die Stelle, an der sie gestanden hatte, und dachte über ihre Worte nach. Die Schatten waren also meine Vergangenheit.

Ich wandte mich um und mein Blick schweifte noch einmal über das verwüstete Schlachtfeld. Aber das hier, das Land, für das ich gekämpft hatte, war die Gegenwart.

Mit einem kleinen Lächeln wandte ich mich zu dem Kelpie um, der seinen Kopf einladend schüttelte.

Vielleicht konnten Aldean und der Kelpie ja auch meine Zukunft werden.

Ja, ich würde helfen, dieses Land wiederaufzubauen, wollte dieser Welt ihren alten Glanz zurückgeben und mein Leben hier genießen.

Noch immer lächelnd schwang ich mich auf den Rücken meines einzigen Freundes und gemeinsam machten wir uns auf den Weg in eine neue Zeit, dem Sonnenuntergang entgegen.

Epilog

Mit zitternden Fingern schlug ich das Buch zu. Ich stand auf, trat an das große Fenster und sah hinaus in meinen blühenden Garten.

Siebzig Jahre waren seit dem Krieg vergangen. Ein Cousin zweiten Grades von Jack hatte damals die Regentschaft übernommen und mit uns Überlebenden Aldean wiederaufgebaut. Die Bewohner hatten nach einer Zeit der Trauer wieder zur Normalität zurückgefunden, denn das Leben musste weitergehen.

Inzwischen war dem König sein ältester Sohn auf den Thron gefolgt und kein Feind war seitdem mehr in Aldean eingedrungen. Die Welt war heute fast wieder so schön wie vor dem Krieg, wenn auch verändert. Noch immer gab es Spuren, die von der Zeit erzählten, in der alle so viel verloren hatten. Doch die Bewohner hatten aus allem das Beste gemacht. Die Brücke, die ganz in der Nähe meines Hauses über eine der riesigen Erdspalten führte, die überall das Land zerrissen hatten, war dafür ein gutes Beispiel. Die Vergangenheit war allgegenwärtig, aber man lebte mit ihr. So wie ich auch.

Ich wandte mich wieder zum Schreibtisch um und blickte hinunter auf das Buch, in das ich meine Lebensgeschichte geschrieben hatte. Dann nahm ich es zusammen mit einem großen Bogen Ölpapier vom Tisch und verließ mein kleines Haus.

Kurz nach dem Krieg hatte ich es ganz in der Nähe des Grenzpostens, direkt am Ufer des Flusses gebaut und lebte seitdem hier.

Nur einmal war ich noch in der Menschenwelt gewesen. Ich hatte das Grab meiner Eltern besucht, um ihnen die letzte Ehre zu erweisen, und war in unserem Haus gewesen, um ein paar meiner Sachen zu holen. Fotos, um mich zu erinnern, aber auch ein paar Bücher und Kleidung. Danach hatte ich mit meinem Leben dort abgeschlossen. Es gab nichts, was mich dort hätte halten können.

Über all die Trauer um Mad und die Menschen, die ich damals verloren hatte, war ich schon lange hinweg. Ich war trotz allem, was mir widerfahren war, glücklich geworden und hatte ein schönes Leben gehabt, obwohl ich bis auf den Kelpie nie neue Freunde gefunden hatte.

Ich stützte mich schwer auf meinen Gehstock, den ich schon seit einigen Jahren brauchte, und rief nach dem Wasserpferd. Schon seit einiger Zeit spürte ich, dass mein Leben zu Ende ging, und hatte daher den Entschluss gefasst, meine Geschichte aufzuschreiben. Mit dem Ende der Niederschrift hatte ich nun auch mit meinem Leben abgeschlossen.

Der Kelpie tauchte aus den Fluten auf. Ein Lächeln schlich sich auf meine Lippen, als ich meinen alten Freund sah. Er hatte sich in all den Jahren überhaupt nicht verändert.

»Was hast du jetzt mit dem Buch vor?«, wollte er wissen und schüttelte sich anmutig. Natürlich hatte ich ihm erzählt, woran ich in der letzten Zeit gearbeitet hatte.

»Ich werde es hier am Fluss verstecken. Pass bitte darauf auf und gib es mir irgendwann zurück«, bat ich ihn.

Ich humpelte ein Stück den Fluss entlang, bis ich zu einem großen Stein kam. Der Kelpie hob ihn für mich an. Einen Moment betrachtete ich den Ledereinband noch, dann wickelte ich das Buch in das Ölpapier, das es vor der Feuchtigkeit schützen würde, und legte das Paket in die Mulde. Ich nickte dem Wasserdämon zu und er ließ den Stein zurück an den Ort fallen, an dem er so lange gelegen hatte.

Ich wollte, dass ich in meinem nächsten Leben dieses Buch lesen konnte, um mich an all das zu erinnern, was ich jetzt wusste. Ich wollte, dass meine Seele auch später noch wissen würde, was ich für wunderbare Freunde gefunden hatte Mad, Amelia, Naill ... und Jack natürlich. Vor allem aber wollte ich nie vergessen, was für ein guter Freund und treuer Gefährte mein Kelpie war. Nie wieder wollte ich mich von ihm abwenden, wie ich es vor so langer Zeit einmal getan hatte.

»Es ist an der Zeit, zu gehen«, flüsterte ich, den Blick in die Ferne gerichtet. Mein Freund schwieg. Ich atmete einmal tief durch und das Lächeln auf meinen Lippen wurde noch ein bisschen breiter. Frieden erfüllte mich und ich war viel fröhlicher, als ich es eigentlich in diesem Moment sein sollte.

»Ich will, dass es so endet, wie es begonnen hat.« Diesen Entschluss hatte ich schon vor einer Weile gehabt und er gefiel mir außerordentlich gut.

»Felicity ...«

»Keine Widerrede, das ist meine Entscheidung.«

»Also gut.« Der Kelpie kniete sich nieder und unter Mobilisierung meiner letzten Kräfte, kletterte ich auf seinen Rücken.

Mein Gefährte umschlang meinen Körper mit seiner Mähne, dann sprang er auf, preschte zum Fluss und stürzte sich in die Fluten.

Ich spürte, wie das Wasser meine Lungen füllte, während wir dem Grund des Flusses immer näher kamen. Die Luft wurde mir knapp, aber ich blieb ruhig. Leise lachte ich, froh darüber, dass ich bis zuletzt meine Entscheidungen immer selbst getroffen hatte.

Ich schlang meine Arme fest um den Hals meines einzigen noch verbliebenden Freundes, während das Leben aus meinem Körper wich und mit ihm auch die Seele der Banshee.

Während meine Hülle hier unten im Fluss vergehen würde, würde sich meine Seele einen neuen Körper suchen, ohne sich an dieses Leben zu erinnern.

Aus diesem Grund hatte ich das Buch geschrieben. So würde mein neues Ich erfahren, wie wichtig wahre Freundschaft in schweren Zeiten war.

Danksagung

Mama, Papa, ihr habt es vielleicht lange belächelt, dass ich schreibe, aber hier ist es: Mein Buch. Ich danke euch von Herzen dafür, dass ihr immer für mich da seid und mich unterstützt. Ganz besonders möchte ich euch dafür danken, dass ihr uns früher immer Geschichten vorgelesen habt und damit die Liebe zu Büchern in mir geweckt habt. Ich hab euch lieb!

Calinka, neben der Widmung bleibt mir nicht mehr viel zu sagen, aber auch dir möchte ich dafür danken, dass du für mich da bist.

Neben meiner Familie sind natürlich auch meine Freunde immer für mich da.

Annika, du bist wirklich die beste Freundin, die man sich vorstellen kann. Danke dafür, dass ich mit dir über alles reden kann.

Jana, auch dir ein großes Dankeschön. Als Einzige von meinen engen Freunden kennst du die Banshee (auch wenn du sie in einem relativ frühen Stadium gelesen hast) und hast mir viele Fehler aufgezeigt. Du und dein Rotstift …

Auch beim Exposé hast du mir echt geholfen, besonders beim Kürzen.

Und du Anna, meine liebe Autorenfreundin. Ich bin wirklich froh, dass wir beide uns kennengelernt haben. Mehr als jeder andere kennst du meine Entwicklung als Autorin in den letzten Jahren und ich habe dir immer wieder gern Texte von mir gegeben oder einfach nur über Ideen gesprochen. Diesen Austausch möchte ich niemals missen und ich hoffe, dass wir beide noch viel zusammen erleben und schreiben werden.

Natürlich darf auch der Dank an meine Testleser nicht fehlen. Ihr habt euch so unglaublich viel Mühe gegeben, mir bei der Überarbeitung meiner Banshee zu helfen.

Dominique, Cornelia, Angela, ihr habt die Banshee so ziemlich in der Rohfassung gelesen und euer Feedback war zudem das Erste, das ich wirklich bekommen habe. Danke dafür, dass ihr mir geholfen habt, mein Buch auf den richtigen Weg zu bringen.

Maxi und Michael, wenn ich hier aufzählen würde, was ich alles von euch gelernt habe, dann würde die Danksagung viel zu lang werden. Danke dafür, dass ihr mir geholfen habt, selbst auch meine Fehler und Schwächen zu erkennen und an diesen zu arbeiten und mich weiterzuentwickeln.

Kira, Franzi, ihr habt die Banshee sehr spät gelesen, aber auch euch möchte ich natürlich für eure Hilfe danken.

Angelika, du warst die letzte Testleserin und nach deinem Feedback war ich mir sicher; mein Buch ist so weit, dass ich damit auf Verlagssuche gehen kann. Aber in dir habe ich nicht nur eine wundervolle, kritische und zuverlässige Testleserin gefunden, sondern auch eine Freundin. Ich bin unglaublich froh darüber, dass wir beide uns kennengelernt haben, und dass du auch meine anderen Bücher liest.

Und, last but not least: meine liebe Jenny. Als Testleserin fällst du hier etwas aus der Reihe, immerhin hast du die Banshee erst gelesen, als ich schon auf Verlagssuche war. Dein Feedback hat mich jedoch darin bestärkt, dass es die richtige Entscheidung war. Aber auch du bist über die letzten Monate zu einer Freundin für mich geworden und ich freue mich immer, wenn ich mit dir über unsere Bücher oder auch alles Mögliche andere schreiben kann.

Liebe Diana, du hast mich ebenfalls während der Überarbeitung und der Verlagssuche so unglaublich unterstützt. Danke!

Lara, dir gilt ein ganz besonderer Dank, denn ohne dich würde ich diese Danksagung nicht schreiben. Wenn wir im Frühjahr 2018 nicht denselben Beitrag in Facebook kommentiert hätten und wenn du mich nicht daraufhin angeschrieben hättest ... wer weiß, was dann jetzt wäre.

Denn du hast mir den Tomfloor Verlag empfohlen und ich kann dir dafür gar nicht oft genug danken!

Natürlich möchte ich auch dem Tomfloor Verlag für die wundervolle Zusammenarbeit danken. Von Anfang an habe ich mich bei euch unglaublich wohl gefühlt und das hat sich auch nicht geändert.

Petra, dir möchte ich nicht nur für das Lektorieren meiner Banshee danken, sondern auch für deine unglaublich hilfreichen Tipps und deine Erklärungen.

Und Christiane, auch dir möchte ich danken. Du hast die letzten Fehler gefunden, die uns anderen vorher entgangen sind.

Natürlich möchte ich auch meine Bloggerinnen nicht vergessen. Vielen Dank für eure Unterstützung!

Und zuletzt möchte ich dir danken, liebe Leserin, lieber Leser. Vielen Dank dafür, dass du mein Buch gelesen hast. Ich hoffe, dass ich dich mit Felicity auf eine spannende Reise durch Aldean entführen konnte.

Alina Schüttler

Lara Seelhof
Krallenspur
Taschenbuch
ISBN 9783981851960

Die erste Begegnung der siebzehnjährigen Celia McCall mit dem neuen Schulcasanova ist im wahrsten Sinne des Wortes umwerfend und es funkt zwischen ihnen.
Doch der rätselhafte Cassian hat nicht nur jede Menge Exfreundinnen, sondern auch dunkle Geheimnisse.
Spielt er etwa nur ein falsches Spiel mit ihr?

Als sie in tödliche Gefahr gerät, erkennt sie endlich die Wahrheit, doch die ist so verrückt, dass sie es selbst kaum glauben kann – es gibt tatsächlich Dämonen und sie wollen ihren Tod.

Doch warum? Und auf welcher Seite steht Cassian wirklich?

Judith Kilnar

Augenschön - Das Ende der Zeit (Band1)

Taschenbuch

ISBN 9783964640000

»Es ist unsere Heimat und nun auch deine, Lucy, denn du bist eine von uns. Du bist eine Augenschöne. Eine junge Göttin.«

Lucy de Mintrus kann nicht glauben, was sie von den Fremden erfährt, nachdem sie ihre Familie zurücklassen musste. Doch ihr bleibt keine Wahl. Die Siebzehnjährige muss lernen, zu kämpfen und ihre magischen Fähigkeiten zu kontrollieren, um in den Inneren Zeitschleifen zu überleben, denn unheimliche Nächtliche Geschöpfe bedrohen die Augenschönen.

Als Lucy für ihren ersten Auftrag durch die Zeit reisen muss, begleitet sie Atlas, der unter einem düsteren Geheimnis aus seiner Vergangenheit leidet. Obwohl er alles andere als ein Prinz Charming ist, löst er verwirrende Gefühle in Lucy aus. Während sie noch dabei ist, sich über ihre Empfindungen klar zu werden, nimmt ihre Reise eine unerwartete und gefährliche Wendung ...